天井裏から どうぞよろしく2

くるひなた

Hinata Kuru

レジーナ文庫

登場人物紹介
少女のお供
ボスネコ
皇帝（24歳）
多くの属国を従える帝国の統治者。文武に優れ、覇者たる威厳も備えるが、少女には激甘。
少女のお供
子グマ
少女（18歳）
元は帝国の属国から派遣された密偵。皇帝陛下に見初められ、もうすぐ皇妃になる予定。

▼少女の長兄
◀腰痛持ちの
密偵
▼少女の養父
先帝
皇帝の父親で、一小国を
帝国までのし上げた初代皇帝。
天井裏の密偵達
皇帝執務室の天井裏で
諜報活動を行う中高年達。
宰相
皇帝の二歳年上の叔父。
冷静沈着で少し皮肉屋。
皇太后
皇帝の母親。
先帝と共に北の
連邦国に引き
こもっていたが…
少女の幼馴染
少女の元密偵仲間。現在は
帝国に出向して侍女に。

目次

天井裏からどうぞよろしく2

第一章　天井裏からどうぞよろしく

「……さて」

天高く伸びる大木の袂。低い声でそう呟いて、腕組みをしたのは若い男だった。

黒い髪と琥珀色の瞳をした美丈夫で、その長身には豪奢な衣服を纏っている。

「あ、あの……」

「うー……」

男の前には、一人の少女と一匹のクマの子供が並んで立っていた。

栗色の髪をした愛らしい顔立ちの少女は、翡翠色の瞳でおずおずと男を見上げる。

彼女の腰ほどもあるメスの子グマは、くりくりとした黒い目で男と少女を見比べている。

男は難しい顔をしてそんな少女と子グマを見下ろしていたが、やがて大きく一つため息をついた。そして、胸の前で組んでいた腕を解いて、少女の方へと片手を伸ばした――

かつて、その大陸には多くの小国が乱立し、日々小競り合いを繰り返していた。

戦争が慢性化し、顧みられぬ民は疲れ果て、どの国も確実に滅びへの道を歩んでいた。

そんな情勢の中、突如として台頭してきた国があった。

それは比較的歴史の浅い新興国家であったが、抜群の統率力とカリスマ性を誇る君主が自ら軍を率いていた。君主は混沌とした大陸を駆け巡り、その勢いを止められる者はおらず、次々と周辺諸国を制圧して領土を広げた彼の国は、やがて〝帝国〟を名乗るようになった。

そして、今から八年前、ついに大陸中の国々を巻き込んで、一際大きな戦争が起こる。

当時、帝国はすでに三十余りの属国を従えていたのだが、その脅威に焦ったいくつもの古い小国が結託し、帝国に対して宣戦布告をしたのだ。

戦に巻き込まれ、人々は傷つき家を失い、多くの悲劇が起こった。

だが、帝国は無抵抗な相手には寛大だった。そのため、私利私欲に塗れた自国の王侯貴族を早々と見限る民も少なくはなかった。

そもそも、即席で結成された連合軍などが、鉄の団結を誇る帝国軍にかなうはずもない。

帝国は連合軍を完膚無きまでに叩き潰し、さらに二十余りの国を傘下に収めた。

そうして帝国が大陸一大きな国家となった四年前、ようやく戦の時代は終わったのだった。

そして現在、その帝国にある王城の庭。

少女の明るい栗色の髪に、男の手が触れる。

眉を八の字にした少女は彼を上目遣いに見上げ、口を開いた。

「へ、陛下……」

この男こそが、五十余りの属国を抱える大帝国の皇帝陛下だった――ただし二代目の。

軍を率いて大陸中を駆け巡り、祖国を巨大な国家へと仕立て上げたのは、彼の父親であった。

その後、初代帝国皇帝となった父親は、大戦の終結とともに玉座を一人息子にあっさりと譲ったのだった。

齢二十で大帝国を任された現帝国皇帝は、戦に明け暮れた父親とは打って代わって、政に重きを置いた。

彼の意向により、属国の統治は帝国から派遣した総督の指揮のもと、それぞれの元王家及び国民の代表の手に委ねられることになった。すなわち各国固有の宗教や法制度、生活習慣の保持を許し、自治を認めたのだ。そんな帝国の平和的な支配に、各属国はひとまず胸を撫で下ろした。

しかし同時に彼らは——特に、大戦後に傘下に入った新参国は、新しい皇帝陛下の力量を計りかねていた。強烈なカリスマ性により一小国の王からのし上がった初代皇帝に比べ、新皇帝は突然祭り上げられた感が否めない。それに、何しろまだ若かった。

そのため、彼の動向を探ろうと、各属国の諜報部は優秀な密偵を帝国の王城に潜入させていた。

そして今、帝国皇帝陛下の前で縮こまっている少女もまた、そんな密偵の内の一人だった。

密偵の彼女が、監視対象であるはずの皇帝陛下と、明るい陽の光の下で向かい合って立っている。これは、普通に考えれば由々しき事態であった。

敵国に捕らえられた密偵の末路と言えば、厳しい取り調べや拷問——最悪口封じのために処刑、と相場が決まっている。少女は翡翠色の瞳でおどおどと皇帝を見上げ、髪に触れてくる彼の手に身を竦めた。

しかし、皇帝には彼女を捕らえようとする様子も、手荒く扱う気配もない。それどころか、少女の髪を優しく撫で、まるで慈しむように指先で梳いた。

皇帝は琥珀色（こはくいろ）の目を細め、小さくため息をついて告げる。

「我が妃は、随分とお転婆（てんば）のようだ」

「も、申し訳ありませんでした、陛下……」

実は少女は、一属国の密偵でありながら帝国皇帝陛下に見初（みそ）められ、間もなく彼の妻――大帝国の皇妃となることが決まっているのだった。

彼女の栗色の髪には、木の葉が絡んでいた。それを、皇帝が丁寧な仕草で一つ一つ取り除く。

少女と並んで立っていた子グマの黒い毛にも、木の葉がたくさんくっついていた。子グマはそれを気にすることもなく少女の身体をよじ登ろうとするが、突然その鼻先を何かがシュッと掠（かす）めた。

「――キャン！」

甲高い悲鳴を上げて、子グマが少女の身体から離れる。そして、鼻先を両手で押さえて地面の上を転がり回った。

「なーおっ」

そんな子グマを、皇帝と同じ琥珀色の瞳で冷たく見据えて低く鳴いたのは、黒い毛並みのネコだった。ネコにしては大柄な体格で、威風堂々とした姿には貫禄もある。

黒ネコはオスで、ここ——皇妃の宮で飼われている、総勢二十匹のネコ達を纏めるボスである。

さらに彼は、親を亡くして王城で育てられることになった子グマの父親役をも担っていた。

「ボス、あまり怒らないであげて」

子グマの鼻先を鋭い爪で引っ掻いて教育的指導をした黒ネコに、少女はそう声をかける。

すかさず頭上から、コホンと咳払いが降ってきた。

少女は自分の置かれた状況を思い出し、慌てて皇帝に向き直る。そして、両手をもじもじとさせながら、もう一度「申し訳ありませんでした」と謝った。

「陛下のお手を煩わせるつもりはなかったんです。木登りは……その、得意なので……」

少女はつい先ほど、皇妃の宮の庭に生えた大木へと登った。

とはいえ彼女だって、何も好きでそうしたわけではない。先に木に登ったのは、今は少女の足もとに座って引っ掻かれた鼻先を舐めている子グマ。

どうやら子グマは高く登り過ぎてしまったらしく、枝にしがみついてきゅんきゅんと鳴いていたのだ。

少女はいの一番にそれに気づき、慌てて助けに向かった。密偵として幼い頃から訓練を受けていた自分にとって、木登りなどお手のものだ、と。ところが……

「だが、子グマを抱えて降りなければならないことは想定していなかったと？」

「め、面目ありません……」

いざ子グマのもとまで辿りついたはいいものの、今度はその子グマを抱えて降りなければならない。しかし、そろそろ一歳を迎える子グマの身体は、少女が背負うには大きく、また重すぎた。

そこへちょうど、午後のお茶の時間を皇妃の宮で過ごそうと、皇帝がやってきた。大木の上で黒い毛玉を背中にくっつける危なっかしい少女の姿を見つけて、彼が肝を冷やしたのは言うまでもない。

皇帝は木の袂でおろおろする近衛兵や侍女達を押し退けて、自らそれによじ登った。そして、少女の背中から子グマを引き剥がし、代わりに自分が背負って木を降りたのだった。

少女はその時のことを思い返し、後悔した。皇帝の手を煩わせてしまったこともいけなかったが、そもそも自分が木に登ってしまったのが失敗だった。

少女が元属国の密偵であると知っているのは、ほんの一握りの者達だけなのだ。

日頃皇妃の宮で一緒に過ごす侍女達や、周囲を警備する近衛兵（このえへい）達は、彼女の正体を知らない。

大帝国の皇妃になろうという娘がひょいひょいと木によじ登ったことに、彼らはさぞ驚いたことだろう。何より、少女の警護を担（にな）っている近衛兵達の立場がない。

少女は、困った顔をしていた近衛兵や、心配そうに見守っていた侍女達に向き直った。

「軽卒な真似をして、申し訳ありませんでした」

皇妃となる少女にそう言って頭を下げられ、近衛兵や侍女達は顔を見合わせる。

「いいえ、我々がもっと早く木に登ってさえいれば……」

「私達が、子グマの行動にもっと注意しておけば……」

彼らは口々にそう言い、「ともかく、妃殿下がご無事で何よりです」と頷き合った。

そして、最後に口を揃えて告げる。

「陛下が来てくださって、本当にようございました」

近衛兵も侍女達も、寄り添って立つ皇帝と少女にほっとしたような顔を向ける。

皇帝はそんな彼らの様子に満足げに頷くと、再び少女に向かって口を開いた。

「手を見せてみろ」

「は、はい」

命じられるまま、少女は両手を差し出した。

密偵を務めていた少女の手は、蝶よ花よと育てられた貴族の姫君達の白魚（しらうお）のような手とは違う。しかし、日に焼けてはおらず華奢（きゃしゃ）だった。

皇帝はそんな少女の掌（てのひら）を眺めていたが、ふと大きく眉をひそめた。

「傷だらけではないか」

「え……？」

皇帝の指摘通り、少女の掌や指の腹には小さな擦り傷がいくつもできていた。

先ほど登った木は幹が堅く、樹皮が剥（は）がれたりささくれ立っている部分も多かったせいだろう。

指の付け根にはマメもでき、その内のいくつかは今にも潰れそう。自覚がなかった少女は、それを見て目を丸くする。

しかしすぐにはっとしたような顔になって、皇帝の手を取った。そして、その掌をまじまじと眺める。

「……あれ？」

少女は、皇帝の手にも同様に傷ができているのではと心配になったのだ。

ところが実際は、擦り傷もマメもできていなかった。

少女は自分のものよりもずっと大きい掌を撫でて首を傾げる。

皇帝は、そんな彼女の仕草に目を細めつつ口を開いた。

「何も、昔からペンばかり握っていたわけではないからな。お前の手の皮よりは厚いぞ」

今でこそ、執務室にこもって書類を睨んでいることが多い皇帝だが、幼い頃より父である先帝に鍛えられたため、武芸にも秀でている。剣の腕もさることながら、長弓の名手としても名高い。四年前まで続いた大戦では、先帝とともに最前線に立っていたほどだ。

皇帝のがっしりとした男らしい手が、少女の手をやんわりと握り返した。そして、そのままそれを自分の口元へと持っていくと、つられて顔を上げた少女の両目を覗き込んで告げた。

「お前は我が妃となる。この手も、私のものになるのだ。傷付けることは許さぬ」

「陛下……」

皇帝が少女に向ける眼差しはいつも優しい。だが、その目は切れ長でなかなかに鋭いのだ。

皇妃らしからぬ行動をしてしまったと反省していた少女は、その琥珀色の瞳に断罪されているような気持ちになった。

「申し訳ありませんでした、陛下……」

少女は再び身を竦め、もう何度目かになる謝罪を繰り返す。

と、そこで、皇帝と向かい合って立つ少女の背後から声がかかった。

「彼女がお転婆なのは、今に始まったことではないでしょう？　それに、陛下だって人のことは言えないんじゃないですか？」

そう少女を擁護するような言葉を紡いだのは、皇帝とよく似た声だった。

しょんぼりと俯いていた少女はぱっと顔を上げ、背後を振り返る。

すると、淡褐色の瞳とかち合った。その右の眼窩には片眼鏡が嵌まっている。

「宰相様」

長い黒髪を背中に流したその人は、帝国の宰相で、先帝の年の離れた実弟――つまり、皇帝の叔父にあたる。宰相は少女の背中にくっついていた木の葉を摘み上げると、彼女の頭越しに皇帝と視線を合わせて続けた。

「帝国の皇帝陛下ともあろうお方が、近衛兵達を押しのけて自ら木に登るだなんて」

「自分の妃となる娘が困っているのに、指をくわえて見ていられるものか」

眉をひそめて言い返す皇帝に、彼より二つ年上の宰相はやれやれとため息をつく。

「それでも、あなたは他の者に任せるべきだったんですよ。――ねえ、参謀長」

「宰相閣下のおっしゃる通りです、陛下。私にお任せくだされればよかったのに……」

宰相の言葉に大きく頷いたのは、焦げ茶色の短い髪と青い瞳をした精悍な顔つきの男だ。

帝国軍の参謀長を務める彼は、二つ年下の皇帝とは兄弟のようにして育ち、その忠誠心は誰よりも厚い。同じく幼馴染の宰相と力を合わせ、若き帝国皇帝陛下を公私ともに支えている。

参謀長は次に少女の傍らに片膝をつくと、彼女と視線を合わせて口を開いた。

「妃殿下も。とっさに身体が動いてしまうのは分かりますが、こらえてください。ちゃんと周りの者を使ってくださらねば」

「はい……申し訳ありません、参謀長様」

「ご覧ください。皆、心配して集まってきました」

「あっ……」

参謀長の言葉を聞いて少女が辺りを見回すと、皇妃の宮のネコ達が顔を揃えていた。

普段は各々好き勝手な場所で過ごし、餌の時間くらいしか集まってこないというのに。

「妃殿下に何かあったら、皆悲しみます。私も、とても悲しいです」

「ごめんなさい……」

ネコ達の視線と参謀長の言葉に、少女は自分の軽はずみな行動を改めて猛省する。

そんな少女を見下ろし、皇帝もようやく眦（まなじり）を緩めた。

「何はともあれ、大事がなくてよかった」

皇帝がそう呟（つぶや）くと、宰相と参謀長も同意するように大きく頷いた。その表情や態度からも、二人が少女を皇妃として認め、案じていることが伝わってくる。

だがそんな彼らも、かつて皇帝が少女を皇妃にすると言い出した際、最初から同意したわけではなかった。

宰相は、彼女が皇妃という重い立場に押し潰されてしまうのではないかと心配していた。

一方参謀長は、属国の密偵であった少女をなかなか信用することができなかった。

皇帝を大切に思うあまり、少女を見定めようとする彼の目はますます厳しくなり、大人げない態度を何度もとった。それでも、少女の純朴さを目の当たりにする度に心が揺らぎ、最終的には皇帝に対する彼女のまっすぐな想いを耳にして、心を許すようになったのだった。

そうこうしている内に少女の無事を確認して安心したのか、ネコ達はまた庭に散っていった。

侍女や近衛兵（このえへい）達も、それぞれの仕事に戻る。

少し離れた場所では、黒い毛並みのボスネコが子グマの鼻先を舐めてやっていた。どうやら彼の方も説教は終わったようだ。

皇帝は少女を連れて皇妃の宮の中に戻り、宰相と参謀長もそれに続く。

皇帝は、そこで待っていた人物へと声をかけた。

「侍女頭、手当をしてやってくれ」

「――妃殿下っ……！」

帝国の王城で働く侍女達を纏めるのが、この侍女頭である。皇帝は彼女に全幅の信頼を置いており、少女の正体も伝えていた。

侍女頭は少女の傷ついた掌を眺めると、きっと両目を吊り上げる。

「これから皇妃となろうお方が木に登るなど言語道断。もっと、ご自分の立場を弁えていただかなければ困ります」

「ご、ごご、ごめんなさいっ……」

侍女頭の厳しい叱責に少女は竦み上がり、思わず傍らの皇帝に身体を寄せる。

そんな少女の肩を抱き、皇帝は侍女頭に向かって言った。

「説教は私が済ませた。もう叱ってやるな」

皇帝は、自分に頼るような仕草をした少女が可愛くて仕方がないらしい。

しかし侍女頭は、そんな彼の緩んだ顔と、その背後に佇む宰相と参謀長を睨みつけ、さらに眦を吊り上げた。

「陛下のお説教など、睦言と変わりないではありませんか。宰相閣下も参謀長閣下も、妃殿下に甘すぎます」

乳母として皇帝を育て、宰相と参謀長の幼少時代をも知る侍女頭の言葉には遠慮がない。

皇帝の方もそれを咎めるつもりはなく、宰相と参謀長は軽く肩を竦めて苦笑しただけだった。

「あなた様は、いずれは陛下の御子を――ゆくゆくは帝国の皇帝となられるお方を身籠る、大切な御身なのですよ。もしものことがあってはいかがいたします」

少女は皇帝の腕の中で縮こまり、母親に叱られた幼子のようにしゅんとした。

そんな風に侍女頭のお説教が続く中――

「侍女頭のあのちょっとキツい感じ……私、嫌いじゃないんですよね……」

「おや、おたくもですか。実は私も、侍女頭は結構好みのタイプなんです。叱られてみたい」

ひそひそとそんな言葉が交わされる。

ここは、皇妃の宮の天井裏。下階の天井板と上階の床板の間という窮屈な空間である。横には広いものの、迂闊(うかつ)に立ち上がろうものならばたちまち頭をぶつけてしまう。さらには、換気のために設けられた小窓からわずかに陽の光が差し込む以外、辺りは闇に支配されてほとんど何も見えない。

そんな決して居心地がいいとは言えない場所で、何人もの人間が這(は)いつくばっていた。闇に溶け込む真っ黒い衣服に身を包み、頭部と顔には黒い布を巻き付けて、見えているのはそれぞれ目元だけ。

彼らは、この帝国の王城に派遣されている密偵達。天井板に空けた小さな穴から、下の部屋にいる人々をこっそり眺めるのが仕事である。

彼らの視線の先では、皇妃となる少女に対する侍女頭の説教が続いている。

と、そこに、くすくすと上品な笑い声が重なった。

「まあまあ、侍女頭。妃殿下に大した怪我もなく、陛下もいいところを見せられたのですから、よいではありませんこと」

そう言って近づいてきたのは、長い黒髪の美しい女性だった。

天井板の穴から彼女を見下ろした密偵が、ほうと熱のこもったため息をこぼす。先ほど侍女頭に熱い視線を注いでいたのとは、また別の者だ。

「西の公爵様は、相変わらず別嬪だなぁ。再婚のご予定はないんでしょうかねぇ」

「死んだ亭主に操を立てていらっしゃるのかね。だとしたら、いじらしいが……あんなに若々しいのに勿体ねぇなぁ……」

黒髪の女性は、女ながらに西の公爵家の当主を務めている。

帝国には、王城を中心として東西南北にそれぞれ屋敷を構える四つの公爵家があった。

その中でも、西の公爵家は皇帝家と最も血の繋がりの深い一族であり、先代の当主は初代皇帝の実弟——現皇帝の叔父だった。

しかし、彼が子を生さないまま四年前に急死してしまったため、その夫人が跡を継いだのだ。

また西の公爵家の当主は代々、帝国の諜報機関を纏める立場にある。帝国はもちろんのこと、属国の内情もつぶさに耳に入ってくるため、黒髪の女性——現西の公爵も、皇妃となる少女が元々は属国の密偵であったことを知る、数少ない人物の内の一人であった。

そんな西の公爵はふと、片手を庭の方に向かって差し伸べる。すると、革の手袋に包まれたその腕に、バサリと翼をはためかせて舞い降りたものがあった。

鋭い爪と尖った嘴を持つ猛禽類。精悍な顔つきをしたそれは、鷹狩りの名手である西の公爵の相棒だった。

鷹(たか)は大人しく飼い主の腕にとまり、翼をたたむ。しかし、琥珀色(こはくいろ)の瞳は一点を睨みつけていた。

その視線の先にいたのは、黒い毛並みのボスネコ。

黒ネコの方も、同じ色の瞳を細めてじっと鷹を睨み返している。

「鷹のやつ、なかなか意地の悪いことをしたな」

静かに火花を散らす鷹と黒ネコを眺め、密偵達が苦笑する。

彼らは皇妃の宮の人間達だけでなく、動物達のやり取りをも一部始終観察していた。

そもそも子グマが木に登ったのは、あの鷹が枝にとまっていたからだった。

大きな鳥の姿に好奇心をくすぐられ、目を輝かせて近づいていく子グマ。鷹はそれを嘲笑(あざわら)うかのように、少しずつ上へ上へと移動し、結果的には子グマが降りられなくなる高い位置まで誘導したのだ。子グマの父親代わりを務める黒ネコが腹を立てるのも当然だろう。

そんな動物達のように険悪になることはないものの、ここ最近少女に関して意見を対立させることが多いのが、侍女頭と西の公爵である。

「妃殿下は、ご自身の技量を過信なさるきらいがございます。何かあってからでは手遅れなのですよ」

侍女頭は少女を心配するあまり、ついつい口煩くなってしまう様子。

「元気があってよいではありませんか。女の子はお転婆なくらいがちょうどいいですわ」

一方、西の公爵は少女のすべてを肯定し、大らかに見守る構え。

二人の淑女はそれぞれの方法で、少女を慈しんでいる。

とはいえ侍女頭も西の公爵も、少女が皇妃候補として王城に住まうようになった当初は、彼女が皇帝を害しはしないかと警戒していた。二人で結託して策を巡らせ、少女の動向を探ったこともある。結果、彼女らもまた少女の素直で純朴な心根を知り、すっかり魅せられてしまったのだ。

さらには皇帝自身が少女を心から愛していること、そして「あの娘を、私の側で幸せにしたい。そのために、お前達の力も貸してほしい」と直々に頼まれたことで、侍女頭と西の公爵も、少女を支えようと心に決めた。

彼女達を味方にしたことが、少女にとって大きな助けとなるのは間違いない。

だがそんな少女は今、件の淑女達に挟まれておろおろしている。その様子を天井裏の密偵達は微笑ましげに見守った。その時、

「あー……いたたたっ……」

と、体勢を変えようとした一人の密偵が腰を押さえて呻いた。

「参ったなぁ。わしももう、ここいらが潮時ですかねぇ」

彼は天井裏に詰める密偵の内、一番年嵩の男だった。長年腰痛を患っていたが、最近とみにそれがひどいとぼやく。

すると隣で這いつくばっていた別の密偵が、覗き穴から目を離して口を開いた。

「いやいや、まだまだ！……と、言いたいところですが、実を言うと私も最近……」

こちらも他の密偵達同様、全身黒ずくめのがっしりとした体格の男。

密偵のキャリアとしては、腰痛持ちの男に次ぐベテランだ。彼はある属国の諜報部で幹部を務めており、祖国から帝国の王城に派遣される密偵達を束ねる立場にもある。

そして彼こそが、属国の密偵から大帝国の皇妃へと転身する少女を育てた男だった。

孤児であった少女とは血の繋がりこそないが、確かな親子の絆で結ばれていた。

そんな少女の養父も、自分の腰をとんとんと叩いて「いてて」と呻いた。

四六時中窮屈な体勢を強いられる密偵にとって、腰痛は言わば職業病。

「いやあ、寄る年波には勝てませんなぁ」

「まったくですなぁ。若いもんに後を任せて、年寄りはそろそろ引退を考えないといけませんかねぇ」

少女の養父と年嵩の密偵は、そう言い合っては切ないため息をついた。

そんな二人に、比較的若い密偵が音もなく近づいてくる。その手にはボトルが握られていた。

「おやっさん達、そんな寂しいこと言わないでくださいよー！　これ飲んで、まだまだ頑張りましょうや！」

「おや、これは？」

「最近注目されている酒精の入ってないワインもどきです。各地の品評会で本物のワインを抑えて賞を総なめにしたって噂の逸品ですよ！」

「ほう、それはぜひ、賞味させていただこうか」

「どーぞどーぞ！」

勤務中にもかかわらず、ボトルを囲んで盛り上がり始める自由な密偵達。

そもそも少女の養父を含め、彼らの本来の持ち場は皇妃の宮ではなく、皇帝執務室の天井裏である。監視の対象は帝国で最も重要な人物、皇帝陛下その人であり、密偵として配属されているのは当然エリート中のエリートばかり。

なのに会話の内容ときたら、場末の酒場で飲んだくれている連中と変わりない。

「ちょっと、もう……あんたら……」

それに呆れた顔をしているのは、本来皇妃の宮の天井裏を担当している密偵の一人——帝国皇妃となる少女の、血の繋がらない兄だった。少女には三人の義兄がいるが、彼はその一番上である。

長兄はやれやれとため息をつくと、盛り上がるオヤジ達から下階へと視線を移す。そして、間もなく正式に帝国皇妃となる妹の姿を眺めて、今度はしみじみとしたため息をついた。

少女の掌の傷は侍女頭が素早く手当をし、乱れていた髪も、西の公爵が櫛で整えたようだ。

少女は今、膝に抱いたボスネコの背中を撫でながら、皇帝とソファに座ってお茶を楽しんでいる。向かいのソファには、宰相と参謀長もリラックスした様子で腰掛けていた。

長兄は、無邪気な笑顔を皇帝に向ける妹を眺め、少々複雑な思いを抱いた。妹が幸せになるのは彼にとってももちろん喜ばしいことなのだが、一抹の寂しさを覚えてしまう。

「チビのヤツ……あんなに小さかったのになぁ……」

長兄はそう呟くと、彼女と初めて会った時のことを思い返した。

最北の戦場で諜報活動をしていた彼の父親が、女の赤子を連れて帰ってきたのは、今から十八年前のことだ。

当時、すでに一家は母親を亡くしていたため、赤子はそのまま男所帯で育てられる。

周囲の心配をよそに赤子はすくすくと成長し、父や兄達に倣って密偵となった。

そして、父の見習いとして、帝国皇帝執務室の天井裏に出入りするようになったのが二年前。

その後一年間は何ごともなく過ぎ去ったものの、一年前に突然少女の妾入りが決定。

それを阻止し、自ら引き取ったのがなんと帝国皇帝陛下だったのだ。

そもそも、帝国皇帝陛下は少女が配属される前から、密偵に扮して天井裏に出入りしていたらしい。そうして正体を隠して少女と交流を深めていくうちに、帝国皇帝陛下は一属国の密偵である彼女を愛してしまったのだと言う。

少女の長兄としては、妹が見初められたことは誇らしく、女を見る目がある男だと皇帝を見直したものだ。

その後、半年間を皇妃候補として過ごした少女は、今から五ヶ月半ほど前に成人にあたる十八歳を迎え、と同時に彼女が正式に皇妃となることが帝国の内外に発表された。

さらにこの半月後には、帝国を挙げての盛大な結婚式が予定されている。

「あのチビが、もうすぐ人妻かぁ……」

少女の長兄は花嫁衣装に身を包む妹を想像し、感慨深げなため息をついた。

と、そこですぐ傍らから、ズビビッと盛大に鼻を啜る音が聞こえてきて、彼は顔を上げる。

「……って、親父さん？　何、泣いてんの？」

「泣いてねぇよ、バカヤロウ！」

彼の父――少女の養父が、いつの間にか隣に並んで下を眺めていた。

その覆面から出ている両目が潤んでいるのは、長兄の見間違いではない。

「おい、親父さん。酔ってんのか？」

「酔ってねぇよ、クソったれ！　酔えるもんなら、酔いてぇよ!!」

少女の養父はそう吼えると、片手に掴んでいたボトルをあおる。

それを見ていた密偵の一人が、ボトルを指差しガハハと笑って言った。

「いくら飲んでも酔えませんぜー。それ、酒精は入ってませんからねぇ」


帝国の王城の中で最も大きいのは、中央に位置する建物である。

ここには、皇帝や宰相、および法務や財務といった各事務方の執務室が入っており、帝国の政策を話し合うための会議室なども設けられている。また上階には要人の私室もあり、最も人の出入りが多く、活気のある建物となっている。皇妃となる少女が住まう皇妃の宮も、この建物の一角にあった。

次に大きいのは、中央の建物に添うようにして、表門から向かって右側に位置する建物。

こちらは、総司令官や参謀長以下、軍部要人の執務室などが入った施設である。

そして、それとは対称の位置――表門から向かって左側に位置する建物は、賓客のための宿泊施設になっており、貴賓宮と呼ばれている。貴賓宮の最上階には大規模な宴を催すための大広間があり、帝国皇帝陛下の結婚式もそこで行われる予定になっている。

帝国の城は、現在これら三つの建物により構成されている。

しかし、かつてはもう一つ大きな建物――皇帝の妻となる女達が住まう後宮が存在した。

後宮は、皇妃の宮と庭を挟んで向かい合うように立っており、少女が皇妃候補となる少し前までは、帝国の貴族や属国の王家などから差し出された女性達が皇帝の寵愛を得ようと鎬を削っていた。

ところが、現皇帝陛下は彼女達の誰一人とも関係を持とうとせず、それどころか女達を全員生家へ帰し、後宮の建物自体も取り壊して更地にしてしまった。

彼はそうすることで、少女をただ一人の妻として愛する、と周囲に宣言したのだ。

現在、後宮の跡地から裏門にかけての敷地には、大きな美術館が建設中である。

その監修を任されているのは、まだ十九歳と若い東の公爵。

彼の父親である先代の東の公爵は、大戦中、各国の芸術品保護のために奔走した人物だった。三年前に惜しまれながらこの世を去ったが、彼が収集した貴重な絵や彫刻などは、城の宝物庫に大切に保管されている。

それらを広く一般にも公開し、身分にかかわらず誰でも芸術と触れ合えるようにしたいと考えた皇帝は、その責任者として父親の芸術論を子守唄代わりに聞いて育った東の公爵に白羽の矢を立てたのだった。

そして、若い東の公爵を補佐する形で監修に携わることになったのは、南の公爵である。城の宝物庫の管理は、現在この南の公爵が請け負っていた。

「宝物庫に入るのは初めてですか？　妃殿下」

「はい、先生」

この日、少女は南の公爵に連れられて、その宝物庫へとやってきた。

先代の南の公爵は半年ほど前、属国の反帝国勢力を焚き付けて戦争を起こそうとした咎で、流刑になった。その遠縁であった新しい南の公爵は、派手な財力や貫禄はないものの、皇帝に対する忠誠も厚く、また皇妃となる少女の教師役をも務める博識な紳士である。

「わしも、ここに入るのは初めてだぞ、先生」

「実は、私もなんです。先生」

「おやおや、今日は生徒さんが多いですねぇ」

そんな南の公爵を苦笑させたのは、帝国軍総司令官と参謀長である。

帝国軍の最高司令官は慣例により皇帝が兼任しているが、実権はこの総司令官に委ねられている。彼は先帝の側近として大帝国を築いた立役者の一人であり、参謀長にとっては実の父親でもあった。

その軍部父子が少女に同行しているのは、何も宝物庫見学のためではない。

美術館の外観が間もなく完成することを受け、皇帝の結婚式に合わせてその一部が披露されることになった。各属国や同盟国から訪れる多くの賓客には、展示品も一部先行公開する予定である。その中には特別貴重なものもあるため、軍部が運搬と護衛を担うことになったのだった。

総司令官と参謀長は、今日はその下見をするために宝物庫を訪れたのである。

「とはいえ、わしは芸術に関してはからっきしでなぁ……」

何重にも掛けられた鍵を外す南の公爵の後ろで、総司令官がそう言ってため息をついた。

無骨な武人と高尚な芸術は、なかなか相容れぬものである。価値などさっぱり分からんとぼやく総司令官に、南の公爵は笑って言った。

「何をおっしゃいます。帝国の英雄と名高い総司令官閣下は、目が肥えていらっしゃいましょう」

「いやあ、まあ、女に関することでしたら、ちょっとばかりうるさいんですがねぇ」

黒々とした顎髭を撫でて、にやにやする総司令官。しかし彼は、視線を感じてふと振り返る。すると無垢な少女の瞳と蔑むような参謀長の瞳とかち合って、びくりと身を竦ませた。

「総司令官様は、女性にお詳しいんですか？」

「ごめん、嬢ちゃん。そんな汚れない目で見ないで。おじさん、恥ずかしい」

「妃殿下のお耳にくだらない話を入れないでいただけますか、父上」

興味津々の少女に、顔を覆ってたじたじとする総司令官。そして、それを冷たい目で見つめる参謀長。そんな三人の様子に、ははと笑った南の公爵は、眼鏡を指で押し上げながら言った。

「はいはい、生徒の皆さん。鍵が開きましたよ。中へどうぞ」

四人が入った宝物庫の中には、様々なものが保管されていた。

まず目を引いたのは、よく扉をくぐれたなと感心するほどの巨大な絵画や彫刻品。
凡人には理解できない芸術性の爆発には、思わずあんぐりと口を開けてしまう。
そもそも芸術という分野において、優劣の定義というのは実にあやふやなものである。
特に絵画などは、誰が見ても素晴らしいという写実的なものもあれば、何を描いている
のかさえ分からない抽象的なものもあった。
「総司令官様。これ、どうやって見るんでしょうか？」
「うーむ……わしにもさっぱり分からんなあ」
今、少女と総司令官が見上げている絵画はまさに後者であった。何しろ、適当に絵の
具をぶちまけたような混沌としたキャンバスに、黒い丸が一つ描かれているだけなのだ。
「作品タイトル『クマ』」という、先代の東の公爵が記したと思しきメモが額縁に挟まっ
ているので、おそらくクマをモデルに描かれた絵なのであろう。しかし素人の目には、
正直どちらが上でどちらが下なのかさえ判断がつかない。
「こう見るんでしょうか？」
「いや、こうじゃないか？」
少女と総司令官は二人して、首を縦にしたり横にしたりしながら、ああでもないこう
でもないと言い合った。

「ぶっ……妃殿下、父上、何やってるんですか……」

そんな二人の様子がよほど可笑しかったのか、後ろで参謀長（さんぼうちょう）が噴き出した。いつも無表情の彼には珍しいことだ。

宝物庫の中には他にも、宝石をちりばめた茶器や銀のバラ水入れ、象嵌細工（ぞうがんざいく）の宝石箱、黄金に縁取られた姿見など、滅多に見られない豪華な品々が並べられていた。

その最たるものが、少女の目にとまる。

「わあ、すごいですね、これ！　……揺りかご、ですか？」

宝物庫の隅に置かれていたのは、眩（まばゆ）いばかりの黄金の揺りかごであった。金の地に、彫金と宝石の象嵌が施（ほどこ）されている贅（ぜい）を尽くした逸品。

それを眺めて感嘆の声を上げた少女に、南の公爵が解説する。

「ああ、これは、皇帝陛下がお生まれになった時に皇太后陛下のお父上から贈られたものですよ。皇太后陛下の祖国である金の国では、第一子が生まれると揺りかごを贈る習慣があるそうです」

「金の国、というのですか？」

「はい。最北の連邦国の核となった国です。現在の連邦国王は皇太后陛下の甥君（おいぎみ）で、元は金の国の王族であらせられます」

「そうなんですか……」

大陸の最も北に位置する山脈の向こうには、かつて三つの国が存在していた。

ところが、十八年前にその三国間で戦争が勃発。その際、帝国の介入によって皇太后の祖国である金の国が勝利したのだと言う。

現在、最北の三国は統合されて連邦国を名乗り、帝国とも大変友好的な関係にある。

少女は南の公爵の授業で聞いた連邦国の歴史を思い出しながら、黄金の揺りかごをそっと揺らした。

ギッギッと、重い音を立てて揺りかごが揺れる。その度に、表面に埋め込まれた宝石が煌めき、目がちかちかしてしまう。表面を覆う黄金の輝きも、はっきり言って目に優しくない。

「この揺りかごの中では、あまり落ち着いて眠れなさそうですね」

「そういえば、赤子の陛下も最初はこれに寝かされて、ギャンギャン泣いてらっしゃったなー」

苦笑する少女の傍らで、総司令官は「懐かしい」と言って笑う。

結局、黄金の揺りかごはほとんど使われないまま、宝物庫へと追いやられてしまったらしい。

「こんな派手なだけのガラクタを送りつけやがって、と皇太后様がお父上相手に憤慨していらっしゃったなぁ」

総司令官は顎鬚を撫でながらそう言って、昔を懐かしんだ。

彼が半生を捧げた先帝と、その妻である皇太后は、現在最北の連邦国にて隠居生活を送っている。そんな二人も、皇帝の結婚式の十日前には帝国に戻ってくることになっている。

「陛下のお父様とお母様にお会いできるの、楽しみです」

少女は黄金の揺りかごの縁を撫でながら、そう言って無邪気に微笑んだ。

ところが総司令官は、参謀長と顔を見合わせて、少しだけ困った表情をして言った。

「楽しみにするのは結構だがな、嬢ちゃん。あの二人はなかなかの曲者だからな……覚悟しておいた方がいいぞ？」

「まあ」

その忠告に、少女は両目をぱちくりさせた。

第二章　手を繋いでどうぞよろしく

「──っ、痛っ……」

うららかな午後の皇妃の宮に、突然小さな悲鳴が上がった。

その悲鳴の発信源である少女は、とっさに人差し指を口に含んだ。口の中に、じわりと鉄の味が広がる。

「大丈夫ですか？　あなた、本当に不器用ですね」

隣から少女の顔を覗き込んでそう言ったのは、宰相だった。

二人は今、ソファに横並びで座り、少女が結婚式で着けるベールに刺繍を施していた。

帝国では、ベールには花嫁自身が刺繍を施すという習慣がある。少女も例にもれず、刺繍が得意な宰相に教えてもらいながら、明るい緑色の蔦や赤や黄色の小花をベールの縁にあしらっているところだ。

なのに途中、幾重にも縫い重ねた部分に針先が引っ掛かり、通りにくくなった。針を一旦引いて場所をずらせばいいものを、ついつい強引に押し進めようとしたために、手元が狂って指先を突いてしまったのだ。

「あんたさぁ……不器用なくせに、昔から思い切りだけはいいのよねぇ……」

呆れたようにそう言ったのは、少女の傍らに立っていた侍女だ。顎のラインで切り揃えた髪は栗色、瞳は緑色と、少女とよく似た色合いをしている。

彼女は実は少女と同郷の幼馴染で、優秀な女密偵でもあった。今は、少女の護衛のために侍女に扮して皇妃の宮で働いている。

少女の祖国の前国王と王太子は、半年ほど前、帝国に反旗を翻そうとして失脚した。新しく国王となったのは、密偵時代の少女のボスでもあった第二王子。

妾腹であるがゆえに冷遇されていた彼は、部下であった少女が帝国皇帝陛下に見初められたことで、帝国との間に個人的なパイプを手に入れた。そして、帝国皇帝陛下に忠誠を誓うことにより父や兄と決別し、見事彼らに対するクーデターを成功させたのだった。

現在、帝国と少女の祖国の関係はすこぶる良好。少女の幼馴染も、出向という形で帝国諜報部の長である西の公爵の下に就いている。ちなみに皇妃の宮に仕える他の侍女達には、少女の乳兄弟と紹介されていた。

「いつか大きな怪我をしないかって、親父様もいつも心配なさってるわよ。気を付けなさい」

「はい、ねえ様……」

普段は侍女らしく丁寧な言葉遣いで少女に接するが、今二人の近くにいるのは宰相だけ。事情を知っている者しかいない場面では、少女の幼馴染は元来の蓮っ葉な口調になる。それが気に入らないらしい侍女頭にはいつも睨まれるが、彼女はどこ吹く風という態だ。

「痛いです……」

少女は血が滲む指を見下ろして、自分の不甲斐なさにしょんぼりと肩を落とす。

それを見た宰相は苦笑を浮かべつつ、優しい声で言った。

「世話の焼けるお嬢さんですね。どれ、手を見せてごらんなさい」

「すみません、宰相様……」

少女は言われるままに、針で突いた人差し指を宰相の方へと差し出した。

宰相は、男性にしては華奢な指をそれに添わせて、傷口を検分する。

「ああ、これくらい。舐めておけば大丈夫ですよ」

彼はそう言って、あろうことかプクリと血玉の浮き上がった少女の指を口に含もうとした。

少女も幼馴染も、さすがにぎょっとする。

と、その時、バンッと乱暴に扉を開く音が響いた。

「——ちょっと、待てっ!!」

少女は驚いて、声がした扉へと顔を向ける。

そこに立っていたのは、長い亜麻色の髪に大きな白い布をかぶった商人風の男だった。

少女は翡翠色の両目をぱちくりさせると、隣に座った宰相に問いかけた。

「あの……、どちら様でしょうか?」

「……おい……」

少女の言葉に、男はがっくりと項垂れる。

一方、宰相は慌てた様子も無く、扉の脇に控えていた近衛兵達に向かって告げた。

「あなた達、何をしているんです。早くこの怪しい男を皇妃の宮から摘み出しなさい」

そんな宰相の言葉に、近衛兵達はたいそう困った顔をする。何故なら……

「誰が怪しい男だ。分かっていて言っているのだろう」

「はて?」

宰相はとぼけるように首をかしげて見せた。

男の風貌は少女には見覚えのないものだったが、その声にはおおいに聞き覚えがあった。

少女は針で突いた指先の痛みも忘れ、ズカズカと大股で近づいてきた男の顔を見上げた。

「へ、陛下……？」

商人風の男の正体は、なんと皇帝陛下だったのだ。

皇帝はカツラを被った頭をさらに布で覆い、黒い縄状の輪で留めている。

クーフィーヤと呼ばれるその被り物は、帝国や周辺の内陸部の国々においては、主に商人の男性が帽子代わりとして着用している。元々は、砂漠を行く商人達が強い日差しや砂嵐から顔を守る目的で着用していたものだ。

皇帝は、本日の政務を全て片付け、少女と過ごす時間を確保してきたと話す。続けて両目をぱちくりさせる少女に、「街へ行くぞ」と告げた。

「街、ですか？」

「ああ、この一年、外を自由に歩かせてやることもできなかったからな。今日は、お前の行きたいところへ連れていってやるぞ」

皇帝の言葉を聞いて、少女はぱっと顔を輝かせそうになった。

しかし、手に持っていた針と糸の存在に、すぐさま自分の現状を思い出す。

「あの、でも刺繍がまだ途中で……」

忙しい宰相が、わざわざ時間を作って刺繍を教えに来てくれたのだ。優先すべきは皇帝であるが、だからと言って宰相の厚意を無下にできようはずもない。

少女はおろおろして、目の前に立った皇帝と、隣に座った宰相の顔を見比べる。

すると宰相が苦笑を浮かべ、彼女の手から針と糸を取り上げた。

「刺繍は私の趣味ですから、気になさらずともよろしい。お茶を飲むついでにキリのいいところまでやっておきますよ」

「……申し訳ありません」

「明後日には先帝夫妻も戻られますし、結婚式の前後はあなたも陛下も身動きがとれないでしょう。今のうちに羽を伸ばしていらっしゃい」

宰相の言う通り、二日後には先帝と皇太后が帝国に帰ってくる予定になっている。そうなれば外出どころの話ではない。

「ありがとうございます、宰相様。行って参ります」

宰相に背中を押され、少女は今度こそ満面の笑みを皇帝に向けた。

皇帝はそんな少女に頷くと、侍女頭を呼んで少女を着替えさせるよう命じた。

栗色の髪を黒髪のカツラで隠し、その上に大判のスカーフを頭巾のようにして被る。

シンプルな長袖ワンピースの下には、踝できゅっとしまったズボンを穿いた。

それらは一般的な女性の普段着姿で、この日の少女はどこからどう見ても町娘。

皇帝は少女の装いを満足そうに眺めると、さっそく彼女の手を取って皇妃の宮を出ていった。

「やれやれ……陛下ときたら、子供のようにはしゃいで……」

そんな二人を見送って、宰相が小さくため息をこぼす。

侍女頭はそれにくすりと笑い、宰相に紅茶を用意するため、その場を離れた。

宰相は無言で刺繍の続きに取りかかろうとする。

その時、ベールをくん、と引っ張られる感触がして、顔を上げた。

「――おや、あなた。何をするつもりです？」

侍女に扮（ふん）した少女の幼馴染が、ベールの反対側を掴んでいたのだ。

彼女は宰相の隣に腰を下ろし、少女が置いていった針と糸を手に取った。

「私も手伝います。あの子に任せていたら、せっかくのベールが血塗（ちまみ）れになりそうですし」

「ベールの刺繍を手伝えるのは、新郎新婦の親族だけですよ。あなた、ただの幼馴染でしょう？」

身も蓋もない宰相の言い草に、少女の幼馴染はキッと睨みつけながら言い返す。

「おチビとは姉妹のようにして育って、家族も同然の仲なんです！」

この幼馴染の両親は共に軍人で、大戦の際に命を落としていた。そのことで、当時敵対関係にあった帝国に対して思うところがないわけではない。

しかしそれ以上に、無策のまま戦争に参加して両親を犬死にさせた祖国の前国王を憎んでいた。彼女が今、両親の仇とも言える帝国に仕えているのは、この国が前国王の失脚に一役買ったからでもある。それに……

「あの子はもう、自分の親族と容易に顔を合わせることもできないんですよ。唯一堂々と側にいられる私が、親父様達の代わりを務めたっていいじゃないですか」

現在帝国の属国は五十余り。そのいずれから妃を娶ったとしても帝国の贔屓と取られ、不和の種となるだろう。よって皇妃となる少女の出自は明かされず、当然親族との面会も叶わない。それでなくても、密偵を生業としている養父や兄達とは、会うことは難しいのだ。

口には出さないが、少女がそんな状況を寂しく思っていることを、幼馴染は知っていた。そして、宰相もそれを理解していたため、針を動かし始めた幼馴染の手を止めることはなかった。

「あれ……？」

王城に出入りする商人達に紛れて表門を出た少女は、いつの間にか足元を歩いていた黒い塊に気づいて目を瞬かせた。あの黒い毛並みのボスネコである。

彼は足音を立てないのはもちろんのこと、容易に気配も悟らせない。その様子はまるで優秀な密偵のようだ。

「ボス？　一緒に来るの？」

少女の問いに頷くように、ボスネコは「なーん」と愛想良く鳴く。

「何だ、お前。保護者気取りか？」

一方、からかうような皇帝の言葉には、お揃いの琥珀色の瞳を細めて「なー」と低く鳴くのだった。

さてそんなボスネコを連れ、王城の表門からまっすぐに伸びる大通りを行くと、やがて道が放射状に分かれているのが見えた。それらの通りは進むにつれあちこちで交差して、まるで巨大な迷路のようだ。

多くの人々が行き交い、両脇に立ち並ぶ店からは威勢のいい声がかかる。

このような商業地区はバザールと呼ばれ、衣類や貴金属、陶器や絨毯などの日用品から、青果、精肉、魚介類といった食料品まで、様々な商品を取り扱う店がひしめき合っている。

同じような商品でも、売っている店によって値段はまちまち。子供の玩具のようなガラクタに紛れて、目が飛び出るほど高価な宝石が売っていることもあるから、まったく侮れない。

また、焼きたてのパンや串焼き肉など手軽に食べられる料理を出す屋台も多く、食欲をそそる匂いが漂ってくる。

「ふわあ……すごい人ですね！」

「迷子になるなよ」

思わず感嘆のため息をついた少女に、皇帝がおどけるように言った。

街には物が溢れていた。そしてそこに生きる人々は、誰しも顔を生き生きとさせている。

彼らに平和な日常を与え、その豊かな生活を守っているのは、皇帝である。皇帝が正しく国を動かしているからこそ、人々は穏やかな毎日を送ることができるのだ。

それを退屈と言う者もいるが、成人前から戦の最前線に立ち、平和の尊さを身を以って知っている皇帝には、大陸にこれ以上血を吸わせる気はない。そのために、帝国はどの国よりも強く、そして寛大であらねばならない、と常々思っていた。

その強さと寛大さに引かれ、帝国には多くの人間が集まり、様々な物も集まってくる。

珍しい物が集まれば、それを買い求める人間も集まり、街はどんどん活気を増していく。

バザールは、まさに帝国の豊かさと平和の象徴であった。

それをしばし無言で眺めていた皇帝は、隣を歩く少女に向かって顔を綻ばせた。

「民の顔を見ていると、自分は間違っていないと思えてほっとする」

「はい、へい——あっ……」

少女は微笑みを返しつつ、陛下、と言いかけ、慌てて両手で口を塞ぐ。せっかく変装をしているのであるから、呼び方にも気を付けねばならない。

皇帝は最初、互いを名前で呼び合うことを提案したが、それはどうにも恐れ多いと思った少女は、別の呼び名を考えていた。

「えっと、だんな、様……」

クーフィーヤと長衣を身にまとった皇帝は、眼光の鋭さもあってやり手の商人に見える。町娘仕様の少女はその恋人という設定だったが、本人としては侍女と言われる方がしっくりきた。そのため「だんな様」と呼ぶことにしたが、きっと傍目には違和感がないだろう。

ちなみに参謀長などは最初、街に出るなら少女には男の格好をさせるべきだと主張していた。帝国の城下街は治安がよく、女性が一人で出歩くのにもさして問題はないが、突発的な犯罪に巻き込まれる可能性はどうしても女性の方が高い。

しかし、皇帝が譲らなかった。せっかく初めて二人で出掛けられるのに、男装などさせては堂々と手も繋げない、と言うのだ。参謀長はその言い分に呆れたような顔をしたものの、最終的には皇帝の意思に従った。

そして現在、やはり心配だからということで彼も一般人に変装し、少し離れた場所から護衛に当たっている。

皇帝は、少女の頬に掛かった偽物の黒髪を除けてやりながら尋ねた。

「どこか、行きたいところはあるか？」

皇帝は皇太子時代、視察もかねて何度も街に降りていた。その頃は宰相や参謀長と三人で、裏路地を探検して歩いたこともあると言う。少女の方も、密偵時代は街の一角にあるアジトで一年ほど実際に生活していたので、そこそこ道に詳しい。

「えっと、えっと……」

忙しい皇帝が、せっかく自分のためにくれた貴重な時間をどう有効活用すべきか。

少女は頭の中で街の地図を広げて唸る。

その様子にくすりと笑った皇帝は、ゆっくり悩んでいいと告げると、少女の片手を取って歩き始めた。

彼はまず自分の用事を済ますべく、老舗の文具屋を訪ねることにした。一日中ペンを握り締めていることが多いため、いつも自分で手に馴染むものを選んでいるのだ。

「お前も何か欲しいものはないか？　一緒に買ってやるぞ」

「え？　ええっと……」

文具店に入り、早速ある品に目をつけた皇帝は、店主と値段交渉を始めた。バザールでの買い物は値切って当たり前。定価はないに等しく、店主と客の駆け引きで値段が決まる。

店主と舌戦を繰り広げる皇帝に面食らいながら、少女も店内を眺めて回る。

そんな中、ふと少女は誰かに見つめられているような感覚を覚えた。

ぱっと顔を上げて辺りを見回す。さらに、店先まで出てみた。

しかしこの時にはもう、視線は感じられなくなっていた。

気のせいだったろうかと思いつつ、少女はくるりと店の方を振り返る。

「わっ……!?」

とたんに彼女は両目を見開き、驚きの声を上げた。というのも、店の入り口の太い梁(はり)の上から、大きな目玉がぎょろりとこちらを見つめていたからだ。

青いガラス玉に、白と黒の絵の具でまん丸い目玉が描(えが)かれている。先ほど皇帝に連れられて店に入った時には気づかなかった。見たところ、飾りというよりは何かのまじないといった雰囲気である。

（まさか、さっきの視線はこの目玉の仕業、なんてことは……）

少女は青いガラスの目玉を見上げつつ、ついついそんな非現実的なことを考えてしまった。

と、その時。

通りに背を向けて立っていた少女の近くを、ふわりとバラのような香りがかすめた。

振り返って見ると、背後を通り過ぎたのはすらりと背の高い人だった。踝まで隠す濃紺のワンピースを纏い、頭から背中にかけてを黒いベールが覆っている。

何故か興味を引かれ、少女はその後ろ姿を目で追った。

すると、通りの向こうから歩いてきた若い男が、すれ違い様に黒いベールの人にぶつかった。

「――――!」

少女の視線が一瞬鋭く煌めく。

彼女は通りを行き交う人々の波に紛れ込むと、自分の方に歩いてきたその若い男に近づいた。

そして、やはりすれ違い様に、わざと軽くぶつかる。

「あっ、ごめんなさい」

「いや、こっちこそ」

少女がにっこりと微笑んで謝ると、若い男は愛想良く答えて去って行った。

それを見届けた少女は、今度は慌てて黒いベールの人を追いかけ、呼び止める。

「——あの、すみません！　これ、落としませんでしたか？」

「あら……」

先ほどの若い男は、実はスリだった。彼が黒いベールの人から財布をすったのを目撃した少女は、それをさらにすって取り返したのだ。

大帝国の皇妃となる者が自慢できることではないが、元密偵という職業柄、少女はスリの訓練も受けていた。手先は決して器用とは言えないものの、養父も舌を巻くその思い切りの良さのおかげで、これまで失敗したことはない。

財布の持ち主である黒いベールの人は、西の公爵と同じくらいの年頃の美しい女性だった。

白と見紛うほどのプラチナブロンドと、透けるような白い肌。帝国内ではあまり見ることのない随分と色素の薄い人だ。おそらく黒いベールは、陽の光の刺激を受けやすい肌を保護するためのものなのだろう。

女性はしばしの間、淡い青の瞳で少女の顔をじっと見つめていたが、やがて紅の載った唇の端を持ち上げた。

「わたくしのものに間違いないわ。どうもありがとう」

「いいえ。気づいてよかったです」

少女はにっこり微笑み返すと、財布を彼女に返した。その時、ちょうど文具屋から出てきた皇帝が、きょろきょろと自分を探しているのに気づく。

「それでは、失礼します」

少女はそう告げてペコリと頭を下げると、皇帝の方へと駆け戻る。

その後ろ姿を、黒いベールの女性はしばらくじっと見つめていた。


バザールには同業者が集まっている地区もあった。

中でも、香辛料を取り扱う一角はスパイスバザールと呼ばれている。

唐辛子や胡椒(こしょう)、肉料理に欠かせないオレガノやクミンなどといった様々な香辛料が店先に並ぶ。また、ナッツやドライフルーツといった乾物を同時に取り扱っている店も多い。

そんなスパイスバザールの中には、コーヒーを売っている店もあった。

焙煎(ばいせん)した豆や、それを挽(ひ)いて粉にしたものを袋に詰めて販売するかたわら、淹(い)れたてのコーヒーを提供するカフェスペースも併設されている。少女は、皇帝をそのコーヒー店へと誘った。

「だんな様。ここのお代は、私に支払わせてくださいね」

「うん？」

席に着いて二人分のコーヒーを注文すると、少女は懐（ふところ）から財布を取り出して皇帝の前に掲げた。

ポーチの形をした布製の財布は、少女が長年使ってきたものだ。

皇妃候補として城に住み始めた頃は、その財布にはほとんどお金は入っていなかった。しかし、ある朝彼女が目覚めると、ベッドの脇のテーブルに見覚えのある麻袋が置かれていたのだ。

中身は、少女が密偵時代にこつこつと貯めていたお金。たいした金額ではないが、彼女にとっては自由に使える唯一の財産だった。アジトに保管していたそれを、きっと養父が気を利かせて届けてくれたのだろう。

「衣食住全て面倒を見ていただいて、何もご恩返しできてませんもの。せっかくですから、今日はご馳走（ちそう）させてください！」

「衣食住の面倒って……夫婦になるのだから、当然だろう？　お前、そんなこと気にしていたのか？」

「天井裏にいる時だって、いろんな物をいただきました。ずっと、お礼をしたかったんです」

大真面目に訴える少女に、皇帝は呆れたような顔をするものの、こうして真剣に言い募られては折れずにはいられなかった。

「……分かった。では、ご馳走になろう」

「はいっ！」

少女はぱっと顔を輝かせ、嬉しそうに頷いた。

さてさて、一言にコーヒーと言っても、淹れ方によって味わいは千差万別である。

この店のコーヒーは、まずジェズべと呼ばれるひしゃくの形をした小鍋に、水と極めて細かく挽いたコーヒーの粉、それからたっぷりの砂糖を入れて火にかける。

弱火で沸騰させ、泡が出てきたところで、それをスプーンで掬って小さめのカップに入れていく。

さらに強火で沸騰させて、最後に先ほどのカップに移して出来上がり。

コーヒーの粉を漉さないので、それが一通り沈むのを待ってから泡の載った上澄みだけをいただく。

「甘い……」

一口目を飲んだ皇帝の感想はこれだった。

城で出されるのは紅茶ばかりなので、彼はコーヒーを飲み慣れていない。ましてや砂糖をたっぷり溶かし込んだものなど、大人になるとあまり口にする機会がないものだ。

しかしその味わいはまんざらでもなく、皇帝は二口三口と続けてコーヒーを飲んだ。

少女はその様子にふふ、と微笑んで、自分もカップを傾ける。

彼女は実は、密偵時代に一度だけ、この店に足を運んだことがあった。そんな風に少女のような若い女性客がここを訪れるのには、コーヒーを味わうこととはまた別の目的がある。

「コーヒー占い？」

「はい。すごく、当たるらしいんです」

コーヒーを飲み終えた二人は、コーヒーの粉が泥のように沈殿したカップを、ソーサーの上でひっくり返した。このまま、底が冷えるまでしばらく待つのだ。そうして、カップの底に残った粉の模様で飲んだ者の運勢を占うのが、コーヒー占いである。

以前、少女がこの店を訪れた時、カップの底に現れたのは蜂(はち)の模様だった。占い師には、新しい友達ができるという暗示だ、と告げられた。

そして、その日の帰り道、少女は野犬に噛(か)まれて瀕死(ひんし)の状態でいた黒ネコに遭遇した。

黒ネコの姿を見つけた時、密偵としてアジトに隠れ住む自分が面倒を見られるだろうか、と一瞬迷った。しかし、結局そのまま放置することなどできず、彼を抱いて連れ帰ったのだ。

そんな黒ネコは、今や皇妃の宮を牛耳る(ぎゅうじ)ボスネコとなり、少女が引き取った子グマの父親代わりを務めるなど、いろいろと助けてくれている。彼が占い師の言った〝新しい友達〟だったとすれば、あの時の占いは当たっていた。

当の黒ネコは、コーヒーの香りは苦手なのか、今は店の前の石階段に腰を下ろして休んでいる。

「お二人様、奥へどうぞ」

頃合いを見計らって、店員が声をかけてきた。

「占いは、信じない主義なんだが」

「でも、ここの占いはよく当たるって評判なんですよ」

あまり乗り気ではなさそうな皇帝を引っ張って、少女はカフェスペースの奥の小部屋へと移動する。もちろん、先ほどひっくり返したカップも持っていく。

小部屋の扉を開くと、すぐに小さなテーブルと椅子があって、奥側にはふくよかな老婆がどっしりと腰を下ろしていた。彼女が、このコーヒー店お抱えの占い師である。

「おやおや、いらっしゃい。恋人同士でおいでかねぇ」

親しげに声をかけてきた占い師に、少女は慌ててぺこりと頭を下げた。

「こんにちは、よろしくお願いします」

「……どうも」

皇帝も、占い師が自分達を恋人と言ったのに気を良くしたのか、話を聞く気になったようだ。

占い師に勧められ、二人は扉に背を向けた形で並んで椅子に座る。

まず、皇帝のカップをひっくり返して覗き込んだ占い師は、ほほ、と軽快な笑い声を漏らした。

「これは、鎖（くさり）の模様だねぇ。商売人としては、なかなか良い兆候だよ」

「鎖？」

「結婚や商売といった法的な契約を結ぶ、と出ておるのぉ」

「結婚、か……」

確かに、皇帝はもう間もなく結婚することになっているので、間違いではない。

一方、その結婚相手である少女の方はというと……

「おやぁ……これは、ナイフかのぉ」

「ナイフ、ですか？」

きょとんとする少女のカップを再度覗き込み、占い師は少しだけ顔を曇らせた。

「ナイフの模様が出るのは、敵の策略があるから注意せよ、という暗示だよ」

「――敵だと!?」

少女に告げられた凶相に、本人よりも皇帝の方が鋭く反応した。

「敵とは、誰のことだ？　策略とは、いったい何なんだ!?」

占いは信じない主義だと言っていた皇帝がガタリと大きな音を立てて立ち上がり、占い師に詰め寄る。しかし、占い師は「さあてねぇ」と苦笑すると、椅子の背にゆったりと身体を預けて言った。

「どんな善人であろうと、生きていれば敵が現れてくるものだよ。己のあずかり知らぬところで買ってしまう恨みもあるしねぇ」

「誰かが、彼女を恨んでいると？　それで、彼女に対して何かを企んでいると言うのか？」

「その可能性がある、と占いには出ているねぇ。まあ、悪いことが起きないように、お前さんがしっかり守っておあげぇな」

「――言われなくても、そのつもりだ」

のんびりとした占い師の言葉に、皇帝は吐き捨てるようにそう返した。

皇帝に手を引かれ、少女はコーヒー店を後にした。

店先の石階段で待っていた黒ネコも、また足もとをちょこちょこ歩いてついてくる。

少女は見るからに不機嫌になった皇帝の横顔を見上げ、おずおずと声をかけた。

「あの……占いなんて、迷信みたいなもんですから……」

「だが、あの占い師はよく当たると評判なのだろう？　注意するに越したことはない」

占いに対する二人の意見は、占い師に会う前と後ですっかり入れ替わってしまったようだ。

「大丈夫ですよ。ナイフの模様が出たからと言って、何も本当にナイフが飛んでくるわけではないですし。それに私、大体のことには対処できるように訓練されてますから」

少女がのほほんとした顔をしてそう告げると、皇帝はいきなり立ち止まった。

つられて少女が足を止めると、繋いでいない方の彼の手が彼女の頬をそっと包み込む。

「お前のそういう楽観的なところは、嫌いではない。だが、心配ではある」

「だんな様……」

頬を撫(な)でていた皇帝の指が、スカーフと黒髪のカツラに隠されていた栗色の髪の中に差し込まれる。少女はくすぐったそうに肩を竦(すく)め、ほんのりと頬を染めた。

ところが、彼女の耳たぶに指が触れたとたん、皇帝は眉をひそめた。そして、それをいきなりきゅっと摘んだのだ。

「――っ……」

驚いた少女はビクリと身体を震わせる。

皇帝は眉間にぐっと皺を寄せたまま、地を這うような低い声で言った。

「お前……まだこれを着けているのか」

少女の両耳には、翡翠のピアスが嵌まっていた。

丸く磨かれただけでこれといった装飾のない、シンプルなデザイン。それは少女が皇帝執務室の天井裏に潜んでいた頃、皇帝陛下同様、密偵を装って出入りしていた宰相から贈られたものだった。

少女は耳たぶを摘む皇帝の指を手で押さえると、おずおずと彼を見上げて答えた。

「だってこれ、お気に入りなんです」

それを聞いた皇帝は、ますます不機嫌になった。他の男が贈ったものを少女が身につけているのが気に入らないのだ。

「……代わりのものを買ってやる」

皇帝は唸るようにそう告げると、少女を近くの店へと半ば強引に引っ張り込んだ。そこはバザールでも一際大きい店で、衣料品から食料品まで何でも揃う。その上、装飾品の品揃えも豊富だった。

ただし、帝国の耳飾りといえばイヤリングが主流である。当然ピアスはそれほど種類がない。それに、どれも立派な宝石が付いていたり、金や銀の装飾があしらわれていたりと、少女の目にはどうにも眩しすぎる。

なのに、皇帝は少女を陳列台の前に立たせ、すぐ隣で「さあ選べ」とばかりに腕を組んでいる。

「え、えっと、ええっと……」

焦った少女は皇帝の顔と装飾品の棚を交互に眺めながら、困ったように眉を寄せた。

そんな中、ある物が彼女の目にとまった。

「あっ、これ……」

「気に入ったものがあったか？」

少女は陳列台へと手を伸ばし、皇帝はその指が摘んだ物に目を向けた。

「これ、宰相様に似合いそうです。お土産にします」

「――なに？」

少女が手に取ったものは、一見ネックレスのように見えた。

しかしその正体は、片眼鏡用のチェーン。細い銀のチェーンに、邪魔にならない程度のチャームや小さな宝石がぶら下がっている。男性女性どちらでも似合いそうなデザインだ。

いい物を見つけたとばかりに、少女はいそいそと自分の財布を取り出した。

そんな彼女の肩を、盛大に顔を引きつらせた皇帝が掴む。

「何故、あいつに土産がいるんだ」

低く唸る皇帝に、少女はおろおろしながら答えた。

「だ、だって……宰相様にもいろんな物をいただいてましたから……」

かつて密偵に扮した皇帝が少女にさまざまなものを贈ったのと同様、宰相も多くのものを彼女に与えた。中でも、宰相自ら刺繍を施したハンカチは少女のお気に入りで、翡翠のピアス同様、今も愛用している。

少女が宰相を兄のように慕っていることは、皇帝もよく知っている。

そして、彼女がとても律儀な性格であるということも、よく分かっていた。

それゆえの行動を独占欲から禁ずるのは賢明でないだろうし、何より大人げない。

皇帝は自分にそう言い聞かせると、できる限りの譲歩を口にした。

「……分かった。あいつへの土産も、私が買ってやる」

「えっ？　でも……」

「妻が世話になった相手に対して、夫となる私が礼をするのは当然だろう」

皇帝はそう告げると、少女の手から有無を言わさず銀のチェーンを取り上げた。

そして、どこか不貞腐（ふてくさ）れたような顔をして告げる。

「この際、ピアスでなくてもいい。お前が自分で欲しいと思うものを選べ」

「は、はい」

少女は皇帝の言葉に頷くと、きょろきょろと首を動かして、改めて店内を見回した。

そして……

「――あっ、あれ……！」

店の一角に目をとめて、少女がぱっと顔を輝かせる。

今度こそはと彼女の視線を追った皇帝は、その先に色とりどりの布が並んだ棚を見つけた。若い女性が好みそうな、明るい色合いと華やかな模様が美しいショールの棚だ。

それを身につけた少女がにっこり微笑む姿を想像し、皇帝は思わず顔を綻（ほころ）ばせる。

ところが、少女が嬉しそうに駆け寄って手に取ったのは、残念ながらショールではなかった。

「だんな様、これっ！　私、これがほしいですっ！」

「……それは？」

「はい！　――めん棒ですっ！」

「……」

少女の手に握られていたのは、ショールの棚のさらに後ろ――調理器具が並んだ壁際に引っ掛けられていた、めん棒だった。

男所帯で育った少女は、物心ついた頃から台所に立っていた。密偵時代のアジトでは交代で食事も作っていたし、料理は嫌いではない。皇妃候補となってからも、皇帝の許しがあれば時々お菓子などを作ってみたいと思っていたのだ。

「この持ち手の幅、長さ、手触り！　全て、理想通りです――！」

少女はめん棒を両手でぎゅっと握り締め、両目をきらきらさせた。

一方の皇帝は、ガックリと項垂（うなだ）れる。

「……めん棒、か……」

しかし、色気の欠片（かけら）もないものをねだってくるところが、少女らしいと言えば少女らしい。

惚れた弱味か、結局皇帝はそんな彼女が愛おしいのだ。

皇帝は苦笑を浮かべると、自分のもとに駆け戻ってきた少女の手からめん棒を取り上げた。

そして、宰相への土産であるチェーンと一緒に精算すべく、店の奥へと向かった。反対に、少女には先に店を出るよう促す。黒ネコが店の外で待機しており、少女がそれをずっと気にかけていたからだ。

「毎度ありぃ」

皇帝の父親――帝国の先帝と同じくらいの年格好の店主は、贈り物だから、と言って皇帝が値切らなかったことに気を良くしたのか、銀のチェーンをいやに可愛らしい包装紙に包んで寄越した。

さらにはめん棒までも同じ包装紙で巻いた上に、ご丁寧にリボンをかけてくれた。

皇帝は複雑な顔でそれを受け取りつつ、ふと店主の背後の作業台に目をやる。作業台の上には、小さな装飾品がいくつか、無造作に転がされていた。

「店主、それは売り物か？」

「ああ、こっちは今朝入荷したばかりなんですよ。ここいらじゃあまり需要がないもんで、値を決めかねてましてねぇ」

店主の話を聞いた皇帝は、顎に片手を当てて、しばしじっと考え込む。

店主と少しばかり交渉し、宰相への土産と少女のめん棒の他に、もう一包みの品物を受け取った。

それからようやく店を出て、黒ネコと一緒にいる少女と合流する――はずだったのだが。

「……おい、どこへ行った？」

店の前に、少女の姿はなかった。

第三章　初めましてどうぞよろしく

皇帝と少女がバザールを満喫している頃。

帝国皇帝執務室の天井裏は、相変わらず人口密度が高かった。

そんな中、無人の執務室を見下ろして、一人の密偵が悔しそうに呟く。

「くっそー、してやられましたね。まさか、うその予定を掴まされてたなんて……」

今日のこの時間、皇帝は軍の定例会議に出席しているはずだった。

実際、予定通りの時間に皇帝が軍部の建物に入ったところまでは、密偵達も確認していた。

しかし、しばらくしてそこから出てきたクーフィーヤを被った商人風の男が、まさか変装した皇帝だとは思わなかった――少なくとも、今悔しそうな顔をしている若い密偵は。

「帝国皇帝ほどの人が街に出るんですよ。普通はもうちょっと、警護を固めていきませんか？　おチビちゃんも変装して行ったって話ですけど、本当に大丈夫なんでしょうか？」

この若い密偵は、現在皇帝執務室の天井裏に勤務する密偵の中では、一番の新米である。

彼だって午前中、皇帝がいつにも増して熱心に政務を片づけていることには気づいていた。しかし、それが少女を街へ連れ出す時間を確保するためだということまでは、考えが回らなかったらしい。不測の事態に、落ち着かない様子で狭い天井裏を行ったり来たりしている。

そんな彼に苦笑して声をかけたのは、少女の養父である密偵だ。

「参謀長と手練の兵士を二人ばかり連れてったんだろう？　皇帝自身も腕が立つし、うちのチビだってそれなりに鍛えている。心配ねぇよ」

少女の養父はそう言うと、コツンと音を鳴らして盤の上に駒を置いた。彼はただいま、同年代の密偵三人と盤遊びの真っ最中。

「おやっさん、本当にいいんですか？　皇帝とおチビちゃんの様子、見に行かなくていいんですか？」

新米密偵は焦れた様子で、少女の養父にそう詰め寄った。

「ああ、いいのいいの。せっかくあいつらが水入らずで出掛けようってのに、野暮なことはできねぇよ」

「馬に蹴られちまいますからなぁ」

「違いねぇ」

そんな、過保護なオヤジ密偵らしからぬ答えに、新米密偵は困惑する。

少女の養父は次の駒を手の中で弄（もてあそ）びながら、苦笑して続けた。

「それにまあ、街には街の担当がいるからなぁ」

「あ、うちも、うちも」

「うちもですよ」

少女の養父と一緒に盤を囲んでいた三人の密偵も、すかさず同意する。

各国の諜報部（ちょうほうぶ）は帝国の城内だけではなく、様々な場所に密偵を派遣して情報を集めているのだ。

そもそも新米密偵以外の者達は、軍部の建物から出てきたクーフィーヤの男――皇帝の変装を見破っていた。しかも、彼がそのまま皇妃の宮に向かったものだから、少女をこっそりと城から連れ出そうとしていると察するのも容易だった。

そして二人が王城を出てしまえば、後の監視は街を担当する密偵の仕事である。

ちなみに、少女の養父が城下街での諜報を任せているのは、自身の次男――少女にとっては血の繋がらない次兄にあたる男だった。

「お前さんとこにも街を見張ってる者がいるだろうから、そんなに心配するこたぁねえよ。せっかくの休憩時間だ、のんびりしようや」

「え？　あ、どうも……すんません……」

少女の養父は、新米密偵に自分の場所を譲ってやった。

新米密偵は完全には納得のいっていない様子であったが、リードしていた少女の養父の駒を引き継いだことで、すぐにそちらに夢中になった。

祖国の諜報部の幹部として、若い密偵の育成にも力を入れている少女の養父は、そんな彼の姿にやれやれと苦笑する。

と、そこへ、また別の馴染みの密偵が近寄ってきて声をかけた。

「おやっさん、甘いのはいける口かい？」

「おお、ロクムですか。嫌いじゃあないですよ」

ロクムとは、コーンスターチに砂糖と水を加えて練り上げ、賽の目に切り分けた甘いお菓子である。プレーンなものから、ナッツやフルーツなどを練り込んだものまで、種類は様々。

少女の養父は差し出されたロクムを一粒摘み上げ、口に放り込んでは「甘ぇ」と笑う。

そしてそれを味わいつつ、両手を腰に当ててぐっと身体を反らした。

「あー、イテテ……。甘味も痛み止めの代わりにはならねぇか……」

「大丈夫かい？　おやっさんも、だいぶ腰にきてるな」

ぼやく養父に、ロクムを差し出した密偵が心配そうに声をかける。側で聞いていた他の密偵達も、腰を伸ばしながら口々に言った。

「腰痛と言えば……今日も、あの方の姿がないようですが……」

「まさか、腰が痛くて寝込んでるんじゃないでしょうね」

長く腰痛に悩まされ、そろそろわしも引退かな、が口癖になっていたあの年嵩の密偵。

彼はここ二、三日、天井裏に顔を出していなかった。

他の密偵達も心配するものの、気軽に見舞いに行けるような間柄ではない。

そんな中、少女の養父は自分の腰をとんとんと叩きながら呟いた。

「私は昨日の仕事上がりに按摩に行って、少しは楽になったんですがね」

「ほう、按摩ですか？　いい店をご存知で」

問われた養父は、とたんににんまりと笑って声を潜めた。

「ええ、これが、なかなか別嬪揃いの店でね」

「おやや、おやっさん！　そういう店かい？」

「なんだなんだ、なんの話だ!?」

「おいおい、俺も交ぜてくれよぅ」

皇帝執務室の天井裏はにわかに盛り上がる。

とはいえ、少女の養父が贔屓にしている按摩屋は、施術内容は普通の店と大差ない。ただ按摩師が若い女性ばかりで、ほんの少し肌の露出が多め、というだけで……

「でも、チビがいる時は、なかなか大手を振っては行けませんでしたがねぇ。こっそり行っても何故かすぐにバレて、終日口をきいてくれなくなる。ああいう時だけ、あいつ妙に鋭かったんですよね～……」

少女の養父がそう言って、覆面の下で口を尖らせる。

それを聞いた他の密偵達は、ははは と笑って口々に言った。

「女の勘ってやつじゃないですか？ 親父さんが女のもとに通うのが嫌だったんでしょうよ、おチビちゃん。可愛いじゃあないですか」

「娘にヤキモチを焼かれるなんて、父親冥利に尽きますなぁ」

「いやぁ、まあ、そうですね。うはははっ」

結局は、うちの娘が可愛くて参っちゃう、という親ばか話に落ち着く少女の養父であった。

ところが、そんな雰囲気に水を差すように、先ほどの新米密偵がぽつりと呟く。

「そういえば、街には連れ込み宿なんてのもありますけど、おチビちゃん大丈夫かなあ……」

「つ、つつ、連れ込み……!?」

不穏な単語を耳にした養父の顔がみるみる青ざめたかと思うと、次の瞬間、これでもかと言うほど真っ赤になった。

「――皇帝のやろう！　まさかそれが目的でうちのチビを街にっ……!?」

「お、おやっさん、落ち着け！」

新米密偵は実は、属国の密偵達を監視するために紛れ込んでいる帝国の諜報部員なのだが、皇帝執務室の天井裏に詰めるオヤジ密偵達はそれを知りながら知らぬふりをしている。そのことに気付けない間抜けな彼は、残念ながら空気を読むスキルも少しばかり抜けていた。

「おチビちゃん……女になって帰ってきたりして」

「うぎゃー！　チビぃいい!!」

「おやっさん、落ち着けって！」

「おい、若ぇの！　おめぇさんは、ちょっと黙れ!!」

皇帝執務室が無人なのをいいことに、天井裏は大騒ぎ。余計なことを言う新米密偵の口には甘ったるいロクムが詰め込まれ、娘の貞操の危機だと慌てる少女の養父は、琥珀色の液体で以って宥められる。お馴染み、酒精の入っていない麦酒もどきである。

もちろん、帝国皇帝陛下は少女をいかがわしい場所に連れ込むような男ではない。それは、覆面をしつつ天井裏に紛れ込んでいた彼を、一年以上黙って受け入れてやっていたオヤジ密偵達もよく分かっている。彼らは何でもお見通しだった。

ところが、そんな精鋭達でも想定していなかったことが、今まさに少女の身に起ころうとしていた。


「――あれ……ボス？」

皇帝に促されて店先に出た少女は、きょろきょろと辺りを見回した。つい先ほどまで、店の前に行儀よく座っていたはずの黒ネコの姿が見えない。

気ままなネコのことだから、人間の買い物に付き合うのに飽きてしまったのかもしれない。

黒ネコも元々はこの城下街を根城にしていたので、放っておいても迷子になることはないだろう。それでもやはり少女は心配になって、彼の姿を探した。

「あっ……」

少女が皇帝と入っていた店から、二軒店舗を隔てた先にある路地。

見れば、そこから黒いしっぽの先が見えているではないか。

「ボス、そこにいるの？」

少女は路地の方へ向かいつつ、そっと声をかける。と、その時――

「――なぁん」

まったく別の方向から、小さくネコの鳴き声が聞こえた。

少女が声の方に首を巡らせれば、彼女が向かおうとした路地とは真逆――買い物をした店を挟んで反対側の路地から、あの黒ネコが顔を出した。

側には頭にターバンを巻いた背の高い男が、路地に半身を隠すようにして立っている。

その青い瞳は鋭いが、少女と目が合うと少しだけ柔らいだ。

男は、変装して護衛に当たっている参謀長だった。どうやら待つのに退屈した黒ネコは、参謀長にちょっかいをかけに行っていたようだ。

ということは、少女が見つけたしっぽの主は、人違いならぬネコ違い。

少女はせっかくだから顔くらい拝んでおこう、と軽い気持ちで黒いしっぽの向こうへ視線をやる。

次の瞬間、少女は凍り付いた。

「――っ⁉」

目が合ったのだ。

黒いしっぽのネコとではなく――やや薄暗い路地に、気配もなく佇んでいた男と。

その鋭い眼光に射抜かれ、本能的に危険を察知した少女は、とっさに後ろへ飛びすさろうとした。ところがそれよりも、男の手が伸びてくる方が早かった。

「――ん、むぐっ⁉」

少女は大きな手に口を塞がれ、路地へと引っ張り込まれてしまう。

一方、囮に使われたしっぽの主は、驚いたように路地から飛び出していった。ちなみに黒ネコではなく、しっぽの先が黒いだけの、白毛のネコだった。

「――おとなしくしろ」

低く抑揚のない声が、耳元でそう囁いた。少女には、聞き覚えのない声だ。

男はもがく少女を太い腕で抱え上げたと思ったら、右肩に彼女の胴体を引っ掛けるようにして、後ろ向きに担ぎ上げた。

「――っ、うっ……！」

いきなり腹を強く圧迫されて、少女は苦しげな声を上げる。

しかし男はそれにかまわず、少女の両足の膝裏に腕を回し、ばたつかせないよう押さえつける。そしてすぐさま路地の奥へ向かって駆け出した。

決して広くはない路地を、男は少女を抱えたまま疾走する。少女は激しく揺られて混乱する頭の中で、必死に男から逃れる術を探ろうとした。

壁に手を突いて爪を立てれば、男の走るスピードを削ぐことくらいはできるだろうか。

そう考えた少女は、とっさに片手を壁に伸ばす。ところが……

「つまらん足掻き方をするな。爪が剥がれて指が折れるだけだ」

男が余裕のある声でそう告げる。その上、走るスピードをさらに速めたではないか。

「――っ……！」

激しい揺れに、少女は壁に伸ばしかけた手を引っ込め、男の肩にしがみつくしかない。

くくっと、男が喉の奥で笑う気配がした。

やがて、二人は路地を抜けた。

薄暗い場所から急に明るい場所へと連れ出され、目が眩んだ少女は思わずぎゅっと両目を瞑る。

しかしすぐに瞼を開けて、自分が置かれた状況を把握しようと辺りを見回した。

「ここは……？」

路地の突き当たりらしきそこは、古びた建物に囲まれ、中庭のようになっていた。足もとは石畳で、所々から青々とした草が飛び出している。街の喧噪から取り残されたような、ただただ静かな場所であった。

押さえられていた少女の足が解放され、腰と右腕に男の手が添えられてようやく地面に下ろされる。その瞬間、少女は自分の右腕を掴む男の手首を、左手で以って掴んだ。

そして、その手首を捻りつつ自分の身体も大きく捻り、相手の重心を利用して投げ飛ばそうとした。小柄でも大の男を投げ飛ばせるようにと、養父に仕込まれた柔術である。

「おおっと、そうはいかんぞ」

しかしながら、男の方が一枚上手だった。

少女は逆に手首を掴まれ、男の片手で以って両腕を後ろへ捻り上げられる。さらに、彼のもう片方の手が、背後から少女の顎をガッと掴んだ。剣ダコのある、固くて大きな手だ。

同時に少女は、男の腰に立派な剣が下がっているのを確認してぞっとする。

「……っ……」

仰け反るようにして、顎をぐっと持ち上げられる。

少女は弱いところを見せまいと、頭の上から覗き込んでくる男をきつく睨みつけた。

「活きのいい小娘だ」

男は楽しそうにそう言って、にやりと笑う。

黒い髪と同じ色の顎髭（あごひげ）、浅黒い肌に琥珀色（こはくいろ）の瞳。年格好は、少女の養父に近い。

盗賊や暴漢といった感じではない。先ほど肩に担ぎ上げられながらもしがみついた上着は、シンプルとはいえ上質の生地でできていた。

この男はいったい何者なのだろう。

少女がもうすぐ帝国皇妃となる身と知って攫（さら）ったのであれば、反帝国勢力の残党とも考えられる。少女は男の正体と目的を探るべく、彼の瞳をじっと見つめ返した。

「ほう、良い目をする。さすがどこの馬の骨とも分からぬ密偵あがりの分際で、この帝国の国母（こくも）になろうというだけある。肝（きも）が据わっておるな」

「……っ！」

男が面白そうに告げた言葉に、少女は両目を見開いた。彼は少女が皇妃となることを知っているばかりか、その出自――属国の元密偵であったことまで把握しているのだ。

少女の出自は、極々限られた忠臣中の忠臣しか知らされていない。他に知っているのは、少女の家族と天井裏の密偵達だけのはず。

「うっ……っ！」

愕然（がくぜん）とした少女を嘲笑（あざわら）うかのように、男は後ろ手に拘束した彼女の両手首をさらに捻（ひね）

り上げる。

ぎしりと骨が軋む。痛みに顔をしかめた少女に対し、男はくくと低く笑って言った。

「どうした、小娘。もう抵抗は終いか？　これほどあっけなく捕まる密偵ならば、情報を吐かせるのも容易かろうな」

その言葉を聞いたとたん、少女はカッとなった。

煽られているとは分かっていても、元密偵としてのなけなしの誇りが彼女を動かした。

少女は頭を激しく振って、顎を掴んでいた男の手を振り払う。

そして次の瞬間、大きく口を開けてガブリッと噛み付いた。男の親指と人差し指の間から、手の甲にかけての部分に、思い切り歯を立ててやったのだ。

ところが噛み付かれた当の男は痛みに呻くどころか、声を立てて笑い出したではないか。

「ははははっ！　甘い甘い！　噛むのなら、食いちぎる気で噛まんかっ!!」

男はそう言うと、少女に噛まれたまま、その手で再び彼女の顎をぐっと掴んだ。

そして、後ろ手に捻り上げた手を少女の背に押し付けて、そのまま地面へドタリと倒す。

「――っ！」

幸い、顎を掴んでいた男の手がクッションになって、直接顔を地面にぶつけることはなかった。

しかし倒された衝撃で噛む力が緩んでしまい、男の手を逃がしてしまう。

その手は少女の頭を鷲掴みにし、顔を地面へ押し付ける。

「ふっ……っ、く……っ」

ぐぐっと、頬が固い石畳に圧迫される。

両手は相変わらず後ろ手に拘束されたままで、身動きが取れない。

捻り上げられた手首の骨が、またぎしぎしと言い始めた。込められる力は強くなる一方で、骨を折られるのではという恐怖すら覚える。少女の背筋に冷たい汗が流れた。

と、その時——

「シャーーー!!」

鋭く威嚇するような声が聞こえたかと思ったら、少女の視界の端に黒い塊が飛び込んできた。

それは、あの黒い毛並みのボスネコであった。

黒ネコは石畳を蹴り上げ、少女を押さえ込む男へと飛びかかる。

「——おっと」

しかし、男は少女の頭を掴んでいた手を離し、その攻撃を難なく振り払った。

身軽な黒ネコは空中でくるりと身体を回転させ、音も無く石畳に着地する。

そして、「フーッ！」と全身の毛を大きく膨らませ、なおも少女を拘束する男を威嚇した。

「ははは っ！　随分勇ましいナイトの登場だなぁ、小娘よ！」

男はさも愉快そうに笑う。

と、その時、路地の方からいくつもの足音が聞こえてきた。

「――おチビ！」

路地から現れたのは、皇帝だった。その後ろには、参謀長と二人の兵士が続く。

少女が路地に引っ張り込まれたのは、参謀長の注意が店内に残る皇帝の気配に向けられた一瞬の隙だった。

その間に少女の姿が消えたことに気付いた黒ネコが、鋭く鳴いて駆け出すと、そのただならぬ様子に参謀長も異変を察知して後を追った。

そして、ちょうど店から出てきた皇帝も、瞬時に少女の姿がないことに気づいて合流したのだ。

幸い、少女が連れ込まれた路地は一本道だったため、彼らはすぐに少女のもとに駆け付けることができた。

「――彼女を離せ！」

少女が地面に押さえ付けられているのを目の当たりにした瞬間、皇帝の視界は真っ赤に染まった。全身の血が沸騰して、一気に頭に上ってくる。

普段は冷静沈着で思慮深いと評判の皇帝だが、父親である先帝に負けず劣らず頭に血が上りやすく、好戦的な一面も持ち合わせている。激しい怒りは、まさにその二つを切り替えるスイッチであった。

皇帝は腰に下げていた剣を鞘から引き抜くと、少女を押さえ付ける男へと切り掛かった。

さすがに男も、黒ネコの攻撃を躱した時のように軽く流すことはできなかったらしい。彼は少女を拘束していた手を離し、腰紐に差していた剣を素早く鞘ごと抜き取った。

ガキッ——!!

鈍い音を立て、鋼の鞘が、同じく鋼の刀身を受け止めた。交差した二つの剣が、ギリギリと互いを押し合う。

しかしすぐに、皇帝と男は剣を弾き合い、距離を取った。

男が少女から数歩離れる。

一方の皇帝は、ようやく身体を起こした彼女の側へと駆け寄った。

「おい！　怪我はないか!?」

「は、はい。陛下……」

皇帝は剣を鞘に収めると、少女の腕を掴んでそのまま立たせた。

「……よかった」

少女はぎゅうと強く抱き締められ、皇帝が吐いた安堵のため息を身体越しに聞いた。耳が押し当てられる形になった彼の胸の奥からは、早鐘を打つような音も聞こえてくる。少女自身の胸も、ドクドクと激しく脈打っていた。

幸い骨を折られずに済んだものの、強く締め上げられていた手首には赤く指の痕がついている。

石畳に強く押し付けられていた頬は、未だひりひりと痛んだ。

「陛下……っ」

少女は周囲に他の人々がいることも忘れて、皇帝に縋りついた。

必死の抵抗にもかかわらず、男に対し、少女は手も足も出なかった。そのことが、元密偵の彼女には悔しく――そして、とても恐ろしく感じられたのだ。

「大丈夫だ」

そんな少女の背中を、皇帝の手が宥めるように優しく撫でる。

さらに、肩にトンと軽い衝撃があったと思ったら、何かが彼女の頬をくすぐった。

「あ、ボス……」

それは、黒ネコの髭だった。彼は皇帝の腕に後ろ足をのせ、そこから伸び上がるようにして少女の肩に前足を置き、顔を近づけてきていた。

黒ネコは「なん」と短く一声鳴くと、擦れて赤くなっていた少女の頬を舐め始める。ネコの舌は表面がザラザラしているので、実のところ余計に頬は痛くなった。それでも、黒ネコが自分を慰め、労ろうとしていると察した少女は、黙ってそれを受け入れる。

見知らぬ男から散々な扱いを受けたせいで、少女の服は大きく乱れていた。頭に被っていたスカーフとカツラもずれて、本来の栗色の髪がはみ出してしまっている。

ようやく落ち着きを取り戻した少女は、皇帝の腕の中に隠れるようにしてそれらを直そうとした。

ところが、突然伸びてきた手にどちらも奪われてしまった。

「あっ……」

驚いた少女は、皇帝の胸元からぱっと顔を上げ、周囲に首を巡らせる。

すると、いつの間に現れたのか、一人の女性がすぐ側に佇んでいた。

その女性は少女と目が合うと、にこりと微笑んで口を開いた。

「黒髪よりも、あなたにはこちらの明るい髪の方が似合うわ」

「あ、あなたは……」

少女の栗色の髪をさらりと撫でたその女性に、少女は見覚えがあった。

黒いベールと、踝までを覆い隠す濃紺のワンピースを纏った、背の高い女性。

白と見紛うプラチナブロンドと、透けるような肌の色をした、とにかく色素の薄い人。

彼女は、先ほど少女がスリからサイフを取り返してやった、あの黒いベールの女性だったのだ。

その女性の後ろで、少女を攫った男が剣を腰に下げ直しつつ口を開く。

「其処な小娘。わしはお前を気に入ったぞ」

その傲然たる物言いに、皇帝が男をぎっと睨みつける。

しかし、男は意に介する様子もなく、顎に手を当て少女を品定めするように見ながら続けた。

「動きはなかなか俊敏で度胸もある。少しばかり短気なようだが、若いうちはこれくらい威勢がいい方がよかろう」

どうやら少女は、男からそれなりの高評価を得られたようだ。

いったい彼は自分を攫ってどうしようとしたのだろう。そう思いつつ、少女はじっと彼を見つめ返す。

男は少女と視線を合わせたまま、カツカツカツと石畳を踏み鳴らして近づいてくる。

それなのに、皇帝の側に控える参謀長（さんぼうちょう）には男を止める様子もなければ、ましてや腰に下げた剣を抜く様子もない。彼の後ろに立った二人の兵士も然（しか）り。

少女がそれを不思議に思っているうちに、男はついに黒いベールの女性の隣に並んだ。

そして、今度は至近距離から少女をまじまじと眺め始める。

「ただし、腕力が足りんな。なんだ、この細っこい腕は。もっとしっかり食って筋肉をつけろ」

男はそう言って、少女の方へと片手を伸ばしてくる。

すると、皇帝が素早くそれを手で弾いた。

「これは皇妃となるのだ。腕力も筋肉も必要ない！――気安く触るな！」

皇帝はそう吼（ほ）えると、少女をぎゅうと深く抱え込む。

それを見ていた男が、はははっと声を上げて笑った。

「父に対して随分な口のきき方だな、帝国皇帝陛下」

「いたいけな少女に狼藉（ろうぜき）を働くような無頼（ぶらい）を父に持った覚えはないわ」

そんな彼らの会話を耳にして、少女は「えっ!?」と驚いた声を上げる。慌てて皇帝の胸から顔を上げ、二人の男を見比べた。

「ち、ちち……？　陛下の、お父上……さま……？」

皇帝の父親とは、すなわち先の皇帝であり、この帝国を作った初代皇帝陛下その人である。

少女が密偵として帝国に派遣された二年前には、すでに玉座は現在の皇帝に譲られ、先帝は遠い最北の連邦国へと引っ込んでしまっていた。つまり、少女は先帝の顔を知らなかったのだ。

「へ、陛下？　この方は、陛下のお父上様でいらっしゃいますか？」

「そうだ」

念を押すように尋ねる少女に、皇帝がため息をつきつつ頷く。

少女は慌てて、皇帝の腕の中でくるりと身体を反転させた。そして、男——すなわち先帝陛下に向かってペコリと頭を下げる。

「お、お初にお目文字(めもじ)いたします、先帝陛下」

「うむ、小娘。なかなか刺激的な初顔合わせであったろう？」

先帝は豪快に笑ってそう言うと、再び少女の方へと片手を伸ばしてきた。

その手を今度は、皇帝の肩に乗ったままの黒ネコが前足で払う。

「おっと、ナイトはまだお怒りだな」

先帝は鋭い爪の攻撃を避けつつ、愉快そうに言った。

するとと黒ネコは、ふんっといやに人間くさい様子で鼻を鳴らしてから、地面に飛び降りた。

そんな先帝と黒ネコのやりとりを見つめていた少女は、はたとあることに気付き、あわあわと慌て始める。

「へ、陛下！　陛下！　どど、どうしましょう!!」

「うん？　どうした？」

「わ、私っ……先帝陛下の御手(おて)を噛(か)んでしまいましたっ!!」

先ほど少女は拘束から逃れたい一心で、先帝の手に噛み付いたのだ。正体を知らなかったとはいえ、とんだ無礼をしてしまった、と少女は蒼白になった。

「気に病む必要はない。むしろ、食いちぎってやればよかったんだ」

皇帝は先帝を睨みつつそう言うが、少女はおろおろしながら再び頭を下げる。

「も、ももも、申し訳ありませんでしたっ!!」

すると先帝は、少女が噛み付いた手をひらひらさせながら、ふんと鼻で笑って言った。

「あのくらいでどうにかなるほど、やわではない。まるで子猫の甘噛みのようであったわ」

先帝は、足元の黒ネコに視線をやってにやりと笑う。

それを見返す黒ネコの目は鋭い。彼の怒りは、まだ少しも収まっていない様子だ。

そして同じく咎めるように先帝陛下を睨んだのは、彼の隣に立っていた黒いベールの女性。

「少々戯れが過ぎましてよ、だんな様。ごらんなさいまし、可愛いほっぺが真っ赤ですわ」

彼女はそう言うと、懐からハンカチを取り出し、土とネコのよだれで汚れていた少女の頬を拭い始める。その優しい仕草に身を任せながら、少女は呆然と呟いた。

「だ、だんな様、とおっしゃいましたか？　先帝陛下がだんな様でいらっしゃるということは……あの、この方はもしや……」

少女がそう言って皇帝を見上げると、彼は琥珀色の瞳をばつが悪そうに逸らした。

「……私の母だ」

「こ、ここ、皇太后様っ――!?」

少女は今度こそ、驚きに飛び上がりそうになった。

そんな彼女の様子がおかしかったのか、黒いベールの女性――皇太后は、口に片手を当ててころころと笑う。そして、少女の頬を拭ったハンカチを懐にしまうと、自分のベールを取ってふわりと彼女の頭に被せた。

とたんに、先ほど街中で皇太后とすれ違った時に感じた、あのバラの香りがした。

皇太后のベールは少女が着けていたスカーフよりも大きく、赤くなった頬も隠してくれる。

それはとてもありがたいのだが、同時に少女は皇太后のプラチナブロンドの髪と白い肌が晒されたことに戸惑った。帝国の昼間の日差しは強いため、その色素の薄い身体を害してしまわないかと不安になったのだ。

と、その時、突然音もなく、黒い影が皇太后の背後に現れる。

少女がぎょっとして目を見開くと同時に、その影は手に持っていた黒い傘を広げて上に掲げ、皇太后を陽の光から守る。

影は、全身を真っ黒い衣服と覆面に包んだ男だった。その覆面からは、唯一目元だけが覗いている。その格好は、闇に潜んで諜報活動を行う密偵そのものだった。

目の周囲に深く刻まれた皺を見れば、彼が決して若くはないと分かる。

どこかで会ったような、と少女は既視感を覚えた。それは皇帝も同じだったようで、二人はそろって口を閉じ、男をじっと注意深く見つめた。

すると、当の男は苦笑するように目を細め、布に覆われたままの口を開いた。

「陛下、妃殿下、ご無沙汰いたしております。そして——陽の光のもとでは初めまして」

その声には、少女も皇帝も聞き覚えがあった。

　二人は一瞬顔を見合わせると、黒ずくめの男に視線を戻してそれぞれ口を開いた。

「あの、あなたは……」

「もしや……」

　二人の記憶にあるその声の主は、皇帝執務室の天井裏に潜む密偵の中で、一番年嵩だった男――あの腰痛に悩まされ、「そろそろ引退」が口癖になっていた男だった。

「父上の密偵だったのか？」

「左様でございます」

　なんと、彼は先帝陛下が息子を見守るために忍び込ませた密偵だったと言うのだ。

　先帝と皇太后はこの密偵の報告により、皇妃となる少女が元は属国の密偵であることを、早くから把握していた。

　そうして少女に興味を引かれた二人は、彼女の技量がいかほどであるのか試したくなったのだと言う。だから、予定より二日も早くこっそり帰国し、街に降りていた彼女に接触したとのことだった。皇帝がこの日、彼女を連れて街に降りるという極秘の情報さえも、どこからか入手していたらしい。

「まさか、あなたの方から声をかけられると思っていませんでしたから、驚きましたわ」

　真っ先に少女に接近したのは皇太后だった。

彼女は、少女が皇帝に連れられて文具屋に入ったのを確認した後、少し離れた場所から少女を観察していた。つまり、少女があの時感じた視線は皇太后のもので、青いガラスの目玉の仕業(しわざ)ではなかったのだ。

その後皇太后は、店先に出てきた少女の後ろをさりげなく通り、梁(はり)を見上げる彼女の顔を盗み見たりしていたが、まさか直後に自分の財布がすられることになるとは思ってもいなかった。

「さっきはありがとうね。おチビさん」

「あっ、いいえ……」

皇太后も、自分にぶつかってきた若い男の不自然な行動に気付かなかったわけではない。

しかし、別段騒ぎ立てたり、追い掛けたりするつもりはなかった。何故なら、その若い男が歩いていく方向には、夫である先帝と手練(てだれ)の密偵が控えていたからだ。

自分が何か行動を起こさなくても、彼らが全て上手く解決するだろうと確信していたのだ。

それなのに、財布を取り返してくれたのは先帝でも密偵でもなく、これからしばらく観察してやろうと思っていた少女だったものだから、皇太后は驚くやら愉快やら。

皇太后の少女に対する興味が、それにより一気に深まったのは言うまでもない。

一方、そんなことがあったとは知らない皇帝は、「なんのことだ？」と訝しげな顔をした。

少女は慌てて事情を説明する。

「――スリからすり返しただと!?」

話を聞いた皇帝は、素っ頓狂な声を上げた。

とたんに少女は、自分がまた皇妃らしくない行動をしてしまったことに気づいた。

少し前、少女は子グマを助けようと、皇妃の宮にある木に登ったばかりだ。あの時のことは、自分の素性を知らない侍女や近衛兵の前で無茶をし、その上皇帝の手まで煩わせてしまったと反省している。

だが今回は状況が違う。変装していて、周囲の者から見ればただの町娘だから大丈夫です、などと言って開き直ろうとした。すると皇帝の眉がぴょんと跳ね上がる。

「――ただの町娘が、スリから財布をすり返したりするものか！」

そう一喝されて、少女はびくりと身を竦めた。

皇帝はその肩をぐっと掴み、声を低くして続ける。

「そのスリが、武器でも持っていたらどうするつもりだったんだ。盗みが失敗した時点で開き直って強盗に変わる輩など、いくらでもいるんだぞ」

「あ、あの……」

「お前が自ら危険に首を突っ込んでいっては、参謀長達も護衛のしようがないだろう」

皇帝にそう言われてはっとした少女は、側に控えていた参謀長の顔を見上げた。

すると、普段は表情の乏しい参謀長も、その後ろに佇む二名の兵士も、明らかに困ったような顔をしていた。兵士らも総司令官直属の古参の部下で、特別に少女の正体を知らされているが、今回のことでは戸惑いを隠せないようだ。

「我々も肝を冷やしました。妃殿下には、あとで一言申し上げねばと思ったほどです」

「ごめんなさい……」

苦言を呈する参謀長に、少女は眉を八の字にして謝る。

少女は、何もたいそうな正義感を掲げてスリの男に挑んだわけではない。ただスリの現場を目にした瞬間、自然と身体が動いてしまったのだ。

財布は上手く取り返すことができたし、それを持ち主に返すこともできた。その財布の持ち主というのがたまたま皇太后だった、という予想外の事態はあったが、彼女は少女の機転を褒めて感謝してくれた。

誰も傷つかず、誰も損をしなかった。大団円ではないか、とまで思っていた。

だが、それが自分の思い上がりであったことを知り、少女はとたんに恥ずかしくなった。

それに、せっかく皇帝に街に連れ出してもらったのに、また叱られるようなことになって悲しかった。心なしか、目の前の光景が滲(にじ)む。

と、その時、少女の頭を誰かが優しく撫(な)でた。

「まあ、いやだ。女の子一人をよってたかって責めるだなんて。あなた達、男の風上にも置けませんわね。恥を知りなさい」

ベールの上から少女の頭を撫でながらそう言ったのは、皇太后だった。

その言葉にむっとしたらしい皇帝が言い返す。

「余計な口を挟まないでくれ。そもそも、我々は彼女を責めているわけではない。危機感が足りないのが心配だから、注意するよう言い聞かせているだけだ」

「あら、行動を縛らねば女一人守れないだなんて、情けないことですわ。自分達の不甲斐(ふがい)なさを棚に上げて、随分偉そうなことをおっしゃるのね」

皇太后の言葉は辛辣(しんらつ)だが少しばかり的を射ていたので、皇帝は一瞬ぐっと押し黙る。

そんな一人息子に婉然(えんぜん)とした笑みを送りつつ、皇太后は隣に立つ先帝に腕を絡めて続けた。

「だんな様なら、何でもわたくしの好きにさせてくださいましてよ。そして、わたくしが何をしようとも必ず守ってくださいますわ」

「当然だな。どんな状況であろうと女房一人守れんようでは、帝国皇帝陛下も程度が知れるわ」

「……言わせておけば」

とたんに険悪なムードになり始めた皇帝とその両親。参謀長や兵士達、そして年嵩の密偵も仲裁する気はないらしく、一様に傍観の構え。そんな中、少女一人が慌てていた。

「陛下、陛下！　私の考えが足りませんでした！　申し訳ありません！」

困った少女はぎゅうと皇帝にしがみつき、ごめんなさいごめんなさいと繰り返す。

先帝と皇太后は、そんな少女を面白そうに眺めている。

その不躾な視線が気に入らないのか、皇帝は顔をしかめて彼らを睨みつけた。それから、腕の中でしゅんとしていた少女に顔を上げさせると、ふうと一つため息をついた。

「……街に連れてきたのは、お前にそんな顔をさせたかったからではないのだぞ」

「ごめんなさい……」

少女の見事な八の字眉に、皇帝は苦笑を浮かべる。

彼は「もういい」と、説教の終わりを告げつつ、懐に片手を突っ込んだ。

「ほら、お前が欲しがってたものだ」

「あっ……！」

皇帝が取り出したのは、包装紙に包まれてリボンまでかけられた棒状のものだった。

それが何か知っている少女は顔を輝かせたが、他の者は一斉に首を傾げる。

そんな一同を代表するようにして、皇太后がその物体を指差して尋ねた。

「それはなあに？」

「……めん棒だ」

「え？　何ですって？」

「……だから、めん棒だ」

皇帝の言葉に、先帝と皇太后は顔を見合わせる。かと思ったら、揃って呆れたような声を上げた。

「お前……せっかく女をお忍びで街に連れてきて、買ってやるのがめん棒って……」

「随分色気のない贈り物ですわねぇ」

そんな両親を、皇帝はぎんと睨みつける。

「本人が欲しいと言うのだから仕方がないだろう」

一方、当の少女はめん棒をぎゅうと抱き締めて声を弾ませた。

「陛下、ありがとうございます！　とっても嬉しいです！　大切に使わせていただきますね！」

飛び上がらんばかりに喜ぶ彼女の様子に、参謀長やその後ろの兵士達も表情を綻ばせる。

「めん棒を贈ることになったのは想定外だったが、私はその笑顔を見たかったんだ」

少女の笑顔につられるように、皇帝の頬も柔らかく緩んだ。

それを見た先帝と皇太后は再び顔を見合わせ、口を揃えて言った。

「――変な娘！」

それが、少女に対する彼らの印象だった。

「奥よ。そなたも、あの小娘を気に入ったのか？」

「ええ、だんな様。だってとっても面白そうな子ではありませんこと？」

先帝と皇太后は互いににやりと笑いつつ、こそこそと囁き合う。

「面白くて可愛くて、最高に器量のいいお嬢さんだということは、私が保証させていただきます」

年嵩の密偵――大戦中は帝国軍の斥候として活躍した男は、少女についてそう太鼓判を押した。

第四章　にぎやかにどうぞよろしく

現帝国皇帝陛下の生母――初代帝国皇帝陛下の唯一の妃である皇太后は、もともとは金の国の王女だった。

プラチナブロンドの髪と透き通るような白い肌、どこか憂いを帯びた儚(はかな)げな美貌は、高く連なる山脈をも越えて大陸中に知れ渡っていた。

当然各国の王族や貴族は、彼女が成人を迎えるとともに挙(こぞ)って金の国へと縁談を持ち込んだ。

いったいどこの誰があの北の美姫を手に入れるのか、と当時は注目の的であったと言う。

だから、そんな彼女が最終的に選んだ相手が、比較的歴史の浅い一小国の王太子だと知れた時には、大陸中が驚いた。しかもその理由が、「一番面白そうだから」であり、王太子の求婚の言葉というのも「一生退屈させない」だったというのだから、他の求婚者達はなかなか納得しなかった。

そのため、王太子妃となった彼女を奪おうと攻め込んでくる国も現れたが、それを蹴散らしたのが王太子――すなわち先帝の最初の戦だった。

温厚な性格の父王から軍の全権を任されていた彼は、その類稀なる戦闘センスとカリスマ性を発揮し、兵力の差をものともせずに敵の大軍を蹴散らした。しかもただ蹴散らすだけではなく、小国の反撃に驚いて踵を返そうとした連中に対し、胸ぐらを掴んではり倒さんばかりの追い打ちをかけた。

このことをきっかけに、それまで張り詰めていた緊張の糸が切れたように、あちこちで戦が起こるようになった。大陸の戦国時代の始まりである。

「売られた喧嘩は一つ残らず買う主義でな。まあ、若気の至りで、売られていない喧嘩を無理矢理買い叩きに行くこともあったがな」

戦国時代を、そしてその後の大戦をも制し、一小国を大帝国にのし上がらせた先帝は、不敵な顔をしてそう言った。

「だんな様のそういうところ、わたくし大好きですわ」

その隣では、皇太后が婉然とした微笑みを浮かべている。

「ご隠居様と皇太后様は、とても愛し合っていらっしゃるのですね」

衝撃の初対面の翌日のこと。皇妃の宮にて先帝夫妻の向かいに座らされた少女は、にっこりと微笑んでそう言った。

ちなみに〝ご隠居様〟とは先帝のことを指す。実際彼は、四年前に玉座を息子に譲って以来、皇太后の故郷である最北の連邦国にある別荘に引きこもっていた。二度と戦場にも政治の舞台にも出る気はないと宣言した上でのことであるから、間違いなく彼は〝ご隠居様〟。

皇太后も当然のように彼についていき、二人がこの帝国の王城に戻ってくるのは隠居以来初めて――実に四年ぶりのことであった。

そんな彼らの仲睦まじい様子を、少女はにこにこと眺めていた。

と、その時、扉が開いて部屋に入ってきた者がいた。皇帝である。

皇帝は皇妃の宮に両親がいることに気づくと、あからさまに眉をひそめて言った。

「……ここで何をしておられる」

「見ての通り、茶を飲んでおる」

「この子、なかなか気の利く子ですわ」

予定よりも早く帰国した先帝と皇太后は、現在貴賓宮(きひんきゅう)に滞在している……はずであった。しかし、二人とも皇妃の宮に入り浸(びた)っている。

相変わらず政務に忙しく、限られた時間しか少女と過ごせない皇帝としては、そんな両親が羨ましいやら妬ましいやら。ようやくお茶の時間を確保して皇妃の宮にやってきた彼は、両親を前にぶすりとした顔で言った。

「私の妃はあなた方の暇つぶしの相手ではないぞ」

「まあ、そうカリカリせずに座れ」

「そこのお菓子でもお食べなさいな」

息子の不機嫌などまったく気に留めない先帝と皇太后は、我が物顔でソファを勧める。

皇帝は思わず、こめかみに怒筋を浮かべそうになった。

しかし、駆け寄ってきた少女に視線を移したとたん、そんな気は消え失せた。

「陛下、お疲れ様です。お待ちしておりました」

彼女がこんなに嬉しそうな笑顔で迎えてくれているのに、不機嫌な顔をしているなんて馬鹿らしい。そう思った皇帝は表情を和らげ、少女に手を引かれてソファの方へやってきた。

その前のテーブルの上には、パイのようなお菓子の載った皿が置かれている。ソファに腰を下ろした皇帝に、少女はもじもじしながらそれを勧めた。

「あの、陛下……お茶と一緒に召し上がっていただけますか？」

「うん？　もしや、お前が作ったのか？」

「はい。窯（かま）を貸していただけるよう、侍女頭様が厨房（ちゅうぼう）の方に掛け合ってくださったんです。それでご一緒に作っていただきました」

「ほう、侍女頭が……」

少女の言葉に、皇帝は側に佇（たたず）む侍女頭をちらりと見上げた。

日頃から、少女に皇妃としての自覚と品格を身につけさせようとして何かと口煩（くちうるさ）い侍女頭。しかしそれらは全て、少女の母親代わりを自任する彼女の愛情の表れであった。

事実こうして、少女が本当に望むことに関しては、出来るだけ便宜（べんぎ）を図ってくれる。

「侍女頭様と一緒に作れて、楽しかったです」

「わたくしも、とても楽しゅうございました」

必然的に少女と過ごす時間が多い侍女頭にも、皇帝はついつい嫉妬してしまいそうになる。

しかしそれを宥（なだ）めるようなタイミングで、少女ははにかんだような笑みを彼に向けて言った。

「陛下に買っていただいためん棒を、早く使いたくてしかたなかったんです」

「そうか。それで、そのめん棒はお前の期待を裏切らなかったか？」

「はい！　とっても使いやすかったです。ありがとうございました！」

少女が侍女頭と一緒に作ったのは、パルミエと呼ばれるお菓子だった。薄く伸ばしたパイの生地を何層にも重ね、砂糖をまぶして焼いたシンプルなお菓子。幼い頃、父子家庭だった少女を気づかい、隣家の夫人が作ってよく食べさせてくれたものだ。サクリとした食感と、噛んだ瞬間に鼻に抜けるバターの豊かな香り、優しい甘さ。

「うまい」

味もシンプルなら、食べた皇帝の感想もシンプルなものだった。しかし言葉など飾らずとも、彼の手がすぐさま二つ目に伸びたことこそが賞賛の証である。その気持ちをきちんと受け取った少女は、幸せそうに顔を綻ばせる。

そんな皇帝と少女のやりとりを、先帝と皇太后は向かいの席からじっと眺めている。

この日、少女と侍女頭は張り切って、随分たくさんパルミエを作っていた。そのため皇帝は侍女や近衛兵達にもそれを振る舞うことを許可し、こうして皇妃の宮では、急遽主従入り交じってのお茶会が始まった。

「やあ、やってますね」

と、そこへ現れたのは宰相。彼もすっかり、皇妃の宮の常連である。

その右の眼窩に嵌まったお馴染みの片眼鏡には、昨日少女が街で選んだチェーンが付けられていた。

「わあ、宰相様！　着けてくださったんですか⁉」

チェーンに気づいた少女が、ぱっと顔を輝かせる。

「ええ、お土産をいただけたのが嬉しくて、さっそく」

チェーンには、小さな宝石の他に、幸運をもたらすと言われるクローバーや、鍵の形をしたチャームなどがついている。男性が着けてもおかしくない程度の飾りで、宰相の好みにもよく合っていた。

宰相は、昨日侍女を通してこの土産を受け取っていたが、礼を言いそびれていた。

というのも昨日は、皇帝と少女が街から戻るとともに城の中が大騒ぎになったからだ。

何しろ予定では二日後に帰国するはずの先帝と皇太后まで、一緒に帰ってきたのだ。

二人の突然の帰還に、東西南北それぞれの公爵にも緊急招集がかけられた。皇太后と血縁関係にある西の公爵や、いつも落ち着いている南の公爵はともかくとして、まだ年若い東の公爵や、気の小さい北の公爵などは心の準備が間に合わず、簡単な挨拶さえもしどろもどろ。そんなこんなで昨日は宰相も夜遅くまで多忙を極めたのである。

宰相は、微笑みながらテーブルに近づき、少女の隣に腰を下ろす。皇帝とは反対側――ちょうど片眼鏡のチェーンが少女からよく見える左隣だ。少女は屈託のない笑みを浮かべて言った。

「宰相様はいつも繊細な刺繍をなさるから、こういう小さなチャームが付いたものもお好きかな、と思ったんです」

「私のことをよくご存知なのですね」

「だって私、宰相様のこと大好きですもの」

「おやおや」

少女の言葉に、宰相は苦笑する。彼女が自分に対して告げる〝好き〟には、〝兄のように〟という意味が含まれていることを知っているからだ。

また宰相自身も、少女を皇妃として認め支えると公言して以来、彼女に対しては兄のように接してきた。

本当のところその心には、彼が天井裏に出入りしていた時に芽生えた少女への想いがまだくすぶっている。だが、少なくとも少女にとっては、宰相は恋愛対象ではない。

それを承知していながらも、少女の言葉を聞き流せなかったのが皇帝だ。

皇帝は少女の肩を抱いて自分の方へと引き寄せ、宰相から彼女を引き離すようにして言った。

「そのチェーン、買ったのは私だからな」

皇帝のそんな言葉に、宰相はふふんと鼻を鳴らして返す。

「でも、おチビさんが私を想って選んでくださったんですよね。どうです？ 似合いますか？」

色恋沙汰に関して極端に疎い少女は、頭上で交わされる二人の視線が火花を散らしていることにも気づいていない。当然、宰相が皇帝の嫉妬を煽ろうとしていることなど知る由もなく、にこにこしながら頷いた。

「はいっ、可愛いですっ！」

「か、かわ、いい……？」

「はいっ、とっても可愛らしいですよ！ 宰相様！」

「あ、ありがとうござい……ます……」

成人を済ませた男性にしてみれば微妙な褒め言葉に、宰相は思わず脱力した。

「お前達、何やら面白いことになってるな」

皇帝と宰相、それから少女を含めた三人のやりとりを、先帝はテーブルを挟んで愉快そうに眺めていた。そんな彼は少女の作ったパルミエが相当気に入った様子で、もうすでにいくつも胃袋に収めている。そのくせ、今さらながらにそれをじろじろと眺め、ふとため息をついた。

「このサクサク、美味いのは美味いが……甘くて、ワインのつまみにはならんな」

そんなぼやきを聞きつけた少女が、「はい」と元気に片手を挙げる。

「実は、甘くないのもご用意してございます」

そう言って、彼女はいそいそと新たな皿を差し出した。

そこに載せられていたのは、パルミエに使ったのと同じパイ生地にチーズを練り込み、棒状にして焼いたもの。焼けたチーズの香ばしさと絶妙な塩気はワインにも合うに違いない。

「うむ、小娘。苦しゅうないぞ」

「気の利く子は好きでしてよ」

チーズパイを味見した先帝と皇太后は、ますます機嫌を良くして、まっ昼間からワインを持って来いと騒ぎ出す。さらには、侍女や近衛兵まで一緒に飲もうと誘い始めたものだから、ついに侍女頭の堪忍袋の緒が切れた。

「——いい加減になさいませ」

侍女頭はぴしゃりとそう告げると、先帝と皇太后のカップに有無を言わさず熱々の紅茶を注ぎ足した。懲りない隠居夫婦は、ワインがよかったのに、とぶーぶー文句を垂れるが、侍女頭は無視を決め込む。

「……まったく。我が親ながら、騒がしい」

皇帝は呆れ顔でそう言うと、傍らの少女の頬を撫(な)でた。

昨日、先帝によって地面に押し付けられていたその頬には、幸い傷はできていなかった。

だが、あの光景を目にした時の腸(はらわた)が煮えくり返るような怒りを、皇帝はまだ忘れてはいない。

彼は不貞腐(ふてくさ)れた顔をしながら、紅茶のカップを傾けている先帝と皇太后を一瞬鋭く睨む。

しかし、「陛下？」と甘い声で呼ばれると、緩めた視線を少女に戻した。

「父と母が面倒をかけてすまない」

「いいえ、陛下。お二人が来てくださって、とってもにぎやかになって楽しいです」

少女がそう言ってにっこりと微笑むと、皇帝の頬も自然と緩む。自由気ままな父母の言動には苛(いら)つくが、少女がそれを楽しんでいるのならばいいか、とすら思えてくる。

「昔から、この子の周りはいつもにぎやかなんですよ。自然と人が集まってきて、皆笑顔になっちゃうんですよね」

そう言って、宰相の前に紅茶のカップを置いたのは、少女の幼馴染だった。

「ねえ様も、食べてください」

「あら、ありがと。なっつかしいわねー、パルミエ。昔、よくおやつに食べたものね」

少女に勧められて、幼馴染もパルミエを摘む。幼馴染がこんな風に砕けた口調をするのは、現在給仕を行っているのが、侍女頭と彼女だけだからである。

他の侍女や近衛兵達は、先ほど先帝と皇太后がワインを持ってこいと騒ぎ立てた折に、侍女頭によって持ち場に戻るよう命じられていた。そのため、ここにいるのは少女の素性を知る心やすい者達だけだ。

庭でネコ達と遊んでいたはずの子グマも、いつの間にか側へとやってくる。どうやら、後から出てきたチーズパイの匂いに誘われてきたようだ。

テーブルによじ登ろうとして侍女頭に一喝された子グマは、しばしその周りをうろうろしていたが、やがてソファに座った人間の足に前足をかけて立ち上がり、甘えた声で鳴く。

「ぷー」

「おや、いらっしゃい。一緒にご馳走になりますか?」

子グマがおやつをねだった相手は、宰相だった。

以前なら膝に抱き上げてやっていたが、子グマはもうすっかり大きく重くなっているので難しい。宰相は子グマの前足だけ膝に乗せたまま、テーブルの皿からチーズパイを一つとって彼女に与える。パイをくわえた子グマは宰相の足もとに腰を下ろすと、それを両の前足で持って行儀よく食べ始めた。

それを見て、ソファの脇に立っていた少女の幼馴染がぷっと噴き出す。

「こいつ、よく分かってるなー。宰相閣下って基本他人に厳しいけど、動物と子供には甘いですもんねー」

幼馴染はそう言って、子グマの頭を撫でる。

すると宰相も、何故か隣に座った少女の頭を撫でながら答えた。

「小さきものに対しては、寛大であるべきでしょう？」

宰相は子グマに甘く、少女にも甘い。

少女と子グマはそれぞれ頭を撫でられながら、きょとんとした顔をする。その表情がそっくりで、少女の幼馴染はまたぷぷっと噴き出した。

「おチビ、今のは怒るところ。宰相閣下ってば、あんたのこと子グマと一緒だって思ってるのよ」

「えっと……」

「このおチビさんの行動は、子グマと同じで計算がないですからねえ」

その計算のない行動にいつも振り回される宰相は、少女からもらった片眼鏡のチェーンに触れながら、苦笑を浮かべる。そしてなおも少女の頭を撫でて、「ですが」と続けた。

「帝国皇妃となるからには、少しくらい計算高い方がいいかとも思いますが……」

「――その必要はない」

皇帝の不機嫌な声が、宰相の言葉を遮った。

皇帝はカップの紅茶を飲み干すと、同じく隣で紅茶を飲み終わった少女の手を取る。

そして、未だ少女の頭に触れる宰相の手から奪うようにして彼女を立たせた。

「おや、陛下。どちらへ？」

「庭を散歩してくる」

少女はにぎやかなお茶会を楽しんでいたようだが、皇帝は二人きりの時間を望んでいたようだ。

それを分かっていながら、宰相はわざと尋ねる。

「陛下、お供しましょうか？」

「いらぬ」

そんな宰相の申し出をすっぱりと断って、皇帝は少女を連れて庭へと出ていった。

宰相は苦笑したままそれを見送る。

すると、しばし黙って紅茶のカップを傾けていた先帝が、そういえばと呟いた。

「お前、あの小娘にフラれたそうじゃないか」

「……」

自らの忠臣を皇帝執務室の天井裏に潜入させていた先帝は、少女が正式に皇妃として認められるまでの経緯も全て知っていた。もちろん、親子ほど年の離れた末弟が、かの少女に想いを寄せていたことも。

「好いた女が他の男のものになるのを見届けねばならぬとは、さすがに哀れよのぉ」

「まあ、お可哀想な閣下。慰めて差し上げましょうか？　わたくしの胸でお泣きになります？」

先帝は宰相に同情を覚えているようだが、皇太后の方は明らかに面白がっている。

宰相は冷たい笑みを浮かべると、感情を押し殺した声で答えた。

「いいえ、義姉上。そんな恐れ多いこと、お願いできるわけがありません」

すると今度は、子グマの側にしゃがみ込んでいた少女の幼馴染が、悪戯（いたずら）な笑みを浮かべて口を開く。

「宰相閣下、だったら私が慰めて差し上げましょうか～？」

「結構ですよ。こっちのおチビさんに慰めてもらいますから」

宰相はつんとしてそう答えると、夢中でチーズパイを貪（むさぼ）っている子グマを足の間に引き寄せた。

そして、その頭の上に顎を乗せ、はあと一つ小さなため息をついた。

その頃、皇妃の宮の天井裏でもちょっとしたお茶会が開かれていた。といっても、飲み物は紅茶ではなく、酒精の入っていないワインもどき。それを差し入れたのは、実は先帝の命を受けて天井裏に潜入していたことが判明した、あの年嵩の密偵だった。

「いやー、まさかまさか！　先帝陛下の懐刀でいらっしゃったとはなぁ！」

「いやいや、懐刀だなんて恐れ多い。わしなんて、すっかり錆びついて抜けもしないなまくらですから」

年嵩の密偵は、昨日スパイスバザールで購入したばかりのドライフルーツやナッツ類も、おつまみとして大量に持ち込んでいた。それを遠慮なく摘みながら、彼を囲んだ他の密偵達が口々に話しかける。

「けど、本当に引退してしまうんですか？」

「寂しくなるなぁ」

年嵩の密偵は、正体を明かしたこの機に、密偵を引退することを決意したのだと言う。今日は、長い間天井裏で一緒に過ごした他の密偵達にそれを伝えるため、わざわざ手土産持参でやってきたのだった。

「そろそろ体力も限界でしてねぇ。完全に動けなくなってしまってからでは、第二の人生を楽しむこともできないでしょう？」

「確かに。何ごとも引き際を見極めるのが大切ですな」

この年嵩の密偵の腰痛は、そろそろ誤魔化しが利かなくなるほど悪化していた。

他の密偵達も他人事ではなく、話はそれぞれが引退した後の身の振り方にまで及ぶ。

「俺は、田舎に帰って畑をやりたいなぁ」

「うちは、実は兄貴が牧場をやってましてね」

密偵とは、本来危険な職業だ。敵地に単身潜入するのであるから、特に戦争中などは、見つかったらまず命がないと思っていい。このように密偵達が引退後のことに思いを馳せられるなんて、今が平和な証拠である。

「これからどうなさるんですか？」

少女の養父が、年嵩の密偵にそう尋ねた。

年嵩の密偵は、自ら持ち込んだピスタチオを齧りながら答える。

「陛下とおチビちゃんの結婚式が終われば、先帝ご夫妻はまた最北の連邦国にお戻りになりますのでね。わしもお供させていただいて、あちらで余生を過ごすつもりですよ」

「おや、しかしあの国は随分と寒さが厳しいと聞きますが」

「いや、それがなかなかいい湯治場があるらしいんですよ。これが腰痛にも効くそうでしてね」

「ほう、そうですか」

「それに――」

年嵩の密偵はピスタチオを呑みこむと、内緒話をするように、口の周りを手で覆って続けた。

「最北の連邦国は、これまた別嬪が多いんです」

それを耳にした少女の養父や他の密偵達は、とたんににんまりとした笑みを浮かべる。

「おやおや、旦那！　あっちの方はまだまだお若いようですな！」

「腰は立たなくなっても、こっちは生涯現役のつもりですよ」

「ひゃあ！　いいヒトができたら紹介してくださいね！」

オヤジ密偵達が、一気に盛り上がる。

それを遠巻きに見ているのは、本来の皇妃の宮担当である少女の長兄。

「……おっさん達、どうしてこんなに元気なんだ……」

長兄はうんざりとした顔でそう呟いた。

皇妃の宮を出た皇帝と少女は、ゆっくりと庭を散策していた。

高い塀の向こうには、ようやく外観が完成した美術館が見える。塀は、無闇に皇妃の宮を覗かれないように、ということで随分高く作られたのだが、美術館の最上階の窓からは庭が少しだけ見えるようになってしまった。当然庭からも美術館の最上階が見えることになる。

ふと美術館を見上げた少女は、たまたまその最上階で作業をしている人物に気がついた。

遠くてはっきりとはしないが、背格好から判断するに、おそらく東の公爵だ。美術館は現在内装工事が進められており、彼はその監督役として忙しい毎日を送っている。

「陛下、東の公爵様がいらっしゃってますよ」

「うん？　ああ、随分熱心に取り組んでくれているようだな」

東の公爵の方も、庭に出ていた皇帝と少女に気づいたのか、窓辺に寄ってくる。少女が親しげに両手を振ると片手を振り返し、皇帝に対しては会釈(えしゃく)したように見えた。

「東の公爵様の姉上様も、ご結婚が決まったそうですね」

「ああ、爵位はないが商人として成功した人物らしい。先代の古い友人の息子で、東の公爵家の姉弟とは幼馴染とのことだ」

かつて後宮に住んでいたことのある東の公爵の姉は、突然現れた皇妃候補を受け入れることができず、子グマを連れて庭を歩いていた少女に対し無礼を働いたことがある。

侍女頭からの抗議を受けてそれを知った東の公爵は、いつまでも皇帝に執着して少女を貶めようとする姉を大人しくさせるため、適当な相手を見繕って嫁がせようとしたのだが、それを知った少女が、たった一人の大切な姉なのだから、彼女が幸せになるように取りはからってほしいと訴えたのだ。

それを受けて東の公爵は、爵位や家格よりも、姉を一番大切にしてくれる相手に彼女を嫁がせることにしたのだと言う。

「では、姉上様はきっとお幸せになられますね」

「そうだな」

実はあの後、少女は一度だけ東の公爵の姉に会っている。それは次期皇妃となることが正式に発表され、結婚式の日取りも決まってからのことだった。

東の公爵の姉が、南の公爵にともなわれて皇妃の宮にやってきたのだ。東の公爵と南の公爵は美術館の共同監修により親しくなり、家族ぐるみの付き合いをするようになっていた。東の公爵家の姉弟は、亡き父と同じく博識で穏やかな南の公爵をとても慕っている。

南の公爵に背中を押された東の公爵の姉は、おどおどしながらも少女にかつての無礼を謝罪した。さらに、あの時少女と一緒にいて迷惑を被った侍女にも、きちんと謝ってくれた。

おかげで少女も、東の公爵の姉に対してはもう何のわだかまりもない。今はこうして皇帝と並び歩きながら、ただ彼女の幸せを願うだけだ。

そんな少女の足もとには、いつの間にかネコ達が集まってきていた。

皇妃の宮で自由気ままに過ごすのは、昨日街にまでついてきた黒毛のボスネコを含めた二十匹。

ふと、その内の一匹を抱き上げた皇帝が「ん？」と首を傾げた。

「どうかなさいましたか？」

「いや……こいつ、腹が膨れていないか？」

「お昼ご飯、食べ過ぎちゃったんでしょうか？」

「いや、そうではなくて……」

皇帝はその場にしゃがみ込むと、集まってきていたネコ達を一匹ずつ検分し始める。

その結果、五匹のメスネコの腹が軒並み膨らんでいることが分かった。

皇妃の宮のネコは、もともと後宮で毒見用にと飼われていたものだ。無闇に繁殖しないようにと、オスネコはすべて去勢されているはずだが……

「しまった。すっかり失念していた。ボスはまだ、立派なものをぶら下げていたんだな」

「立派なもの？」

「あ、いや……」

きょとんとして首を傾げる少女から気まずげに目を逸らし、皇帝は近くにやってきていたボスネコを捕まえた。両脇に手を入れて持ち上げると、だらんと伸ばされた両足の間に、他のオスにはない〝立派なもの〟がぶら下がっている。

妊娠した五匹のメスネコ。その腹の子の父親は、このボスネコで間違いないだろう。王城の外から野良のオスが忍び込むなんてことを、彼が許すとは思えない。

皇帝は深々とため息をつくと、ボスネコに顔を近づけて言った。

「おい、お前。子グマ一匹の躾にも手を焼いているというのに、いきなり何十匹も子供をこしらえて大丈夫なのか？」

「なーおー」

大真面目な顔で問いつめる皇帝に、ボスネコは問題ないとばかりに一鳴きする。

ボスネコは身を捩って皇帝の手から逃れると、腹の膨れたメス達に近づいていった。

そして、彼女らを慈しむように、順々に舐めていく。

そんな光景を眺めつつ、皇帝は呆れたように言った。

「これではまるで、ハレムだな」

ハレムとは、一人の男性が多くの女性を囲っている状態を指す。ハレムを持つ男には権力や経済力が必要となってくるわけで、必然的にそれを為すのは皇帝や王といった者達だった。

「ハレム……」

少女はぽつりと皇帝の言葉を繰り返した。

かと思ったら、ネコ達を眺めていた皇帝の側にしゃがみ込み、ぴたりと彼にくっついた。

「どうした？」

普段、少女の方から積極的に皇帝に触れてくることはあまりない。本人に言わせれば、まだ「恐れ多い」らしい。

そんな少女が突然密着してきたものだから、皇帝は何かあったのかとその顔を覗き込む。

すると、ついさっきまでにこにこしていた彼女の顔が、何だか沈んでいるではないか。

皇帝はしゃがんだまま腕を回して少女の肩を抱くと、反対の手でそっと彼女の顎（あご）を持ち上げる。そうしてもう一度、「どうした？」と尋ねた。

少女はしばしうろうろと視線を泳がせていたが、やがてその翡翠色の瞳を皇帝の琥珀色のそれに合わせた。

「陛下……」

「うん？」

彼女の大きな瞳が潤んでいるように見えて、皇帝は内心焦る。そんな皇帝に、少女はわずかに唇を震わせながら言った。

「私……陛下が他に奥方様を迎えられても、平気だってずっと思ってたんです……」

「急に何を言い出すんだ？　そもそも、そんなつもりはないと……」

「でも、もう平気じゃないみたいです」

そう言って、きゅっと唇を噛んだ少女を見て、皇帝ははたと気づく。

「……お前——もしかして、妬いているのか？」

どうやら少女は、ハレムっぷりを披露するボスネコに皇帝を重ね合わせてしまい、心穏やかでいられなくなったらしい。彼女が辛そうな表情をする一方で、皇帝の顔にはじわじわと笑みが広がっていく。

「私が、他の女と親しくするのは嫌か？」

「……いや、です」

「他の女をこうして抱くと、嫌か？」

「嫌ですっ!!」

少女はそう叫び、ついに皇帝の身体にぎゅうとしがみついた。

そうして彼の胸に顔を埋めてしまった少女からは見えないが、皇帝の頬はもう緩みっぱなしだ。

「そうか、嫌か」

皇帝は両の腕で包み込むようにして、少女をぎゅうと抱き締め返す。そして、芝生の上に直接腰を下ろし、膝の上に彼女を抱きかかえ、あやすように身体を揺らした。

「嫉妬されて嬉しい……などと言ったら、お前は怒るだろうか」

「陛下に怒るだなんて、そんなこと。でも……」

「でも？」

「いじわる、なさらないでください……」

拗ねたようにそう言うのが可愛くて、皇帝はますます破顔する。

彼は笑いながら「すまん」と告げると、少女の頬を両手で包み込み顔を上げさせた。

そして、彼女の鼻と自分の鼻先を擦り合わせる。

おずおずと見上げてきた翡翠色の瞳に、皇帝の愛おしさは募るばかり。

「皇帝としては寛大であろうと思うがな。あいにく、私自身の懐(ふところ)はさほど深くはないのだ」

「陛下……」

「私の心はすでにお前で満杯で、他の誰かが入り込む余地などありはしない」

皇帝は甘い声でそう囁(ささや)くと、そっと顔を傾けてキスをした。

まだどこかあどけなさの残る少女に合わせた、柔らかく唇を重ねるだけのキス。

「ん、陛下……東の公爵様に……美術館にいる方達に見られちゃいます……」

「夫婦となる我々が口付けを忍ばねばならぬ理由など、どこにある?」

赤く染まった少女の耳にそう囁くと、皇帝はもう一度キスをした。

今度は、先ほどよりも少しだけ深く……

第五章　甘い菓子をどうぞよろしく

結婚式まで残り十日となった。

この日は午後から、美術館へと展示物が運び込まれることになっていた。

まだ本格的な搬入ではなく、結婚式に続いて行われるお披露目式に向けた試験的なものだ。美術館の入り口や玄関ホールなども、お披露目に合わせて急いで内装工事を進めたらしい。

搬入の指揮を執るのは、宝物庫の管理と美術館の監修に携（たずさ）わる南の公爵。実行するのは、参謀長（さんぼうちょう）以下軍の兵士達である。師事する南の公爵にくっついて、少女もそれに立ち合うことになった。

彼女にしてみれば美術館の中に入るのはこの日が初めて。

入り口の大きな扉をくぐり、玄関ホールへと足を踏み入れる。その天井を見上げたとたん、少女は大きく目を見開いて感嘆の声を上げた。

「うわあ……」

玄関ホールは大きなドームになっていた。高い天井を、四本の太い円柱が支えている。壁や柱には一面にタイルが貼り付けられ、植物や幾何学をモチーフとした細密な紋様が堂内を埋め尽くしていた。

「すごいですねぇ……」

その装飾の美しさもさることながら、いったいどれだけのタイルが必要だったのだろう、と少女は考えてしまう。その疑問には、南の公爵が答えてくれた。

「このホールだけで、一万枚以上のタイルが使われております」

「い、一万枚……」

少女は目を丸くして、まじまじと天井を見上げる。

ここに使われているタイルは、帝国やその周辺の地域の伝統工芸である。もともとは、ずっと東の国で栄えた、白地に濃い青を染め付ける磁器の模倣だったらしいが、この地方のタイルは磁器よりも低い温度で焼くため、青や赤、薄い緑や紫といったさまざまな色の染め付けが可能であった。ゆえにデザインは多岐にわたり、多彩な色を使って描いた繊細な花のデザインなどは、皇帝家をはじめとする帝国の富裕層に人気を博した。

とはいえ、タイル自体は一枚一枚高価なものである。それを一万枚以上も使うとなると、いったいいくらかかったのだろう。

今度はそんなことを考え始めた少女に向かい、南の公爵はくすりと笑って言った。

「ここに使われているタイルは、実はほぼ全て後宮で使われていたものの再利用なんですよ」

「えっ、そうなんですか？」

「後宮の内装は、それはそれは贅を尽くしておりましたからねぇ」

以前この場所にあった後宮は、帝国がまだ一王国であった時代に建てられた。小国とはいえ、当時の国王は権力にものを言わせて多くの美女を囲っていたのだと言う。

美しく飾られた後宮の中で、美しい女達は国王の寵を巡って涙を――時には血をも流し、鎬を削っていたのだろう。

そんな愛憎が染み込んだ建物も、今は跡形もなく解体されて、この美術館へと生まれ変わった。

「タイルだけではありませんよ。天窓に使用されたステンドグラスも、全て元は後宮にあったものです。芸術的価値も高い貴重なものですので、これも美術館の見所になりそうですね」

南の公爵に教えられ、少女は天窓に注目する。

玄関ホールには多くの窓が設けられており、そこから差し込む日光が内部を淡い光で満たしている。ステンドグラス自体の意匠が素晴らしいのはもちろんのこと、その色とりどりのガラスを通って色を纏った日光が、壁の上で新たな色彩と紋様を作り出していた。

「ふわあ……！」

それを見た少女は、先ほどよりもさらに大きく感嘆の声を上げた。

南の公爵も一緒になって天窓を見上げ、眼鏡の下で目を細める。

「タイルもステンドグラスも大変質の良い物でしたので、年月が経っていてもまったく傷んでおりませんでした。それを再利用するように提案してくださったのは、皇帝陛下です」

「陛下が？」

「ええ。おかげで建設にかかる費用が随分抑えられたと、財務長官がほっとしていらっしゃいましたよ」

「そうでしたか……」

少女は南の公爵の話に相槌を打ちながらも、その目は天井装飾や天窓に釘付けのままであった。

参謀長が、宝物を運び込む兵士達の輪の中から抜けて二人に近づいてくる。

「妃殿下、上ばかり見上げていると転びます」

「はぁい……」

苦笑して注意するも、少女はまだ天井から目を離せない。彼女は何かに導かれるように、顔を仰向かせたままふらふらとホールの中央へと歩いていった。と、その時――

「――んっ……むぐ!?」

ぽっかりと開いていた少女の口に、突然何かがぽんと放り込まれた。

とたんに口の中いっぱいに広がった甘味で、ほっぺが一瞬じんと痺れる。

それに目を白黒させながら、少女はようやく天井から視線を引き剥がした。

「あっ、あなたは……?」

「失礼。餌を待つ雛鳥のように可愛らしかったもので、思わず」

いつの間にか少女の目の前に立っていたのは、白い衣服に身を包んだ上品な老紳士だった。

一見、初めて会う相手のように思えたが、声には聞き覚えがある。つい先日、先帝の部下と判明した、あの年嵩の密偵だ。

黒ずくめの覆面姿しか記憶にない彼の顔を、少女は改めてまじまじと見つめた。そして、口の中で幅を利かせている甘い物体をもぐもぐと咀嚼してから、やっと口を開く。

「甘いです、これ。おいしいです」

「よかった。では、たくさんあげようね」

年嵩（としかさ）の密偵——今は覆面を取り払った老紳士は、孫娘に接するような柔らかい口調でそう言って、少女の両手に収まるくらいの包みを差し出す。受け取った少女がそっと包みを開くと、中には色とりどりの小さな立方体が入っていた。

「ありがとうございます。これ、ロクムでしたっけ?」

「そうだよ。先日街に出た時、陛下とおチビちゃんがカフェに入っただろう。それを待っている間に隣のパスターネで買ったんだ。あそこのロクムは格別さぁ」

パスターネとは、ロクムやバラクヴァといった帝国の伝統スイーツを取り扱う店、いわゆる甘味処（かんみどころ）である。バザールの中にはたくさんあるが、この年嵩の密偵が贔屓（ひいき）にしている店は、その中でも有名な老舗（しにせ）らしい。

少女はロクムの入った包みを握り締めると、きょろきょろと辺りを見回す。

先ほどまで側にいた南の公爵は、少し離れた場所で作業している兵士達の方へ移動していた。参謀長（さんぼうちょう）もその側にいる。おそらく、少女と年嵩の密偵が話し始めたことに気づいた参謀長が、事情を知らない南の公爵を遠ざけてくれたのだろう。

少女は近くに他の人がいないことを確認すると、目の前の老紳士に向かって問いかけた。

「おじさま、あの……とと様や皆さんはお元気にしていらっしゃいますか？」

「ああ、相変わらず上で面白おかしく潜んでいるよ」

その言葉に、少女はほっとした顔をする。

上品な老紳士となった年嵩の密偵は、そんな少女に優しい声で尋ねた。

「おチビちゃん……親父様に会いたいかい？」

「はい、会いたいです」

少女は即答した。だが、すぐに俯いて「でも」と続ける。

「会いたい、ですけど……無理だということも分かっています」

「陛下にお願いすれば、親父様と会うくらい目を瞑ってくれるのではないかい？　あの方は随分と君に甘いようだから」

年嵩の密偵はそう言ったが、少女は首を横に振った。

「陛下に、ご面倒をおかけしたくないんです。それに、とと様のことも困らせたくありません」

「そうかい」

少女の言葉に、年嵩の密偵は目を細めて頷いた。続いてその視線が少女の背後へと向けられる。

「なんとも、いじらしい奥方様ではありませんか」

「——まったくだ」

少女の頭越しに投げ掛けられた年嵩(としかさ)の密偵の言葉に、背後から声が返ってきた。

この時ようやく、そこに誰かがいると気づいた少女が慌てて後ろを振り返ろうとする。

しかしそれよりも早く、両脇から二本の腕がにゅっと現れて、彼女の身体の前で交差した。

「——わっ！　……へ、陛下!?」

元密偵の少女に気配すら悟らせなかった腕の主は、皇帝だった。

背後から少女を抱き竦(すく)めた皇帝は、彼女の右肩に顎(あご)を乗せて、はあ、と一つため息をつく。

「お前は余計な遠慮をしすぎる。わがままだって、少しくらい言ってもいいんだぞ？」

「わがままだなんて、そんなこと……」

皇帝の腕の中で、少女はふるふると首を横に振る。そこに、新たな声がかかった。

「遠慮なんてするものではありませんわ。女のわがままに如何(いか)に対処するのかが、男の甲斐性の見せ所ですのよ」

「あっ……皇太后様？」

少女の背中に覆い被さる皇帝――そのさらに背後からひょっこりと顔を出したのは皇太后だった。

目を丸くする少女に、年嵩の密偵がくすりと笑う。

「皇太后陛下がこちらの美術館を視察なさりたいとおっしゃってね。わしはそのお供だよ」

「そうだったんですか……」

皇帝と皇太后は、玄関ホールを抜けた先にある回廊にいたらしい。

続いてその回廊の方からもう一人、顔見知りの人物が現れた。

「いらっしゃいませ、妃殿下」

「東の公爵様、こんにちは。お邪魔しております」

まだどこか少年っぽさを残した東の公爵だが、この美術館に関しては南の公爵とともに責任者として名を連ねている。その手に分厚い書類の束を持っていることから、彼は皇帝を前に現在の進行状況や今後の計画の説明をしていたのだろう。

東の公爵は、皇帝の腕に巻かれたままでいる少女の前までやって来ると、ふとその手にあるものに目をとめた。

「妃殿下、何をお持ちですか？」

「ロクムです。さっきいただいたばかりで」

首を傾げる東の公爵に、少女は年嵩の密偵にもらった包みを開いて見せる。

ロクムを見た東の公爵は、「宝石のようで綺麗ですね」と無邪気な感想を口にした。

さらに少女に勧められ、一粒摘んで口に放り込む。とたんに彼は、両目を輝かせた。

「甘いんですね、これ。初めて食べました。おいしいです」

先ほどの少女と同じような感想を口にする東の公爵に、年嵩の密偵がまさに好々爺といった風情で微笑む。一方、少女はいいことを思いついたとばかりにぽんと手を打った。

「おじさま。このロクム、東の公爵様と半分こしてもいいですか?」

「もちろん」

年嵩の密偵の了承を得ると、少女は懐からお気に入りの白いハンカチ――かつて宰相にもらった刺繍入りのものを取り出して、ロクムを半分包んだ。そして、残りのロクムが入った包みを東の公爵へと差し出す。

「妃殿下、あの……?」

「これ、お姉様に。きっと気に入っていただけると思います」

ロクムはどちらかというと庶民のお菓子。東の公爵が今初めてそれを口にしたのと同様に、もしかしたらその姉の方も食べたことがないのではないか、と少女は思ったのだ。

「ありがとうございます。姉も喜びます」

東の公爵は、少女が姉を気に掛けてくれていることを喜びつつ、年嵩の密偵にも礼を言って包みを受け取った。

少女もにこにこして、ロクムを包んだハンカチを自分の懐に大事そうにしまう。

そんなやりとりを微笑ましく眺めていた皇帝は、やっと少女の右肩から顎(あご)を離して口を開いた。

「お前も、回廊の方を少し見ていくか？」

「はい、陛下」

南の公爵は、参謀長(さんぼうちょう)や兵士達と何やら話し込んでいる。東の公爵も呼ばれて、その輪に加わった。

少女は皇帝に手を引かれ、皇太后や年嵩の密偵とともに玄関ホールから奥の回廊へと進んでいく。

回廊は、豪華絢爛(ごうかけんらん)な玄関ホールに比べれば落ち着いた作りで、天井もいくらか低くなっている。内壁のところどころには幾何学的なモザイク画が描(えが)かれており、これも後宮にあったタイルを再利用したものだと言う。

少女はそれを一つ一つ眺めつつ、皇帝に手を引かれて歩いていく。

その後ろを歩いていた皇太后がふと、ねえ、と声をかけた。

「あなた、東の公爵の姉に意地悪をされたんじゃなかったかしら？」

皇太后も、少女が皇妃として周囲に認められるまでの出来事について全て報告を受けており、当然東の公爵の姉が少女にしたことも把握していた。

少女は立ち止まり、振り返って苦笑する。

「えっと、それはもう、半年も前のことですから……」

少女は元来、根に持たない性格である。それに、東の公爵の姉からはすでに謝罪を受けているのだ。

それを聞いた皇太后は、ふうんと頷く。

そして、どこか遠くを見つめるような目をして、ぽつりと呟いた。

「十年以上も前の恨みで、いまだに身動きの取れない連中もいるというのにね」

「皇太后様？」

突然憂いを帯びた皇太后の表情に戸惑って、少女が声をかける。

しかし、皇太后はすぐにぱっと明るい顔になり、皇帝と少女の前に回り込んで言った。

「あなた達は随分仲がいいんですのね」

まじまじと見つめてくる皇太后に、少女は皇帝と手を繋いだまま頬を染める。

「皇太后様も、ご隠居様と仲睦まじくていらっしゃるじゃありませんか」

「でも、わたくしとだんな様は、最初はもっと素っ気ない関係でしたのよ」

皇太后の話によると、結婚を決めた当初、彼女は先帝に対して恋愛感情などこれっぽっちも抱いていなかったのだと言う。とにかく奔放な性格の彼女は、堅苦しく辛気臭い最北の土地より、山脈の向こう側――つまり現在帝国が存在する内陸部に憧れていた。

「結婚を利用して国を飛び出すつもりでしたの。ですから、相手は内陸の国の方ならば正直誰でもよかった」

「……父上は、適当に選ばれたのか」

うふふと笑って告げられたあんまりな言葉に、皇帝は呆れたようなため息をつく。

しかし皇太后は、いいえと首を横に振って続けた。

「適当に選んだのではありませんわ。だんな様は、他の殿方達とは一線を画していらっしゃった。だから、あの方に決めたんですのよ」

若き日の皇太后――北の美姫を欲しがる国は多かった。

自国の豊かさと安定ばかりをうそぶく求婚者達。そんな男達に飽き飽きしていた彼女に対し、唯一先帝だけが言葉を飾らなかった。

先帝は当時小国の王太子だったが、そんな小さな器に収まっているつもりはなかった。

そのために、大陸中が注目する美姫を娶って自分に箔を付けたいと正直に告げ、その代わり一生退屈はさせないと宣言したのだ。それを聞いた皇太后は先帝に強い興味を抱き、彼のパートナーとなって生きていくのは面白そうだと思ったのだと言う。

こうして、先帝と皇太后の結婚は、利害の一致により決まった。

そして結婚して間もなく、先帝は父親から玉座を譲り受け、王となったのだった。

「王の妻となった以上は跡継ぎを産む義務がありましたからね。仕方なく男子を一人産みましたけれど、あんな痛い思いは二度とごめんですわ」

皇太后は肩を竦めてそう告げる。

その身も蓋もない言い草に、〝仕方なく産んだ男子〟である皇帝は呆れたような顔をした。

「そういう話、普通本人の前でするものか」

「あら、いいではないの。それを聞いて傷つくような可愛らしい玉ではないでしょう、あなた」

皇太后は昔からこんな調子で、皇帝に母親らしい顔など見せたこともなかった。それでも、皇帝が寂しい思いをせずにいられたのは、乳母であった侍女頭と、兄のようにいつも寄り添ってくれた宰相や参謀長のおかげである。それに、なんだかんだと言いながらも、彼の両親は仲が良かったのだ。

先帝と皇太后は、結婚して子供が生まれ、それからゆっくり愛を育み始めた。

国が大きくなるにつれ、先帝の前には多くの美女が差し出されるようになった。しかし、彼は誰一人として目を向けず、皇太后だけを側に置いた。

先帝は誠実で、一途に彼女を愛していた。皇太后もそれに応えるかのように先帝と睦まじくしていたそうだ。

それでも彼女は、先帝が戦をしている間は自分の想いを伝えようとはしなかったと言う。

「だってあの方、いつ野垂れ死んでもおかしくなかったんですもの。先の見えない相手に心を預けるなんて、ごめんですわ」

皇太后はつんとしてそう言った。

戦に明け暮れ、いつ死んでしまうかも分からない危険の中を渡り歩く夫。想いをはっきり自覚してしまえば、万が一彼が戦死した時、皇太后は自分を保てる自信がなかった。

しかし四年前、ようやく先帝は馬を下り、剣を手放して、玉座を息子に譲った。

「今は、安心してあの方を愛することができますのよ。だって、もうだんな様はわたくしを置いてどこかに行ったりしませんもの」

そう言って、ふふ、と微笑む皇太后の表情は、年端もいかない少女のように無垢(むく)だった。

「皇太后様、お可愛らしいですね」

「それは、同意しかねるがな」

にこにこして言う少女に、皇帝は複雑な顔をして返す。

二人の意見は残念ながら合わなかったが、手はしっかりと握り合っていた。


さて、その日の午後のことだった。

「——申し訳ありませんでしたっ!!」

少女は訪ねていった部屋の主の顔を見るなり、謝罪の言葉とともに大きく頭を下げた。

ここは、王城の中央の建物に入っている財務長官の執務室。

財務長官は生真面目な男で、皇帝の信頼も厚い。そして、無類のネコ好きでもあった。

少女とは皇妃の宮で飼われているネコ達を通して交流を深め、今ではすっかり打ち解けた間柄である。

「妃殿下、どうぞ頭をお上げください」

財務長官は、扉の前で縮こまっていた少女を部屋の中へと案内する。すると、その中央にどっしりと置かれたソファには、もう一人、別の人物が腰掛けていた。

瓶底のような分厚い眼鏡をかけた、これまた真面目そうな壮年の男は、法務長官である。

財務長官と法務長官は、次の定例会議に向けて意見を纏めようとしていたらしい。

もともと、財務長官は北の公爵、法務長官は先代の南の公爵の推薦で今の地位に就いており、公爵達の仲が悪かったせいで二人もずっと微妙な関係にあった。しかし、先代の南の公爵が流刑となり、北の公爵も皇帝相手にすっかり頭が上がらなくなったおかげで、こうして堂々と交流を持てるようになっていた。

財務長官に促されてソファに座った少女は、そんな長官達に向かって改めて口を開く。

「法務長官様、財務長官様。私が至らないばっかりに、本当に申し訳ありませんでした」

すると、法務長官とその隣に腰を下ろした財務長官は一瞬顔を見合わせてから、それぞれ穏やかな声で尋ねた。

「妃殿下がそうおっしゃる理由は……もしかして、子グマの一件ですか？」

「そのことを気に掛けて、わざわざ訪ねていらっしゃったので？」

少女は二人の長官を見上げ、こくりと頷いた。

ついさっきまで、少女は南の公爵に連れられて美術館の見学に行っていた。

その隙に子グマは、比較的若いネコ達と共謀して、食料庫に忍び込んだのだ。父親代わりのボスネコも、妊娠中のメスネコ達に気を取られ、子グマから目を離してしまったらしい。食料庫の扉には閂がかかっていたが、どうやら子グマが開けたようだ。

食料庫の中に入った子グマは、大好きなハチミツの瓶を引っくり返し、全身をハチミツ塗れにしてご満悦のところを見回りの近衛兵に発見された。ハチミツの他にも、ネコ達が爪を引っ掛けて袋を破ったせいで、小麦もいくらかだめになったらしい。

子グマとネコ達は近衛兵により皇妃の宮に強制送還され、南の公爵とともに美術館から戻ってきた少女は、その悲惨な姿に愕然とした。

同時に近衛兵から被害状況を聞いた南の公爵が、おおよその損害額を弾き出す。

それを聞いたとたん、少女は居ても立ってもいられなくなり、寝室に飛び込んで、あるものを引っ掴んだ。そして侍女頭が止めるのも聞かず、慌ててこの財務長官の執務室までやってきたのだ。

財務長官はそんな少女の手に、ある物を認めて目を細める。

「可愛らしいお財布ですね、妃殿下。ですが、どうしてそれを持っていらっしゃったのですか？」

「私が持っているもので自由にできるのは、この財布の中身だけなのです。あとは、全て陛下にいただいたものなので……」

少女はその財布をぎゅうと握り締め、眉を八の字にして言った。

「弁償させてください。そして、もう二度とこんな悪戯をさせないようにしますので、どうかあの子達を罰しないでください」

「妃殿下」

「いいえ、罰なら私にっ……！」

「妃殿下、落ち着いて」

少女の思い詰めたような表情に、法務長官と財務長官は目を丸くする。

やがて二人の長官は、苦笑を浮かべて口を開いた。

「帝国の法が、今回のことで子グマやネコ達を、ましてや妃殿下を罰するなんてありえません」

「食料庫の管理の者から話は聞きましたが、妃殿下がお心を痛めるほどの損害ではありません。そのお財布の中身をいただくつもりもございませんよ」

法務長官と財務長官は口々にそう言った。

しかし少女には、動物の悪戯だからと笑って済ませることはできなかった。ハチミツも小麦も貴重なものだ。大戦中などは、満足に食事すらできず飢えて亡くなった者も少なくはない。

「私の持っている金額では足りないかもしれませんが、少しでも償わせてください」

少女はそう訴えた。

それを聞いて、彼女の養父と同じ年頃の長官達はまた顔を見合わせる。そして——

「子グマ達の保護者として責任を全うしようという、妃殿下のその心意気だけ受け取らせていただきます」

財務長官は穏やかな口調でそう言って、やはり財布の受け取りを辞退した。

悄然（しょうぜん）としたままの少女を見兼ね、法務長官も口を開く。

「いとけない子グマと気ままなネコ達の悪戯（いたずら）くらい、笑い飛ばせるほど今の帝国は豊かですよ。あなた様の旦那様となられる陛下が、尽力なさったおかげです」

「法務長官殿のおっしゃる通りです。陛下に甘えるおつもりで、そのお財布はどうぞおしまいください」

そう長官達に優しく諭された少女は、ようやく落ち着きを取り戻す。

そうして握り締めていた財布を膝に置くと、もう一度彼らに向かって深々と頭を下げた。

「ご迷惑をおかけして、申し訳ありませんでした」

話が落ち着くのを見計らったかのように、財務長官室付きの侍女が紅茶を淹（い）れた。

カップに口をつけながら、財務長官が感慨深げに呟（つぶや）く。

「それにしましても、あの子グマも城に引き取られてもうすぐ十月ほどになりますか？」

「はい、そろそろ一歳を迎えるので、本当なら乳離れをする頃だそうです」

法務長官も、庭に出る度に戯れ付いてくる子グマの姿を思い浮かべながら口を開く。

「元気に育ったのはいいことですが、身体はだいぶ大きくなってきましたね」

「そうなんです。それに、最近ちょっと悪戯もひどくなってきましたし、力も強くなっていて……」

今はまだ少女の腰ほどまでしかない子グマの身長も、来年の今頃には見上げるほどに大きくなっていることだろう。いくら人間に馴れているとはいえ、やはりクマはクマである。

「大人になった時の扱いについて、そろそろ考えなければならないと思っています」

少女は小さくため息をつきつつ、そう長官達に告げるのだった。

そんな矢先のことだった――子グマの今後を左右する決定的な事件が起こった。

少女が財務長官の執務室を訪れている間、ハチミツ塗れの子グマは、小麦粉で白くなったネコ達と一緒に浴室で身体を洗われていた。

その際、石鹸から出たシャボン玉を見てはしゃぎ、興奮のあまり侍女の腕に戯れ付いて怪我をさせてしまったのだ。

財務長官の執務室から皇妃の宮に戻ってきた少女は、侍女頭に手当されている侍女の姿を見てまたもや驚いた。

「――ね、ねえ様？　どうしたの⁉」

怪我をしたのは、少女の幼馴染だった。

彼女は密偵としてあらゆる危険に対処できるよう訓練されていたため、腕に子グマの牙が触れた瞬間、反射的に身を引いてそれが深く食い込むのをかわした。そのため、腕には掠り傷ができたくらいで、幸い大事には至らなかった。だが、これがもし他の侍女達だったら、大変な怪我を負わせることになっていたかもしれない。

もちろん、子グマ本人としては軽く戯れただけのつもりで、決して人間を襲おうとしたわけではない。まだ幼いがために、力の加減がままならないのだ。にもかかわらず、身体は成長して力は強くなってきている。

「きゅーん、きゅーん……」

子グマはまたボスネコの制裁を鼻先に受けて、部屋の隅で小さくなって泣いていた。

「困りましたね……」

そのまだ濡れたままの毛を、騒ぎを聞きつけてやってきた宰相が布で拭う。宰相も、自分によく懐いている子グマが可愛いのだ。

もう軽々とは抱き上げられなくなった子グマの背中を撫でてやりながら、宰相は深々とため息をついた。

子グマがこの先取り返しのつかないこと――例えば、皇帝や皇妃、これから生まれであろう皇子や皇女を傷付けた、なんてことにでもなれば、厳罰は免れないだろう。もしも手がつけられなくなれば、最悪殺処分という可能性もある。

しかし、そんなことは誰しも避けたいと思っている。

「今からでも、森に帰してやるべきでしょうか……」

そう呟く宰相に、少女はすかさず首を横に振った。

「この子は、もう人間に馴れ過ぎています。今から森に帰しても自然に馴染むのは難しいでしょうし、きっと人里に降りてきてしまいます」

「そうですね……」

「それに、後ろ足も……」

十月ほど前の狩猟会の折、子グマは母グマをおびき寄せるために、罠にかけられて放置されていた。その時傷ついた後ろ足には、軽度ではあるが後遺症が残っており、厳しい自然の中で生きていくのは難しいと思われた。

やはり、子グマを森に帰すことはできない。

だからと言って、鎖で繋いでおくのも檻に入れるのも可哀想。

一同はどうしたものか、と今後の子グマの処遇に頭を悩ませる。そんな時——

「だったら、躾けるしかないだろうが」

きっぱりとそう告げたのは、先帝だった。

先帝は子グマによる騒動をよそに、皇妃の宮の庭に円卓と椅子を出して盤遊びに興じていた。相手を務めるのは、古くからの親友でもある総司令官。

ちなみに、皇太后は少女と一緒に美術館から戻っていたが、今は貴賓宮の一室で昼寝の真っ最中。先帝夫妻はこのように、隠居生活をおおいに満喫している。

その先帝は駒を手の中で弄びながら、盤から視線を外さないままに続けた。

「クマの調教だったら、適任者を知っているぞ」

「本当ですか？　ご隠居様。その方は今、どちらにいらっしゃいますでしょうか？」

少女は庭のテーブルに駆け寄りつつ尋ねる。

すると、先帝は相変わらず盤を見つめたまま、駒を持っていない方の手で、ある方向を指した。

「軍の厩舎にいる」

「厩舎、ですか……？」

総司令官は先帝が示す人物に心当たりがあったらしい。ああ、と頷き膝を叩く。

「今は軍馬の調教師を束ねている、あの男のことですな」

「おう、そいつだ」

少女は今度は総司令官の側へと寄り、それはどんな方ですかと尋ねる。

総司令官は、一瞬考えるような素振りをした。しかし、すぐに握っていた駒をテーブルに戻すと、椅子に座ったまま少女の方に身体を向けて言った。

「その男は十八年前、我が軍が最北の国へと侵攻した際に道案内をした者の一人だよ」

「十八年前……」

総司令官の言葉に、少女は養父が昔話してくれた自身の過去について思い出した。

十八年前の最北の国。養父はそこで、生まれて間もない赤子の少女を拾った。その時彼女は、帝国軍の砲弾によって荒れ野原となった戦場で、両親らしき男女の遺体の腕の中で泣いていたのだと言う。

大陸の最も北にある大きな山脈の向こうには、かつて三つの国が存在した。

一つは、三国の真ん中に位置した、皇太后の祖国である。ここは淡い金髪の者が多いことから、金の国と呼ばれていた。

もう一つは、三国の東端に位置し、国土の半分以上を永久凍土（えいきゅうとうど）が占める国。ここは、金の国よりもさらに淡い、白銀に近い髪の者が多いことから、銀の国と呼ばれていた。

残る一つは、三国の西側に位置していた。この国の人々は比較的濃い色の髪や瞳を持つ者が多く、王族には緑の瞳が多く出ることもあって、緑の国と呼ばれていた。

この三つの国のうち、緑の国は他の二国とは一線を画（かく）していた。山脈によって完全に隔離されている金や銀の国とは異なり、内陸部へと繋がる平坦な陸路を有していたからだ。また、南から山脈に遮（さえぎ）られることなく暖かな風が入るため、他の二国と比べれば緑も豊かだった。

民族的な特徴を見ても、全体的に色素の薄い金と銀は起源が同じだと思われる。一方緑の民は、内陸部に住まう民族と共通した色の髪や瞳を持つ者が多かった。

だが、実は緑の国には他にも、先住民と呼ばれる者達が住んでいた。

彼らの身体的特徴は、金や銀の民のそれとよく似通（にかよ）っており、このことから、緑の国の領土にもかつては金や銀の国と同じ民族が住んでいたが、内陸部から流れてきた民族——緑の民に土地を奪われ、東へと追いやられたのではないかと考えられていた。

「ご隠居がおっしゃっている男ってのは、もともと緑の国に属していた先住民だった。彼らは道端で大道芸などを披露して金を稼ぎながら、放浪生活をしていたんだ」

「どうして、放浪生活を？」

「緑の国が、先住民に土地を持つことを許さなかったからだ」

「え……」

当時、緑の国での先住民に対する差別は凄まじかった。彼らは定住を許されず、就ける職業も限られ、その日暮らしを余儀なくされていたのだ。

そんな中、森で野宿をすることが多かった彼らは、オオカミやサルなどの野生動物の子供を捕らえて育て、芸を教え込んだ。特にクマは、怖いもの見たさでよく人が集まり多く日銭を稼げる、と先住民の間で人気だった。クマは、調教師の奏でる楽器に合わせて踊り、見物客達をおおいに喜ばせた。

そして、十八年前。緑の国と銀の国が、金の国に侵攻するという事件が起こった。

当時はまだ王国を名乗りながらも、すでに内陸部ではその名が轟き始めていた帝国は、皇太后の祖国である金の国に助太刀する形でその戦いに介入する。その際、先帝は険しい山脈を越えて進軍するのは困難と考え、緑の国を経由して金の国に入ろうと考えたのだと言う。

それを聞いた少女は首を傾げ、総司令官に尋ねた。

「まずは緑の国から制圧していった、ということですか？」

「いや、その時、緑の国はまだ戦いには参加していなかった」

「え？」

総司令官の答えに、少女はますます首を傾げた。

彼女がこれまで聞いた話では、金の国は緑と銀の国に両側から攻め込まれて壊滅しかけ、それを助ける形で帝国が戦いに介入したとのことだった。だが、帝国が進軍した時に緑の国が参戦していないとなると、話が違ってくる。

総司令官は戸惑う少女を見つめつつ、静かに言葉を続けた。

「銀の国が金の国に一方的に攻め込んだのは事実だ。しかしその時、緑の国は静観していた。中立の立場を守り、戦いには関わらないつもりだったようだ」

「それなのに、何故緑の国も戦いに参加することになったのですか？」

少女が養父や南の公爵から教わった歴史と、事実は異なるようだった。

少女の問いに、総司令官が一瞬言い淀む。すると話を引き継ぐように、先帝が口を開いた。

「我々の軍が、強引に緑の国土を横断したためだな」

「え……？」

駒を片手にテーブルの上の盤を見据えたまま、先帝は淡々と告げた。

「そんな……話が違うじゃないですか……！」

驚きを隠せない様子でそう呟いたのは、天井裏にいた少女の長兄だった。

皇妃の宮の天井裏にはこの時、本来の監視役である少女の長兄と、先帝の忠臣であるあの年嵩の密偵がいた。

少女の養父を含むお馴染みのオヤジ密偵達の姿はない。監視対象である皇帝が、まだ美術館から戻っていないからだ。

一方、皇帝の監視という任務から離れ、先帝が最北の隠居地に戻るまでは自由行動を許された年嵩の密偵は、頻繁に皇妃の宮の天井裏に顔を出していた。彼もまた、天井裏のアイドルであった〝おチビちゃん〟の大ファンであるからだ。

その少女は今、突然知らされた十八年前の真実におののいている。

そしてその頭上にいる長兄もまた、声を震わせて言った。

「つまり……戦争のきっかけを作ったのは帝国の方で、緑の国はそれにまんまと乗せられたってことですか？」

「それには少々語弊がある。帝国も緑の国を貶めようとしていたわけではないんだよ」

「しかし、結果的には、緑の国は征服された上に汚名を着せられたようなもんじゃないですか」

「うん、まあ……そういうことになってしまったかなぁ……」

そう言って年嵩の密偵は、その時の状況を語り始める。

緑の国は、先帝が領内の通行を求めると、巻き込まれるのはごめんとばかりに拒絶した。

すると先帝は、強硬手段に出た。斥候がこっそり話をつけてきた先住民達に案内させ、緑の国に勝手に踏み込んだのだ。

それを知った緑の国の王は当然怒り、先帝率いる軍に攻撃を仕掛ける。結果、両国の軍が衝突する事態へと発展してしまったのだと言う。

少女の長兄は愕然たる思いだった。

彼は、一方的に攻め込まれた金の国のために立ち上がったという帝国の、ある意味英雄伝のような〝史実〟を信じていたのだ。だからそれが事実と異なると知って、ひどく裏切られた気分だった。

「それでは、緑の国の民の恨みはさぞ深いことでしょう。私なら、帝国軍を手引きしたというその先住民どもを決して許すことはできません」

少女の長兄は、鋭い目をして下の世界を見下ろした。

その視線の先には、盤遊びを続ける先帝。今やっと、彼の次の駒が盤の上に置かれたところだ。

先帝に促され、一度は駒をテーブルに置いていた総司令官も、再びそれを掴んだ。テーブルの傍らで呆然と立ち竦む少女をよそに、十八年前に緑の国を征服した男達がゲームを再開する。

「祖国を売るような者が信用できるもんですか。よく、そんな男を我が軍に招き入れましたね」

冷たい声でそう吐き捨てたのは、子グマの濡れた毛を拭い終わった宰相だった。

宰相は立ち尽くす少女の隣に並ぶと、その肩にそっと手を添えた。そして、少女の正体を知らない侍女や近衛兵が近くにいないことを確認した上で、声を抑えて続けた。

「兄上も総司令官も、彼女の出自はご存知でしょう。確証はありませんが、この髪と瞳の色から推察するに、彼女の生まれた国はその緑の国である可能性が高い……」

「――宰相様っ……!?」

少女は弾かれたように顔を上げ、宰相を見た。

彼は優しく目を細めると、少女を宥めるようにその肩をぽんぽんと叩いた。

「緑の国の民にとって、その男はいわば仇ではありませんか。そんな人間に、たとえクマとはいえ彼女と縁の深い者を預けるなど、私は反対です」

宰相は、子グマの躾(しつけ)には他の調教師を探す、と告げた。

先帝はその顔をちらりと見上げ、にやりと笑って言う。

「お前は、相変わらず頭が固いなぁ」

「兄上の頭の方が締まりがなさ過ぎるんじゃないですか」

兄弟の気安さもあって、宰相の言葉は辛辣(しんらつ)だ。しかし先帝は気を悪くするどころか、にやにやしながら盤(ばん)に視線を戻す。それが余計に気に障(さわ)ったらしく、宰相は眉間に深々と皺(しわ)をこしらえた。

先帝は、盤から目を離さないままに言う。

「緑の国とその先住民どもの問題は、仇(かたき)だの裏切りだのという言葉では片付けられんぞ。二十数年生きただけの若造がその善悪を判断できるような、簡単なものでもない」

「しかし……」

「それに、その調教師の男は故郷を捨て、帝国に骨を埋める覚悟で我が軍に入った。やつは、今はもう帝国の民だ」

自国の民さえも信用してやれぬとは、随分と度量の小さい宰相だな、と告げられ、宰相は唇を噛(か)む。そこで、再び総司令官が口を挟んだ。

「その男は、今は厩舎の責任者として軍馬の調教とその指導に当たっています。決して、帝国に仇をなす人間ではないと、わしが保証しますよ、宰相閣下」

総司令官は次に少女に向き直って続ける。

「なあ、嬢ちゃん。子グマを預けるか否かは、その男に会ってみてから決めてはどうだろうか。彼以上の適任者は、他にはなかなか見つからないと、わしは思うんだ」

優しく語りかける総司令官の表情に、少女は養父の面影を重ね合わせる。

しばしの逡巡の後、少女は小さくこくりと頷いて言った。

「分かりました……では、一度会いに行ってみます」

件の調教師には、まず総司令官が直々に話を通してくれることになった。そして今日はもう日が暮れるので、明日参謀長とともに厩舎を訪ねるように、と促す総司令官。

一方、宰相はまだ、盤遊びを続ける先帝を睨みつけている。

少女はおずおずと彼を見上げて言った。

「宰相様、あの……せっかくお気遣いいただいたのに、勝手に決めてごめんなさい」

宰相が件の調教師に子グマを預けることを反対したのは、少女の心情を慮ってのこと。その厚意を無駄にしてしまったようで、少女は申し訳なく思う。

しかし、宰相は「いいんですよ」と苦笑した。

「子グマの一番の保護者はあなたです。あなたが決めたことに、私は反対しませんよ」

宰相は「ただし」と続ける。

「一人で悩んではいけません。陛下に、ちゃんと心の内をお話しするんですよ？　もちろん、私もいつだって相談に乗りますからね」

「はい、ありがとうございます。宰相様」

宰相の優しい言葉に、少女はほっとした顔で礼を言った。

その後の話し合いで、子グマは今夜はリードで柱に繋がれることになった。可哀想ではあるが、人を傷付けた以上、仕方のないことだ。本人も悪いことをしてしまったと分かっているのか、リードを嫌がることなく大人しくしている。

一方怪我をした少女の幼馴染は、手当を終え、何ごともなかったかのように仕事に戻ろうとした。しかし、紅茶のポットに伸ばされた彼女の手を、宰相が止める。

「その手では、しばらく給仕は無理でしょう。かと言って、仕事をしない者に給金を払うのは癪ですね……」

「なーに、セコいこと言ってんですか。ケチですね、宰相様。ケチは女の子に嫌われますよぉ？」

「……いいでしょう。この機会に、あなたのその口の利き方を矯正して差し上げます。

書類くらいなら持っても傷に障らないでしょう。私の執務室で書類整理をなさい」

「げ」

宰相の命令に少女の幼馴染はあからさまに顔をしかめた。

しかし、普段から彼女の言葉遣いを不満に思っていた侍女頭は、それは名案だとばかりに頷く。

少女の幼馴染は現在、祖国の諜報部から帝国諜報部に出向している身の上であるが、侍女に扮している以上、直属の上司はこの侍女頭になるのだ。

「しっかり、ご教授いただいてきなさい」

「そんなぁ……」

「ねえ様、宰相様と仲良くね」

「おチビまで……」

こうして少女の幼馴染は、子グマの牙の傷が完全に塞がるまでの三日間、宰相執務室に出向することになった。

第六章　共存求めてどうぞよろしく

「連邦国の成り立ちについて聞かされたそうだな」

子グマが食料庫を荒らし、少女の幼馴染を噛んで怪我をさせた日の夜。

遅くまで政務をこなし、ようやく寝支度を整えて寝室にやってきた皇帝は、寝ずに待っていた少女の顔を見るなり口を開いた。

皇帝は、以前は中央の建物の二階にある私室で寝起きしていた。しかし、半年前に少女と婚約してからは、この皇妃の宮の寝室を使うようになった。多忙な彼が、できるだけ少女と過ごす時間を増やしたいと思って決めたことだ。

広すぎるベッドでの一人寝を寂しく思っていた少女も、それをたいそう喜んだ。

帝国では、就寝前に口にする飲み物は、紅茶などよりも、香りが豊かで少し甘めの酒が好まれる。

少女も成人を迎えてからは酒を飲むことを許されたが、同時に酒精に耐性がないことも判明したので、進んで口にすることはあまりない。しかしこの夜は、寝る前に少しだけ皇帝と話をしたいと思って、自分のグラスも用意した。

帝国周辺で作られる地酒は、乳酸飲料に似た白い色をしている。甘くて飲みやすいが、調子にのるとすぐ顔がカッカとして眠くなってしまうので、少女はちびりと一口だけ飲んだ。

それを見守りながら、皇帝が話を続ける。

「宰相が、お前の生まれ故郷は緑の国ではないかと言っていたが……親父殿はそんな話をしたことはあったか？」

「いいえ、陛下。父は、最北の国で私を拾いはしましたが、三国のうちどの国の者であるかは分からないと申しておりました」

「そうか……」

とはいえ少女も皇帝も、宰相と同じ意見だった。

少女の故郷は、緑の国であると考えるのが妥当だろう。なんと言っても、緑の国の民族と金や銀の国の民族とでは、明らかに身体的特徴に隔たりがあるのだ。

「十八年前、緑の国が参戦することになった経緯は、陛下もご存知だったのですか？」

「ああ、父から玉座を継ぐ時に知らされた」

おずおずと尋ねる少女に、皇帝は一つ頷いてそう答えた。その口調はどこか淡々としている。

少女はそんな皇帝に向かい、〝史実〟と事実が違うことを知りひどくショックを受けたのだ、と率直に訴えた。

すると、皇帝は空にしたグラスをサイドテーブルに戻し、少女を自分の膝の間に座らせた。

そして、彼女を後ろから抱きかかえながら、再び口を開く。

「歴史というものは、常に勝者の都合のいいように脚色されるものだ」

「はい……」

「緑の国を戦争に巻き込んだという事実は、当時の帝国にとって都合のいいものではなかった。あの戦争はあくまで哀れな金の国を救うためのものであり、帝国は英雄であらねばならなかった」

そうして十八年前の最北への進軍が美談として語られていく中で、戦に負けた緑の国の人々の口は封じられていった。一方的に金の国に侵攻したように語られる〝史実〟は、緑の国の者にとってはさぞ不名誉なことだろう。

ただ、勝者が正義、敗者が悪として歴史が作られるのは、ある程度仕方がないことだ。

それは少女にも分かる。しかし……

「やっぱり、緑の国の方々がお気の毒です……」

「そうだな。確かに彼らにとっては理不尽なことだろう」

皇帝は唇を噛む少女の頭に顎を乗せ、小さくため息をついた。

「緑の国の方々はたくさん生き残って、今も連邦国の中で暮らしていらっしゃるんでしょう？ 史実が歪められていることを、広く訴え出ることはなさらなかったんでしょうか？」

「訴え出たとしても、緑の国が敗戦国である事実が先に立つ。負け犬の遠吠えに、誰が耳を貸すだろう」

「負け犬……」

「戦は、勝たねば意味がない。歴史は勝者が作っていくものなのだ。それがどれほど理不尽なものであろうと、敗者はそれに甘んじるしかない」

皇帝の厳しい言葉に、少女は少しだけ身を固くした。

皇帝は少女を抱く腕に力を込めると、その琥珀色の瞳で宙を見据えて続けた。

「私は、私の民にそんな理不尽な思いをさせぬためにも、強くありたいと思う」

「陛下……」

「国を守り民を守るため、帝国は――私は強くあらねばならない」

少女は首だけで後ろを振り返り、皇帝の顔を見上げた。

サイドテーブルに置かれたランプの灯りに浮かび上がる彼の顔は、覇者たる威厳に満ちていた。

少女は思わず姿勢をただす。いつも優しいその人は、大帝国の皇帝なのだと、改めて知らしめられた瞬間だった。

しかし、皇帝はすぐに柔らかな表情になり、少女を見て言った。

「――何より、お前を守るために、私は何者にも負けず強くあろう」

「陛下……」

少女はほうっと大きく息をついた。

十八年前の真実を知ってから、彼女の胸の中はずっともやもやしていた。

だが、皇帝の力強い言葉を聞いて、不安定に揺れていた少女の心は落ち着きを取り戻した。

皇帝は、少女の手から中身が半分も減っていないグラスを取り上げると、ぐいっとあおって飲み干した。そして、空になったそれをサイドテーブルの自分のグラスの隣に並べ、その手でランプの灯りを落とす。それを合図に、少女はベッドに横になった。

少女に寄り添うように身体を横たえた皇帝は、彼女を引き寄せ懐に抱え込む。

しかし、彼の手は少女の栗色の髪を優しく撫でるばかりで、その夜着を乱すことはなかった。

（まったく、毎晩忍耐力を試されている気分だ……）

皇帝は心の中でそう呟きつつ、小さくため息をついた。

皇帝と少女が婚約を交わしてから、もうすぐ半年が経とうとしている。

少女も成人である十八歳を越え、異性と同衾することが許される年齢になった。

玉座が世襲制の帝国においては、一刻も早い世継ぎの誕生が期待される。その上、皇帝が少女以外の女性を娶るつもりはないと公言していることから、彼女への期待は高まる一方。

婚前であっても、二人が一線を越えることに反対する意見は皆無だった――天井の下では。

天井の上、つまり天井裏にいる人々――少女の養父をはじめとする皇帝執務室付きのオヤジ密偵達の意見は、天井の下のそれとは違っていた。

実は彼らはかつて、政務を終えて皇妃の宮に向かおうとする皇帝をあの手この手を使って邪魔してきたのだ。

ある時は皇妃の宮に続く通路いっぱいにバナナの皮を敷き詰めては、地味だが効果的な方法だ、と宰相を感心させた。またある時はこっそり皇帝の靴にマタタビを踏ませては、皇妃の宮のネコ達をへばりつかせて足止めし、ネコ大好き参謀長を羨ましがらせた。

そんな密偵達の様々な妨害を乗り越えて、なんとか寝室に辿り着く頃には、皇帝はいつも疲れ果てていた。おまけに肝心の少女は夢の中。

ただでさえ政務で疲れているのに、毎晩これでは身が持たない。

だが、少女と一緒のベッドでは眠りたい。

皇帝は思い悩んだ末に、天井裏のオヤジ密偵達に対して妥協案を提示することにした。

「式を挙げるまでは手を出さないと約束するから、添い寝は許せ」

かくして彼は、男としての欲求を抑える代わりに、少女との穏やかな夜を手に入れたのだった。

「陛下……」

皇帝に優しく髪を撫でられ、少女の目はすぐにとろんとし始めた。

密偵として育ち、他人の気配には敏感なはずの彼女が、自分の側で安心したように眠りに就こうとしている。それを見守るこの一時が、皇帝にとっては至福の時間。

愛しい少女が身も心も全て預けてくれているのだと思うと、彼の心は満たされた。

「すまないな。父と母の相手は疲れるだろう……」

相変わらず、昼間は先帝と皇太后が皇妃の宮に入り浸っており、それを少女が笑顔でもてなしてくれているのを皇帝は知っている。決して扱いやすいとは言えないあの両親の相手を任せてしまっていることを、彼は少しばかり申し訳なく感じていた。

だが、少女はふふと柔らかく笑う。

「ご隠居様と皇太后様のおかげで、毎日にぎやかで楽しいですよ？」

媚でも諂いでもなく、少女がそう言って両親を受け入れてくれている。皇帝はそれをとても嬉しく思った。

ところが、少女はうとうとしながら、少し舌足らずな声で「でも」と続ける。

「時々……陛下がうらやましいです……」

「うん？」

「私も……とと様のことが、恋しくなってしまいます……」

「そうか……」

少女とその養父は、今や帝国の皇妃と属国の密偵という間柄。堂々と会うことは、もう叶わない。少女もそれを覚悟の上で、最終的には自らの意志で皇帝に嫁ぐことを決めた。

しかし、この日美術館で年嵩の密偵に告げた通り、少女は本当はいつだって養父に会いたいと思っていた。

もちろん、普段はそんなわがままを口にしない。

今はただ眠気に侵食される中、ぽつりと本音が飛び出てしまっただけだ。

「とと様……」

少女はその呟きとともに、すうっと眠りへと吸い込まれていった。

皇帝は、そんな彼女の栗毛をただただ優しく撫でる。そして、一人言にしてはいささか大きな声で言った。

「私は、妃の願いならば全力で叶えてやりたいのだがな。――どうすればいいだろう？」

寝室には、皇帝と少女の二人しかいない。

だから、誰かに問いかけるような皇帝の言葉に、答えが返ってくることはなかった。

しかし……

「チ、チ、チビぃ～!!」

その天井裏の暗闇の中では、少女の養父がこっそり号泣していた。

「おチビちゃんったら、あんな可愛いこと言って！」

「父親冥利に尽きますなぁ、おやっさん！」

同じ年頃の娘を持つオヤジ密偵連中も、思わずもらい泣き。

「うおおお！　俺だってチビに会いてぇよお！　嫁になんか、やりたくねぇよおおおっ!!」

「分かるぜ、おやっさん!」

「ああもう、呑みねぇ、呑みねぇ!」

ボトルを押し付けてくる密偵仲間に、少女の養父は涙目で振り返って叫ぶ。

「酔えない酒なんて結構ですよっ!!」

密偵達が勤務中に嗜(たしな)むのは、酒精の入っていない麦酒もどきやワインもどきばかり。

そんなものでは、この切ない思いを誤魔化すことなんてできない、と少女の養父は突っぱねる。

ところが、ボトルを持った密偵は、唯一覆面から出た目元をにやりと細めて言った。

「いやいや、こっちは正真正銘の酒精入りですぜぇ」

「そうそう、我々も勤務時間が終わりましたからね。本日の打ち上げといきますか」

天井の下では、少女に続いて皇帝もようやく眠りに就いたところだ。監視対象が就寝すれば、密偵達の仕事もようやく終わりである。

「うう……チビ……」

ちびりちびりとボトルに口をつけながら、少女の養父がしくしくと泣いた。

「ほどほどにしてくださいよ」

少女の長兄は、呆れたような顔をして父親に忠告する。

しかし、そんな二人の声も、やがて暗闇に溶けて消えた。

そして、天井裏はようやく真の闇に包まれた。


翌朝。

少女は参謀長に連れられて、軍部の厩舎へと向かった。先帝に子グマの躾を任せるよう勧められた、件の調教師に会うためである。もちろん、子グマもリードを付けたまま一緒に連れていく。

厩舎は、軍部の建物の裏にあった。皇妃の宮からもさほど離れてはおらず、少女も子グマの散歩で毎日この近くを通っていたが、これまで中を覗いてみたことはなかった。

「——あれ？」

少女達が厩舎の前まで来た時、中から一人の老人が出てきた。

その肩に、見覚えのある大きな鳥がとまっていることに気づき、少女は目を丸くする。

「参謀長様、あの子って確か……」

「ええ、西の公爵の鷹です。こんな朝早くに西の公爵がいらっしゃるとは、珍しいですね」

西の公爵はその名の通り城の西側にある領地に屋敷を構えている。王城にはよく顔を出すものの、午前中にやってくるのは週に一度の定例会議の日くらいだ。

何か急用でもあったのだろうか、と少女は参謀長と顔を見合わせた。

一方、鷹の姿を見つけた子グマははしゃいで、それを肩に乗せている老人のもとまで駆けていこうとする。

「こ、こらっ」

突然リードを強く引っ張られた少女は、つんのめりながらも慌ててそのリードを持ち直す。にもかかわらず老人のところまで辿り着いた子グマは、後ろ足で立ち上がり、彼の身体に前足をかけようとする。

ところが老人には、慌てる様子はなかった。

「——待て」

彼は短くそう告げると、片手を前に突き出してやんわりと子グマの鼻面を押したのだ。

鼻はクマにとって弱点の一つ。老人の行動に驚いたらしい子グマは、後ろ足で立ち上がったまま、とととと……と二、三歩後ずさりした。そして、ぺちゃんとその場に尻餅をつく。

すると老人は、今度は子グマの顔を両手で挟んでわしゃわしゃと撫でた。

「よしよし、いい子だな」

子グマは地面に座り込んだまま、きょとんとしてその老人を見上げている。再び彼に飛びつこうとする様子はなかった。

「彼が、先帝陛下がおっしゃっていた調教師ですよ、妃殿下」

「この方が……」

参謀長に教えられて、少女は老人――かつての緑の国の先住民であった調教師を見た。

調教師は鷹を肩に乗せたまま、参謀長に深々と頭を下げて挨拶をする。

「おはようございます、参謀長閣下。お隣の方は……」

「間もなく妃殿下となられるお方だ。昨日、総司令官より話が行っているはずだが」

「はい、伺って（うかが）おります」

参謀長に少女を紹介された調教師は、少しだけ戸惑ったような顔をした。

帝国皇帝陛下が間もなく皇妃を迎えることは、帝国のみならず大陸中に周知されていた。

だが、その皇妃となる少女が正式にお披露目されるのは結婚式の時。この調教師のように、普段少女が足を運ばない場所で働く者達は、まだ彼女の姿を見たことがない場合も多かった。

そして、緑の国の先住民である調教師にとって、少女の栗色の髪と緑の瞳は過去を思い起こさせるものだった。

「あの……妃殿下は、もしや北の国の……？」

思わずと言う風に、調教師が尋ねてきた。しかし、参謀長が厳しい声でそれを遮る。

「慎め。妃殿下のお生まれは陛下のご意向により公表されないことになっている」

「――は！　閣下、申し訳ありません」

一方、調教師を前にした少女の方も、少なからず複雑な思いを抱いた。

この老人が帝国を手引きしたことをきっかけに、緑の国は十八年前の戦争に巻き込まれた。

少女がもしも本当に緑の国の人間だとしたら、彼は実の両親が亡くなる原因を作った人物ということになる。

「妃殿下」

少女の感情の乱れを感じ取ったのか、傍らに立っていた参謀長が気遣わしげに声をかけてきた。

無骨な手が遠慮がちに肩に触れる。それは、少女を皇妃として認め、全身全霊を尽くして守ると言ってくれた手だ。

はっとした少女は、湧き上がりかけた調教師に対する負の感情をぐっと抑え、笑顔を作った。

「初めまして。お忙しい中、お時間をいただきありがとうございます」

「初めまして、妃殿下。お目にかかれて光栄です」

少女が丁寧に言葉をかけると、強張っていた調教師の表情も幾分和らいだ。その顔には、重ねた年月と苦労を象徴するように深い皺が刻まれている。

ただし、髪が真っ白いのは年齢のせいではなく、生まれ持ったものだと言う。

少女はさっそく、子グマの躾を頼みたい旨を調教師に伝えた。先ほど、飛びつこうとした子グマを軽くいなした姿を見て、彼なら躾を任せられると判断したのだ。

当の子グマは、人間達が自分のことを話しているなんて知りもしない。しばらくは地面に座り込んで大人しくしていたものの、だんだん退屈になってきたのか、立ち上がってうろうろし始めた。

さらに、調教師の肩にまだ鷹がとまっていることに気づくと、再び彼の足もとへ飛びつく。

調教師は、今度はそれを咎めなかった。よじよじと上ってこようとする子グマをじっと見下ろしつつ、少女に問う。

「妃殿下は、この子グマをどうなさりたいのでしょうか」

「え？」

「芸を仕込み、人前でそれを披露させたいとお考えでしょうか。でしたらば……」

調教師は固い表情をして、小さな声で呟いた。

緑の国の先住民達は大道芸を生業とし、芸をさせるために動物を育てて調教してきた。

だが、この調教師はあまりそれをよく思っていないのだろうか。

彼は途中で言葉を切ったが、子グマに芸を仕込むのが目的ならば断りたい、と言いたげである。

少女は、じっと調教師を見つめた。

彼は、足もとに戯れ付く子グマの頭をしきりに撫でている。その節くれ立った手は、優しさと慈しみに溢れているように見えた。

少女はにこりと微笑むと、いいえ、と首を横に振って言った。

「この子を見せ物にするつもりはありません。ただ、今後誰かを傷付けてしまうことがないよう、人との関わり方を教えてやっていただきたいんです」

少女は一歩踏み出し、調教師に向かってぺこりと頭を下げた。

「この子が、城の一員として堂々と生きていけるよう、どうか力を貸してください」

「ひ、妃殿下……」

少女の行動に、調教師は慌てた。しかし、少女が子グマを大切に思い、子グマのことを真摯に考えていることは伝わったようだ。

参謀長に促された少女が頭を上げると、調教師はようやく笑みを浮かべて頷いた。

「こんな爺でもお役に立てるのでしたら、喜んで」

「ありがとうございます！　よろしくお願いします！」

少女が顔を輝かせる。その屈託のない笑顔に、参謀長も調教師も眩しそうに目を細めた。

少女はさっそく、リードごと子グマを調教師に預ける。

「うー」

子グマはくりくりの黒い瞳で少し不安げに少女と調教師を見比べている。

「なぁん」

すると、いつの間にかやってきていた黒毛のボスネコが、子グマに寄り添って一鳴きした。

「おや、このネコは？」

「えっと、この子グマのお父さんみたいな子です」

「ははぁ、なるほど。彼は娘さんが心配なようだ。お前さん、監督していくかい？」

「なーん」

調教師の誘いに頷くように、黒ネコはもう一声鳴いた。そして、調教師の肩に乗っている鷹と視線を交わし、静かに火花を散らす。

と、その時。

「――妃殿下、参謀長閣下。陛下がお呼びでいらっしゃいます」

皇妃の宮の護衛をしている近衛兵の一人が、息を切らして駆けてきた。

少女が参謀長とともに皇帝執務室にやってくると、そこには部屋の主である皇帝の他に、宰相と総司令官、西の公爵と侍女頭の姿もあった。

少女は皇帝と宰相に挟まれるようにしてソファに座らされ、向かいには総司令官と西の公爵が並んで腰を下ろす。参謀長は少女達が座ったソファの後ろに立ち、侍女頭はお茶の用意を始めた。

こうして彼らを皇帝執務室に集めるように申し出たのは、西の公爵であった。

「皆様、おはようございます。朝早くからお呼び立てして申し訳ありません」

彼女はそう言って一同の顔を見回すと、一通の書簡を取り出しテーブルの上に置いた。

「それは？」

「昨夜遅く、最北の連邦国よりわたくしのもとに届いたものでございます」

皇帝の問いに、西の公爵が答える。書簡の差出人は、かつての銀の国の王族であり、現在連邦国王の補佐を務めている人物であった。

十八年前の戦争終結後、敗戦した銀の国と緑の国は王権を剥奪され、金の国に支配される形で連邦国に組み込まれた。当時の王家は現在、銀の家、緑の家と呼ばれ、それぞれの国民の代表として丁重に扱われているが、当時の銀の国王やそれに近しい者達だけは国内で戦争責任を問われて流刑になり、成人したばかりだった王の腹違いの末弟が銀の家の当主となっていた。

「その銀の家の当主の母とわたくしの父は、実の兄妹。つまり、彼はわたくしの従弟になります」

「西の公爵様は……たしか、皇太后様とも従姉妹同士でいらっしゃいますよね？」

「ええ、皇太后様は反対に、母方の従姉になります。ややこしいですわね」

少女の問いかけに、西の公爵はそう答えて苦笑する。

色素の薄い金の国や銀の国と血の繋がりがありながら、西の公爵自身は濃い色の髪や瞳を持つ。それは遺伝的な理由によるもので、金や銀の民と内陸部の民との間に生まれる子供は、後者の民族的特徴を強く受け継ぐことが解っている。

同じ理由で、濃い色の髪と瞳をしているらしい銀の家の当主は、従姉である西の公爵を頼って相談事を持ちかけてきたのだと言う。

まだ各国の親戚関係に疎い少女への説明を交えながら、西の公爵は届いた書簡について話を始めた。

「現連邦国王妃は、元々は緑の国の第一王女でいらっしゃいました。そのため、婚姻の際には銀の家の一部がそれを妨害しようと画策したこともあったそうです」

連邦国王が妻の一族である緑の家ばかりを贔屓するようになるのでは、と案じてのことらしい。

さらに、今から三ヶ月ほど前、王妃の懐妊が判明した。

連邦国も基本的には世襲制なので、王妃が赤子を産めばその子が次の国王となる。緑の家から王妃が出ることに反対していた銀の家の者が、ますます自分達の立場が弱くなる、と焦ったのは想像に難くない。

彼らは、銀の王家の血を引く女を強引に連邦国王に押し付けようとしたり、王妃について根も葉もない悪い噂を広めようとしたが、それはまだ可愛いものだった。

ついには、王妃の食事に堕胎を促す薬を盛ろうと画策するなど、思い詰めた連中の行動は過激になる一方。銀の家の当主はその扱いにほとほと困り果てていた。

そんな折、連邦国王夫妻が帝国皇帝陛下の結婚式に出席することになった。

普段は王宮にこもっている王妃が外に出てくる。

これを絶好の機会と捉えた銀の強硬派達が、なんと王妃とその腹の子に危害を加えようと企んでいることが判明したのだ。

連邦国王夫妻が帝国に出発するまでもう間が無く、焦った銀の家の当主は恥を忍んで、一族の暴走を阻止するために西の公爵に協力を求めてきたというわけである。

そこまで聞いて、少女の頭にふと疑問が浮かんだ。しかし、それを口にしていいものかと躊躇い、傍らの皇帝を見上げる。

少女の視線に気づいた皇帝は、笑みを浮かべて頷いた。

「気になることがあるのなら、遠慮せずに尋ねるといい」

その言葉に後押しされ、少女は西の公爵に向き直って口を開いた。

「あの……その銀の家のご当主様ご自身は、緑の家ご出身の王妃様と、その血を引いたお世継ぎが生まれることについて、不満をお持ちではないのですか？」

少女の質問は、実に率直なものだった。西の公爵が笑みを浮かべてそれに答える。

「彼は、連邦国のお世継ぎが無事にお生まれになることだけを望んでいます。その身体に流れる血には、こだわってはおりませんわ」

「銀の血だけが連邦国王家に関われなくても構わない、と考えていらっしゃるのですか？」

「そうです。そもそも彼は、金、銀、緑といった枠組み自体を必要のないものと考えています。最北の三国が統一され、現在のような形になったことを歓迎しているのです。彼だけではありません。銀の国の民の多くは、同じように思っていることでしょう」

「それは、何故ですか?」

「連邦国となったことにより、銀の民の生活水準が随分と向上したからですわ」

かつて最北の三国のうち、最も厳しい自然環境にあったのが、銀の国だった。

年中凍った土地では、作物はろくに育たない。内陸部からの輸入に頼ろうにも、緑の国と金の国を経由して運ばれる物資には高い関税がかかる。庶民の口には充分な食糧が届かず、長い冬の間には餓死(がし)する者さえいた。

「そんな……緑の国や金の国に、関税の免除や食糧の支援をお願いするわけにはいかなかったのでしょうか?」

「銀の王家のプライドが、それを許さなかったのだろうな。狩猟や資源の輸出で何とか賄(まかな)ってはいたが、結局は不意を打つようにして金の国へ軍事侵攻し、最終的には緑の国まで乗っ取るつもりでいたらしい」

少女の問いに、皇帝が答える。

続いて、この中で唯一、十八年前の戦争に参加していた総司令官が口を開いた。

「銀の国は、その日のためにやたらと軍事力を蓄えていたらしい。わしに言わせれば、軍事に注ぎ込む金があったなら国民の食糧を確保するために回すべきだったと思うがな」

ともかく、全軍で以って一気に攻め込んできた銀の国相手に、最初金の国は劣勢を強いられる。

しかし、銀にとっては誤算ともいうべき事態が起きた。帝国の介入である。

結果的には銀の国は完敗し、連邦国に組み込まれた。そこに緑の国も加わって、ばらばらだった最北の三国は、一つの国家へと生まれ変わったのだ。

宰相と参謀長も口を開く。

「国境がなくなれば、当然関税もなくなります。その結果、様々な物資が銀の土地まで届きやすくなったんですね」

「銀の民の食糧事情は、この十八年間でおおいに改善されたと聞きます。出稼ぎに行ける範囲も広くなって、国民は経済的にも豊かになったようです」

西の公爵は、二人の言葉に頷きつつ続けた。

「銀の家の当主は、かつて銀の国が起こした戦争に緑の国を巻き込んでしまったことについても負い目に感じてます。彼はせめてもの罪滅ぼしに、緑の国出身の王妃を支えていきたいと考えているようですわ」

　そんな銀の家の当主からの要請に、全面的に協力することに決めた皇帝は、宰相や西の公爵らとともに詳細を詰めていく。

　当初、連邦国王夫妻は、他の賓客同様、貴賓宮に滞在する予定になっていた。しかし、より護衛がしやすいという点から、王妃は皇妃の宮に滞在させるのがいいだろう、という話になった。

　必然的に、現在皇妃の宮の主人である少女が、連邦国王妃をもてなすことになる。

「急なことだが、頼めるか？」

「はい、陛下。精一杯おもてなしさせていただきます」

　皇帝は、奔放な先帝夫妻に続き、さらなる面倒を押しつけられることになった少女を心配した。

　だが、当の少女はにこにこして言う。

「王妃様、お腹にやや様がいらっしゃるんですね？　もう、お腹は大きくなられているのでしょうか。少しだけなら、触れさせていただけますでしょうか」

　頬を赤らめ声を弾ませる少女に、一同の表情が和む。

　一番顔を蕩けさせた皇帝が、彼女のまろやかな頬をつんと突いて苦笑した。

「こら、はしゃぎすぎだ」

「だって、陛下。ドキドキします」

そんな中、侍女頭だけは渋い顔をしていた。

「妃殿下にまで危険が及ぶ可能性はございませんか？」

侍女頭は、連邦国王妃を皇妃の宮に預かることで、少女が危険に巻き込まれるのではないかと心配しているのだ。それには、総司令官と参謀長がすかさず答えた。

「亡国の残党風情、嬢ちゃんには絶対に近づけたりせんぞ」

「それ以前に、城にも立ち入らせはいたしません」

その力強い言葉には、侍女頭も「わかりました」と頷いた。

さらに……

「妃殿下には、決して姿を見せない護衛もわんさか付いてらっしゃいますからねぇ」

宰相が片眼鏡を指で押し上げながらそう言うと、一同は一斉に天井を見上げて苦笑する。

天井板の向こう――天井裏の薄暗闇の中、少女の養父を含めた密偵達が、早速額を寄せ合って作戦会議をしているであろう。

少女に関し、彼らほど心強い連中はいない、と誰もが思った。

日が暮れ始めた頃。

少女は再び参謀長に連れられて、軍部の厩舎へと子グマを迎えに行った。

厩舎を覗き込むと、少女の姿を見つけた子グマが奥の方から駆けてきた。

リードのない子グマは、そのまま少女に飛びつくかと思われたが、直前で立ち止まる。

そして、少女の前に腰をおろし、褒めてとばかりにくりくりの黒い目で彼女を見上げた。

「わあ、ちゃんと落ち着けるようになったんだね！　えらいえらい！」

少女は嬉しくなって、子グマの顔をわしゃわしゃと両手で撫で回す。子グマはその手に戯れ付いて、牙は立てずにべろべろと舐めた。

そうこうしていると、厩舎の奥から朗らかな笑みを浮かべた調教師も現れた。その肩には、まだ西の公爵の鷹が乗っている。

しかし、鷹は突然調教師の肩からぴょんと飛び降りると、少女の足もとに座っていた子グマの頭に着地する。大きく鋭いかぎ爪を持った足が、子グマの小さな頭の上で安定を求めてのしのしと足踏みをした。

少女はあわあわと慌てて鷹を除けようとするが、調教師が笑ってそれを止めた。

「ご心配には及びませんよ、妃殿下。この鷹は、躾を手伝ってくれたんです」

「えっ？」

鷹は、朝からずっとこの厩舎で子グマの調教に付き合っていたらしい。西の公爵にくっついて王城にやってきたものの、彼女が連邦国王妃に関する事で一日中軍部に詰めていたので暇だったのだ。

調教師は苦笑して告げる。

「この鷹とお父さんネコがムチ役を引き受けてくれたもので、私は安心してアメ役に徹することができましたよ」

つまり、叱らねばならない場面を黒ネコと鷹が担当し、調教師は子グマを褒めることに集中できた、ということだ。そのムチ役の仕業か、子グマの黒い毛が所々毟られていたり、鼻先にうっすらと血が滲んでいたりするが、動物には動物による動物なりの叱り方が一番効果的なのかもしれない。

少女はきりっとした顔をしている鷹を眺めながら、そう思うことにした。

「なあん」

そんな彼女の足もとに、黒い毛並みを擦り寄せてきたのはボスネコだった。

少女はしゃがみ込み、大きな彼の身体をよいしょっと抱き上げる。

すると、視線が近くなった黒ネコと鷹がじっと見つめ合った。朝は剣悪な雰囲気の彼らだったが、子グマの調教を通して打ち解けたのか、互いを見る目は穏やかになっている。

その時、何かに気づいたように、鷹の琥珀色の瞳がぎょろりと動いて遠くを見た。

次の瞬間、彼は大きく翼を広げて飛び立つ。その反動で、子グマが後ろにひっくり返ってキュンと鳴いた。

総司令官と打ち合わせをしていた西の公爵が、そろそろ屋敷に帰るのかもしれない。

そう思いながら、少女は厩舎を出て飛んでいく鷹の姿を見送った。

「わっ……」

その時、少女は突然くんと袖を後ろに引かれてよろめいた。すかさず、参謀長が手を差し伸べて彼女を支える。

「――こら、やめないか」

参謀長がそう言って軽く睨んだのは、少女のすぐ後ろの馬房にいた黒毛の牝馬だった。

この牝馬は、参謀長の愛馬である。そして、間もなくお産を控えていた。

参謀長が、その口にくわえられたままだった少女の袖を外す。

すると、今度は対面の馬房からにゅっと白い顔が伸びてきて、参謀長の横っ腹を突いた。

こっちの白い牡馬は、皇帝の愛馬である。彼はブラシをくわえると、それをぐいぐいと参謀長の腕に押し付けてきた。

少女と参謀長は顔を見合わせる。

「参謀長様、毛繕いしてって言ってますね」

「……言ってますね。仕方がない」

　参謀長は小さくため息をつくと、皇帝の愛馬からブラシを受け取った。

　そして、木の柵を跨いで彼の馬房に入ると、その真っ白い毛を梳り始める。

　参謀長は三日後、連邦国王夫妻を山脈の手前まで迎えに行く予定であるが、その際、妊娠中の愛馬の代わりに、この皇帝の愛馬を借りることになっていた。それゆえ、今の内に機嫌を取って親交を深めておいた方がいい、と判断したのだ。

　少女がそんな参謀長と皇帝の愛馬を微笑ましく見ていると、今度は参謀長の愛馬が少女の背中を小突いてきた。

「なーおっ」

「ボス、大丈夫よ」

　少女は、威嚇の声を上げる黒ネコの背中を撫でて宥める。そして後ろを振り返り、参謀長の愛馬の円らな瞳をじっと見つめた。

「妃殿下、お気をつけください」

　調教師はそう言って、参謀長の愛馬と向かい合う少女を案じた。馬も妊娠中はホルモンバランスが乱れ、気が立っていることがあるからだ。

しかし、少女がそっと鼻面を撫でてやると、参謀長の愛馬は心地よさそうに目を閉じて、甘えるように擦り寄った。どうやら、少女にかまってほしかっただけのようだ。

その様子に、調教師はほっと安堵のため息をつく。

「妃殿下は、動物の扱いに慣れていらっしゃいますね」

「動物達は私にとって、とても身近な存在でした。側にいると癒されます」

少女は幼い頃から養父や兄達に連れられて軍部にも顔を出し、軍馬や軍用犬などの世話を手伝ってきた。馬のお産の手伝いをしたこともある。おかげで、彼らと心を通わせる術を自然と身につけることができた。

さすがに、クマを育てた経験はなかったが、調教師が言うには犬の躾とそう変わらないとのことだった。

「先生も、小さな頃から動物達と過ごしていらっしゃったんですか?」

黒ネコを抱いたまま、少女は首を傾げて尋ねる。

すると、調教師はぎょっとした顔になった。

「せ、先生? 妃殿下……先生とは、まさか私のことですか?」

少女がこくりと頷くと、調教師は困ったような顔をして言った。

「妃殿下に、先生などと呼んでいただくのは恐れ多いことでございます。私は品も学もない、いやしい身にございます」
「そんなこと、おっしゃらないでください。だって、現にこの子に教えてくださってい
るではありませんか」
少女は、木の柵に前足をかけて参謀長の愛馬の匂いを嗅いでいる子グマの頭を撫でる。
そんな少女の言葉に、調教師は首を横に振ると、沈鬱な表情で続けた。
「動物の自由を奪って見せ物にしてきた過去は、決して誇れるようなものではありませ
ん。ただ、他に仕事を持てなかった我々にとって、それが命を繋ぐ唯一の方法でした」
緑の国の先住民が晒され続けた苦難の歴史が、調教師の口からこぼれ出す。少女はそ
れに静かに耳を傾けた。
十八年前、彼ら先住民は、帝国の先帝が率いていた軍を案内し、緑の国をこっそり横
断させようとした。というのも、先帝は案内の見返りとして、彼らに定住の地を与える
ことを約束したからだ。
「我々にとって、家を持つことは憧れでした。屋根のある場所で子供達を眠らせてやり
たかった。温かな食卓を与えてやりたかった」
そして戦争終結後、先帝は約束通り、彼らが家を建てて住まえるように、現在の帝国
の一角を提供してくれた。

「先住民の皆さんは、もう緑の国だった場所には住んではおられないのですか？」

少女の問いかけに、調教師は両目を伏せて頷いた。

「緑の国にとっては、我々は裏切り者なのです。その憎しみから逃れるために、先住民の一部は金の国や銀の国に移り住み、一部は私のように帝国で職を得て定住しました」

本当は、先住民達は生まれ育った緑の土地に家を建てたかった。しかし、緑の国民の彼らに対する憎悪は凄まじく、とてもじゃないが共存できそうになかったのだ。

調教師は、一つ大きなため息をついて続ける。

「帝国に移住して混血が進み、我々の一族にも黒や茶といった髪の者が増えました。私は、自分はもう帝国の民であると考えておりますし、帝国皇帝陛下……妃殿下の旦那様となられる方に命を捧げることも厭いませんん」

調教師はそう言うが、彼には少なからず緑の国への未練があるのではないかと少女は感じた。

同時に、彼は本当は、緑の国に対してどういう思いを抱いていたのだろう、という疑問も浮かぶ。

「十八年前、あなたは緑の国を憎んで、先帝陛下と手を組んだわけではなかったのですか？」

少女の問いに、調教師は一瞬息を呑んだ。そして、恐ろしいものを見るような目を少女に向けた。栗色の髪と緑の瞳の少女は、彼の目には緑の国そのもののように映るのだ。

調教師は少女から目を逸らし、声を震わせながら言った。

「我々の、緑の国に対する思いは複雑です。共存したいとの願いを拒否され、そして多くの者が迫害を受けた。まったく恨んでいなかった、とは言えないかもしれません」

「そうですか……」

「ですが、我々は緑の国を壊そうと思って、先帝陛下の依頼を受けたわけではありません。そして、先帝陛下もまた、最初から緑の国と争うつもりだったわけではないのです」

「それなのに、どうして……」

調教師は、また一つ大きくため息をついたと思ったら、突然少女の目の前で襟元（えりもと）を寛（くつろ）げた。

その白い肌には、引き攣（つ）れたような大きな傷痕――剣で切られたような痕があった。

「それは……？」

「緑の国の兵士から受けた傷です」

十八年前、帝国軍の前に立ち塞がった緑の国の軍は、まずそれを手引きした先住民達を攻撃した。その時、この調教師の身体に振り下ろされた緑の国の兵士の剣。

とどめを刺そうとした二太刀目を、見兼ねた先帝が切り返した。それを皮切りに、両軍は一気に衝突したのだと言う。まさに、この調教師こそが、戦いの発端であった。

調教師は衣服を整え傷痕を隠すと、重々しいため息をついて言った。

「何が正しく、何が間違っていたのか、判断するのは難しいことです。ただ、あの時は誰もが生きるのに必死だった。誰しもが、自分の大切なものを守りたかった」

調教師のその言葉を聞いて、少女は子グマを見た。子グマは、妊娠中の参謀長の愛馬に母を重ね合わせたのか、きゅんきゅんと甘えた声で鳴いている。

少女はかつて、この子グマの母親を狩った。

母グマが憎かったわけではない。子グマを一人にしたかったわけでもない。

ただ、怒り狂った母グマの爪と牙の犠牲になる者を出したくなかった。

あれが、正しいことだったと胸を張ることはできない。

しかし、再び同じ状況に置かれたら、自分はまた母グマを狩るだろう、と少女は思った。

第七章　北の地よりどうぞよろしく

結婚式まで六日となった。

この日、いよいよ最北の連邦国王夫妻が帝国へとやってくる。

それに先駆け、参謀長が数人の精鋭を率いて山脈の手前まで赴き、連邦国王夫妻の馬車の護衛に加わった。さすがに銀の国の強硬派も、帝国軍相手に事を構えるほど馬鹿ではないらしく、道中攻撃を仕掛けてくるようなことはなかった。

こうして無事、連邦国王夫妻を乗せた馬車は帝国の王城の門をくぐったのだった。

最北の連邦国王の父親——初代連邦国王は、皇太后の実の兄に当たる。つまり、現連邦国王と帝国皇帝は従兄弟同士というわけである。

近しい間柄ということもあって、連邦国王夫妻はまず皇帝執務室へと通された。少女も皇妃として、皇帝とともに彼らを迎える。

「遠いところをわざわざすまない」

「いいえ、陛下。この度はご成婚おめでとうございます」

皇帝は連邦国王と笑顔で握手を交わし、ソファを勧めた。

少女も皇帝と並んで腰を下ろすと、向かいのソファに座った連邦国王夫妻をじっと見つめた。

連邦国王は金の民の特徴そのままに色白で、プラチナブロンドの髪と薄青色の瞳をしている。

優しげな面立ちはどちらかというと中性的で、線の細い印象の男性だった。年は、帝国皇帝陛下よりも二つ年上——宰相や参謀長と同じらしい。

一方、王妃の方も、緑の民の特徴そのままの容姿をしていた。栗色の髪と緑の瞳をした、儚げな美女である。年は皇帝と同じだそうだ。

「初めまして、王妃様。お会いできる日を楽しみにしておりました」

「初めてお目にかかります、妃殿下。わたくしの方こそ、お会いできて光栄です」

そう挨拶を交わしつつ、少女と王妃は互いの姿に少しばかり驚いていた。

「まるで姉妹のようだな」

「おや、本当ですね。よく似ている」

そう言って皇帝と連邦国王が顔を見合わせるほど、二人は雰囲気がよく似ていたのだ。

髪や瞳も、かつて少女の身代わりとして帝国にやってきた幼馴染のそれ以上に、連邦国王妃と少女では微妙な色合いまで合致しているように思えた。

とたんに王妃に親近感を覚えた少女は、いくばくか抱(いだ)いていた緊張も薄れ、にっこりと微笑んで語りかける。

「王妃様におかれましては、ご懐妊(かいにん)お祝い申し上げます。馬車の揺れはお身体に障(さわ)りませんでしたか？」

「ありがとうございます。身体の方は問題ありません」

連邦国王妃はそう答えたが、少女には彼女の顔色が少しばかり優れないように感じられた。

「陛下」

ちらり、と隣に座った皇帝を見上げる。

すると、彼は少女の言いたい事を理解したのか、小さく頷いて見せた。

少女もそれに頷き返すと、連邦国王へと向き直る。

「国王様、王妃様を私の宮にご案内させていただいてもよろしいでしょうか？　ゆっくり寛(くつろ)いでいただけるよう、お部屋を調(ととの)えてございます」

少女の申し出に、連邦国王もちらりと王妃に視線をやってから、すぐに「お願いします」と頷いた。

少女はソファから立ち上がると、連邦国王妃の側へ行き、その手を取った。さりげなく脈を測りつつ、特別異常が見受けられないことにほっとする。

「あの……」

「転んでしまっては大変ですから、どうか私の手に掴まっていらしてください」

柔らかく手を握ってくる少女に、王妃は少し戸惑っている様子だった。

そんな王妃に、皇帝が苦笑しつつ声をかける。

「私の妃は、王妃殿下に会えることをずっと楽しみにしていたのだ。申し訳ないが、付き合ってやっていただけないだろうか」

「そんな……もったいないことでございます。お心遣い痛み入ります」

王妃はそう答え、少女に向かってわずかながら頬を緩めた。

その微笑みは美しかった。しかし儚く、そしてどこか悲しげにも見えた。

皇帝執務室で会談するという男性陣とは別れ、少女は連邦国王妃の手を引いて皇妃の宮に向かう。二人を先導するのは、侍女頭。そして、両脇と後ろを参謀長選りすぐりの近衛兵が守る。

銀の家の当主からの書簡を受け、連邦国王夫妻の滞在中は、皇妃の宮やその周辺を警備する近衛兵も増員されることになった。ただし、身重の王妃に精神的負担を与えないようにとの配慮から、銀の強硬派の企みは彼女には伏せられているらしい。

屈強な兵士に囲まれた物々しい雰囲気に、事情を知らない連邦国王妃が不安を感じないよう、少女は努めて明るく振る舞った。

「王妃様は、ネコはお好きですか？」

「ネコ……ですか？」

「はい、庭にいっぱいいるんです。もし苦手でいらっしゃるなら、お側に近づけないようにしますが……」

「いいえ、大丈夫です。そうですか、ネコが……」

どうやら、王妃もネコは嫌いではないようだ。それを知ってほっとした少女は、「あ、そうだ」と続ける。

「実は、子グマもいるんですよ」

「え？　クマ……？」

「はい。でも、こっちはまだ躾ができておりませんので、お側に近づけないようにします。ご安心ください」

少女の言葉に頷きつつ、王妃は目を丸くしたまま「クマって……飼えるものなのですか？」と呟いた。

皇妃の宮に着くと、少女は連邦国王妃と並んでソファに腰を下ろした。

庭に面した窓は大きく開け放たれ、心地よい風が部屋の中にそよいでくる。

その庭でも多くの近衛兵が警備に当たっているが、念のため王妃の側には侍女に扮した密偵——少女の幼馴染も立った。先日子グマに噛まれた時の傷も無事完治し、三日間の宰相執務室出向を終えて皇妃の宮に戻ってきていたのだ。

やがて、少女の足もとに擦り寄ってくる者がいた。もちろん、皇妃の宮やその周辺をねぐらとしているネコ達である。

王妃の足もとにも、白い毛並みのふくふくとしたネコが一匹擦り寄った。

王妃はその白いネコに手を差し伸べ、膝の上に抱き上げる。そして、「あら」と声を上げた。

「この子……お腹に赤ちゃんが？」

「そうなんです。今五匹、お腹の大きい子がいるんですよ。王妃様とお揃いですね」

「——コホン！」

少女がにこにこして告げた瞬間、側にいた幼馴染がわざとらしく咳払いをした。

少女がきょとんとして見上げると、彼女は声を出さずに口だけ動かした。

——こらぁ！　王妃様をネコと一緒にしちゃだめでしょ！

「あっ……！」

幼馴染の口の動きを読んだ少女は、慌てて自分の口を両手で塞いだ。

続いて、傍らのテーブルでお茶の用意をしていた侍女頭におそるおそる目を向ける。

すると――

侍女頭の目は、見事に三角になっていた。

「し、失礼しました！　決して、王妃様とネコを一緒にするつもりでは……」

ついつい気安く接してしまっていたが、連邦国王妃は生粋の王族。動物と同じなどと言われれば、気分がよくないかもしれない。少女は大慌てで連邦国王妃に謝った。

「いいえ、気になさらないでください」

王妃はそう言って、膝に抱いた白いネコを撫でている。幸い、気分を害した様子はない。

少女はそれにひとまず安堵しながらも、テーブルに紅茶のカップを並べる侍女頭に寄っていく。そしてぴたりと彼女にくっついて、こっそり「ごめんなさい」と謝った。

侍女頭はやれやれとばかりにため息をついたが、小さく頷きを返してくれた。どうやら、お説教は回避されたようで、少女も胸を撫で下ろす。

連邦国王妃は、とても物静かな女性だった。

少女は王妃の隣に腰掛けて、紅茶のカップを傾けながら話題を探した。

「あの、王妃様。私、大陸の北の方には伺ったことがないのです。連邦国の冬はそれは厳しいと聞きましたが、皆様どのようにして過ごしていらっしゃるのですか?」

「そうでございますね。我々の国の冬は、内陸にお住まいの方々が思っておられる以上に、過酷なものでございます」

連邦国王妃は侍女頭の淹れた紅茶に舌鼓を打ちつつ、少女の質問に答えてくれた。

北の果てから吹き付ける極寒の風は、一年の内の半分もの間、連邦国を氷に閉じ込める。冬の夜は長く、さらには一日中太陽が昇らず、朝から晩まで外が薄暗いという期間さえある。吹雪で幾日も外へ出られない、なんてことも珍しくないらしい。

元々銀の国であった東部などは特に寒さが厳しく、永久凍土が広がるツンドラ地帯には作物も育たない。

「あの、でも緑の国は、その名の通り緑が豊かであったと聞きました」

「はい……そうですね」

連邦国王妃は、白いメスネコの膨れた腹を撫でながら続けた。

「緑の国は、わたくしの生まれ故郷でございます。冬は、内陸部に比べればやはり厳しいものでしたが、氷が溶ければ一面に緑が芽吹いて花を咲かせました」

連邦国王妃はそう言うと、どこか遠くを見るような目をした。

それは、故郷を懐かしんでいるようでもあり、ひどく悲しげでもあった。

少女は、緑の国について尋ねてしまったことを少し後悔した。もしかしたら、自分の生まれた国かもしれないため興味があったのだが、敗戦により統治権を剥奪されてしまった王族出身の王妃には、思い出したくないこともたくさんあったのかもしれない。

連邦国王妃が、ふうと小さくため息をついた。

そこに疲労の色を感じとった少女が、慌てて声をかける。

「王妃様、奥のベッドでしばらくお休みになられてはいかがですか」

「申し訳ありません」

王妃には、侍女頭が付き添うことになった。

奥の寝室へと去る王妃を見送ると、少女の幼馴染がぼそりと呟く。

「なーんかさ……大人しいっていうより、辛気臭い王妃様ね」

「ねえ様、そういうこと言わないの」

「だってさぁ～」

少女は幼馴染を窘めつつ、そういえば今日は先帝も皇太后もまだ姿を見せていないことに気づく。ここ数日、彼らは当たり前のように皇妃の宮に入り浸っていたので、少女はなんだか物足りない気がした。

少女は幼馴染と一緒に、貴賓宮を訪ねてみることにした。

すると先帝と皇太后は、西の公爵と総司令官を引っ張り込んで、わいわいと盤遊びに興じていた。

少女の訪問に気づいた西の公爵が、おいでおいでと手招きする。

「連邦国王夫妻のお相手は終わりましたの？」

「国王様は、陛下と会談なさっておいでです。王妃様はお疲れのようでしたので、寝室で休んでいただくことにしました」

少女が西の公爵にそう報告すると、その向かいに座っていた皇太后が駒を指先でくるくると回しながら、眉をひそめて言った。

「わたくし、あの娘は好きではないわ」

「皇太后様？」

「あれは、不幸をすべて自分が背負い込んでいるつもりの、辛気臭い娘ですわ」

皇太后はつんとして、そう言い放つ。

それを聞いて隣で「ほらね」と言わんばかりの顔をする幼馴染を、少女はめっと軽く睨んだ。

それから少女は盤遊びに忙しそうな先帝と皇太后の前を辞し、再び皇帝執務室へと足を向けた。王妃を寝室で休ませていることを、連邦国王にも伝えておこうと思ったのだ。

皇帝執務室に入ると、皇帝と連邦国王はまだ向かい合って話をしており、そこには宰相の姿もあった。

改めて挨拶をした少女を見て、連邦国王が柔らかな笑みを浮かべて口を開く。

「申し遅れましたが、とても可愛らしい妃殿下でいらっしゃいますね、陛下」

「そうだろう。私もそう思う」

「国賓(こくひん)相手に惚気(のろけ)るんじゃないですよ、陛下」

少女を褒められて満足そうな皇帝と、それに呆れたように突っ込む宰相。

連邦国王は、そんな二人を微笑ましげに眺めている。

少女は彼の優しい雰囲気に親しみを覚えつつ、皇帝の隣に座り王妃のことを伝えた。

「王妃様は少しお疲れのご様子でしたので、寝室で休んでいただいております」

「そうですか。妃殿下にはお手間をかけさせてしまって申し訳ありません」

「いいえ。国王様は、この後何かご予定がおありですか？」

「いいえ、今日は特には」

「でしたら、どうぞ国王様も皇妃の宮にいらっしゃって、王妃様とのんびりなさってください」

身重の王妃が慣れない場所で過ごすのはきっと不安だろうから、できるだけ連邦国王には王妃の側にいてもらいたい、と少女は考えた。

ところが、連邦国王は「いいえ」と首を横に振る。

「私が側にいない方が、妻は寛げるでしょうから……」

「え……？」

連邦国王の言葉に、少女は戸惑う。皇帝と宰相も無言で顔を見合わせた。

「皇帝陛下、申し訳ありません。先帝陛下と皇太后陛下に、ご挨拶がまだでした」

「ああ、では、ご案内いたしましょう」

連邦国王は、王妃についてこれ以上話を振られまいとするかのように、ソファから立ち上がった。案内を申し出た宰相も立ち上がる。

そこでふと、ソファの脇に佇む少女の幼馴染を見つけた宰相は、片手に携えていた書類を彼女に向かって差し出した。

「ちょうどよかった。この書類、項目別に仕分けておいていただけます？」

「……恐れながら、わたくしの宰相執務室出向業務は、昨日付けで終了いたしましてございます」

「固い事言うんじゃありません。これから各国の賓客を迎える準備に忙しくて、私はネコの手も借りたいくらいなんです。それとも、あなたより庭のネコ達の方が役に立ちますか？」

「……」

少女の幼馴染は、宰相を睨みつけつつ書類の束を引ったくった。

宰相が、にこりと勝利の笑みを浮かべる。

「書類は皇妃の宮に関するものですので、仕分けが済んだら侍女頭に確認してもらってください。あとで、取りに伺いますので」

「……かしこまりましてございます」

少女の幼馴染は抑揚の無い声で答え、皇帝執務室を出ていく宰相と連邦国王を見送った。

そして扉が閉まると、くるりと皇帝と少女を振り返り、ちっと舌打ちして叫んだ。

「あの宰相、性格悪すぎ！　――おチビ！　あんた、あいつフッて正解だわっ！」

幼馴染はそう一方的に捲し立てると、ぷんぷんしたまま皇帝執務室を出ていった。

「……」

少女は皇帝と顔を見合わせ、両目をぱちくり。

しかし、すぐにどちらからともなく、ぷっと噴き出した。

「くくっ、お前の幼馴染、まったくいい根性してるな」

「あれでも宰相様のこと認めているんですよ。ねえ様、気に入った相手には基本辛辣なんです」

ひとしきり笑い合うと、皇帝は連邦国王妃の印象について少女に尋ねた。

皇帝も、王妃とは三年前に行われた彼らの結婚式で一度会っただけなのだと言う。

「とても、物静かで穏やかな方のようですよ。私が変なこと言っても、気を悪くなさりませんでしたし……」

「変なこと？」

「あわわっ……」

ついつい口が滑って、余計なことを言ってしまった少女。訝しげな顔をする皇帝に、仕方なく先ほどの自分の失言——身重の王妃に対し妊娠中のメスネコ達とお揃いと発言したことを報告した。

それを聞いた皇帝は、なんだそんなことか、と苦笑する。

「むしろ、それくらいで気を悪くする方が問題だろう」

「そうですか？」

「それより、王妃に腹を触らせてもらえたか？」

「あっ、お願いするの、忘れてました！」

王妃のお腹は、衣服の上からでも分かるほどに膨らんでいた。これから生まれてくる我が子を思い、彼女はまさに幸せの絶頂であろう、と少女は思っていたのだ。

それなのに、王妃は何故かずっと物悲しげな――少女の幼馴染に言わせれば辛気臭い顔をしていた。その上、王妃に対してそっけなさすぎる、先ほどの連邦国王の態度。

少女の胸を、もやもやとしたものが支配する。

「どうした？」

浮かない顔をした少女に気づき、皇帝が声をかけた。

その優しい声に促されて、少女は胸の中のもやもやを吐き出す。

「あの、国王様と王妃様が……」

「ああ……どうやら、あまりうまくいっていないようだったな」

色恋沙汰には疎い少女にも分かったほどなので、当然皇帝も連邦国王夫妻の不仲に気づいていた。しかし、他所の夫婦の、ましてや他国の国王夫妻の仲に口を挟む気などない皇帝は、「それぞれ事情があるのだろう」と、肩を竦めただけだった。

一方、他人事と割り切れない少女は、浮かない顔のままだ。

皇帝はそんな少女を眺め、どうしたものかと首を捻る。

と、そこでふと、あることを思い出し、ソファから立ち上がった。

そして、執務机の引き出しから何やら取り出すと、すぐさま少女のもとに戻ってきた。

「お前に渡す物があったのだった」

皇帝はそう言って少女の隣に座り直すと、彼女の手を取って小さな包みを載せた。

中に入っていたのは、涙型をした小さな翡翠のピアス。

「陛下、これは……？」

「先日街に降りた時に買っておいたんだ。父と母に振り回されて、うっかり渡し損ねていた」

「でも、陛下。私、めん棒を買っていただいたのに……」

「私が、お前に着けさせたくて買っただけだ。黙って受け取ってくれ」

それを聞いた少女はようやく笑みを浮かべ、皇帝に礼を言った。

そして、それまで着けていたピアスを外し、懐から出したハンカチに丁寧に包む。

ピアスもハンカチも、かつて宰相から贈られたものだ。少女はそれらを胸元へと大事にしまう。

さっそく、皇帝からもらったばかりのピアスを着けようとして、ふと顔を上げた。

皇帝が、興味深げに見つめていることに気づいたからだ。

「あの、陛下」

「うん？」

「ピアス……着けていただけますか？」

「ん？　ああ……」

皇帝は一瞬戸惑った様子だったが、すぐに少女の手からピアスを受け取った。

少女は、顔の両側の髪を耳にかける。

そうして晒（さら）された小さな耳たぶに、皇帝はそっと手を添えた。

「随分小さい穴なんだな。皮膚に針を刺すようで、気が引ける」

「大丈夫ですよ。ちゃんとピンが通るようになってますから」

帝国では、耳の装飾はピアスよりもイヤリングが主流なので、耳たぶに穴を空けること自体珍しい。そのため、皇帝もピアスを——ましてや、それを他人のピアスホールに突っ込むなんてことは、初めての経験だった。

「痛くないか？」

「痛くないですよ」

何度も少女に確かめつつ、ようやくピアスを着け終わった頃には、皇帝の手は汗ばんでいた。

「うふふ、陛下。ありがとうございます」

少女がピアスに手を添え、満面の笑みを浮かべる。

皇帝も微笑みを返したが、すぐに神妙な顔になって言った。

「こんなこと、他の者にはさせるな」

皇帝の言葉に、少女は一瞬きょとんとした。しかし、すぐにこくりと頷く。

そして、頬をほんのりと赤く染め、もじもじしながら言った。

「陛下にしか……だんな様にしか、お願いしませんもの」

「おチビ……っ」

その愛らしい仕草と言葉に、皇帝はたまらず彼女を抱き締めた。

晒されたままの小さな耳が目に入り、今し方自分が嵌めてやったピアスごと口に含む。

「ひゃっ……」

慣れない感触に少女はびくりと身を震わせ、ますます頬を染めた。

皇帝も彼女への思いを募らせるあまり、いっそこのままソファへ押し倒してしまおうか、とすら考えてしまう。だが、その時——

——カタン……

頭上から小さく音が聞こえたような気がして、皇帝ははっと我に返った。

――式を挙げるまでは手を出さない。

天井裏の密偵達にそう約束をしてしまったことを、皇帝はこの時激しく後悔した。

しかし、大帝国の皇帝たるもの、男同士の約束を破るわけにはいかない。

「……つまらん誓いを立ててしまったものだ」

「陛下？」

皇帝は切ないため息をつくと、どうしたのかというように首を傾げる少女をもう一度ぎゅっと抱き締めた。


その頃、皇帝執務室の天井裏では……

「ううう、くそっ、皇帝め。うちのチビに破廉恥（はれんち）な真似しやがってっ……！」

下階のソファの上には、ぴたりとくっついた皇帝と少女。

それを天井板に空けた穴から見下ろし、覆面の下で唇を噛（か）み締めているのは……

「おめえさん、おやっさんに似てきたなぁ」

「妹離れしろよ」

お馴染みの少女の養父ではなく、皇妃の宮担当のはずの長兄だった。

「おう、坊（ぼう）。今日は、おやっさんはどうした？」

「坊は勘弁してください。親父なら、何やら用があるとかで国に戻ってます。それで、今日は私が代わりを任されたんです」

「ふーん、おやっさんも忙しいなぁ」

「おやっさん、腰大丈夫かい？」

先帝の忠臣であると判明したあの年嵩の密偵に続くように、腰痛に悩まされることが多くなった少女の養父。明日は我が身と思いながら、密偵達は彼の腰を案じた。

少女の養父は諜報部の幹部で、祖国から帝国に配属されている密偵を束ねる立場にもある。

そんな彼が最近とみに忙しいのは、六日後に帝国で行われる皇帝陛下の婚儀に、祖国の国王夫妻が出席することも関係しているのだろう――少女の長兄は、そう思っていた。


連邦国王夫妻が帝国にやってきて三日目――結婚式まで残り三日となった。

この日の午後、皇妃の宮に珍しい人物が訪ねてきた。

「突然お邪魔してしまって申し訳ありません」

「いいえ、東の公爵様」

やってきたのは東の公爵だった。

彼は、少女とは何度も顔を合わせていて、もうすっかり打ち解けた間柄である。しかし、皇妃の宮を直接訪ねてくることはこれまでなかったのだ。

「東の公爵様は、あちらの美術館の責任者を務めていらっしゃるんですよ」

少女が庭の塀の向こうに見える美術館を指差し、一緒にお茶の席に着いた連邦国王妃に東の公爵を紹介する。連邦国王妃は、まだ少年っぽさを残した彼に穏やかに微笑みかけた。

「お若くていらっしゃるのに、頼もしいですわ」

「い、いえ……私はただ父の遺志を継ぎたかっただけで……陛下がその機会を与えてくださったんです」

女ばかりの皇妃の宮で、いささか緊張した様子だった東の公爵は、連邦国王妃に褒められて照れたようにそう言った。

「失礼ですが、お父上様はご病気か何かで……？」

「いいえ。父は大戦の際に先帝陛下の軍に同行し、傷を負って帰って参りました。その傷が元で、二年前に……」

「まあ、そうでしたか……」

東の公爵の話に、連邦国王妃は痛ましげな顔をした。

しかし、東の公爵はにこりと微笑んで続ける。

「父が命を懸けて守ろうとした数々の芸術品が、ようやく日の目を見ようとしています。父も本望だと思いますし、私も美術館の立ち上げに携われたことを誇りに思います」

そう言う東の公爵も、かつては父の死を受け入れられず、その原因となった大戦に参加した先帝――ひいては皇帝家全てに恨みを抱いていた。

しかし、現皇帝が父の死を心から悼んでいること、そしてその功績を誰よりも認めていることを知り、東の公爵の頑なだった心はやがて和らいでいった。

若くして継いだ公爵という立場の重さで覚束無かった足元も、皇帝直々に美術館の監修を任されたことでしっかりと固まり始めている。

東の公爵のいきいきとした表情に、少女はにこりと微笑みを浮かべ、連邦国王妃は眩しそうに目を細めた。

「それで、妃殿下。こちらなのですが……」

そんな東の公爵は、本日何やら布の固まりを持ってきていたのだが、ようやくそれを開いてみせる。

「――わあ、素敵！　ランプ、ですか？」

布の中から現れたのは、金の土台がついたランプだった。ぽっこりと丸いフォルムが可愛らしく、表面に施された細かなモザイクが美しい。

東の公爵がこの日、皇妃の宮を訪ねたのは、このランプを少女に渡すためだったのだ。

「先日分けていただいたロクムを、姉はたいそう喜びまして。そのお礼に、これを妃殿下に差し上げたいと」

「あのロクムは、私もいただいたものですのに、お礼だなんて……」

「姉は、妃殿下に気に掛けていただけたことこそが、とても嬉しかったようですよ。また落ち着いたら、お茶をご一緒させていただきたいと申しておりました」

「はい、ぜひ！　楽しみにしてます！」

少女は受け取ったランプの土台を、大事そうに両手で抱き締めた。

東の公爵の姉も、まもなく結婚式を控えている。今は、その準備で忙しいらしい。

彼女の結婚相手は爵位を持たない男だが、帝国では名の知れた大きな商家の当主である。少女に贈られたランプも、その商家で取り扱っているものだと言う。さらに……

「かの商家から、この度たくさんのランプが美術館に寄贈されることになったんです。朝からそれらを玄関ホールに設置したんですが、なかなか圧巻ですよ」

職人が丹精込めて作るランプはそれなりに高価なものだ。その上あの大きなドームに見栄えがするほどの数を飾るとなると、莫大な費用がかかる。それを、東の公爵の義兄となる商人が、皇帝陛下の結婚式へのご祝儀代わりと、義弟の初仕事の成功祈願を兼ねて奮発したらしい。

「ステンドグラスの窓から差し込む日の光も素晴らしいですが、ランプの灯りに照らされた堂内はまた格別でしょうね。今日は夕刻から、試験的にランプに火を入れることになったんです」

東の公爵はわくわくした様子でそう言い置くと、お茶を飲み干し皇妃の宮を後にした。

それを見送った後、少女はもらったばかりのランプをじっと見つめていた。

その美しさに目を奪われてうっとり、というのではなく、何やら深く考え込んでいる様子。侍女頭の注いでくれた紅茶のお代わりにも手をつけないままだ。

やがて顔を上げた少女は、向かいの席でカップを傾けていた連邦国王妃に向かって口を開いた。

「王妃様、今夜一緒に見に行ってみませんか？　陛下と、国王様もお誘いして」

「え……？」

「美術館のランプです。陛下のご政務が終わってからですので、少し時間は遅くなるかもしれませんが、行ってみましょうよ」

「ですが……」

「陛下と国王様には、私がお願いして参ります。東の公爵様があんなにわくわくしていらっしゃったんですもの、きっと本当に素敵です！」

「は、はあ……」

少女の勢いに押し切られたのか、連邦国王妃は戸惑いつつもこくりと頷いた。

それからの少女の行動は早かった。すぐさま皇帝執務室を訪ね、皇帝に事情を説明する。

もちろん、珍しくおねだりしてきた少女の言葉を、皇帝が聞き届けないわけがない。

ちょうど同席していた連邦国王も、王妃が了承したことを聞いて少し驚いたようではあったものの、すぐに頷いた。

ところが、参謀長（さんぼうちょう）だけが難しい顔をする。彼も、宰相とともに帝国皇帝と連邦国王の会談に同席していたのだ。

「王妃殿下に関する事案は、まだすべて解決しておりません。夜の外出は控えていただくべきです」

王妃とその腹の子を狙っているという、銀の家の強硬派。帝国軍が目を光らせているおかげで、今のところ彼らは王妃の周辺に近づいてはいない。ただ、王妃を賓客（ひんきゃく）として迎えたからには、警備の責任は帝国軍にあるわけで、参謀長が慎重になるのも当然のことだった。

しかし、少女の方にも簡単には引き下がれない理由があった。

帝国に来て三日間、王妃は皇妃の宮とその庭の中だけで過ごしている。彼女を守るためとはいえ、窮屈な思いをさせてしまっているのではないか、と少女はずっと気にしていた。

それに、夫である連邦国王は一日に一度、それも皇妃の宮に少し顔を出すだけで、すぐに去ってしまうのだ。

連邦国王夫妻のぎくしゃくした関係を、少女はどうにかして改善させたかった。美術館のランプを見に行くことで、少しでも彼らが一緒に過ごす時間を作りたいと思ったのだ。

「参謀長様、お願いします」

「妃殿下……」

「命にかえても王妃様のことはお守りしますから、どうかお許しください」

「あなたの命を軽んじられても困ります」

少女の言葉を、参謀長は眉を寄せて窘める。

ただでさえ目つきが鋭く厳つい彼の顔が、そうすることで余計に怖くなる。

しかし、少女は目を逸らすことなくそれを見つめ返し、「お願いします」と繰り返した。

「……」

　皇帝執務室に沈黙が落ちる。

　連邦国王も宰相も、二人のやりとりを静かに傍観している。

　いつもならすぐに少女に加勢する皇帝も、口を挟まない。何故なら、結局は参謀長も少女に甘いことを知っていたからだ。

「……わかりました。私もご一緒させていただきますが、よろしいですね？」

　皇帝の予想通り、早々と参謀長が折れた。とたんに、少女の顔がぱあっと輝く。

「いいのですか⁉」

「万が一不測の事態が起きたとしても、無茶をなさらないと約束してくださいますか？」

「はい！　約束しますっ！」

　少女は大きく頷いてそう言うと、参謀長に飛びついて左手の小指同士を絡めた。

　いきなりのことに、参謀長は目を丸くする。

「妃殿下……これは何ですか？」

「指切りげんまんです」

「それは……何ですか？」

「約束をする時の宣誓のようなものです」

　指切りげんまんは、天井裏のオヤジ密偵の一人が少女に教えてくれた、大陸の東端にある小国の風習である。その内容ときたら、とんでもない。

「嘘ついたら、裁縫針を千本飲ませて、握り拳で一万回殴ります」

少女が無邪気な顔をして発した言葉に、参謀長が絶句する。

小さな小指が絡まった自分のそれを見つめ、彼は顔を引きつらせながら問うた。

「針千本……私が飲まされ、一万回殴られるのですか？」

「あ、いえ。私が飲んで、私が殴られます」

「おい、物騒な話はやめろ」

互いの小指を絡めた少女と参謀長の会話に、呆れた顔をして皇帝が口を挟んだ。

連邦国王は、「仲がよろしいのですね」と苦笑する。

最後に、宰相がテーブルの上でとんとんと書類を束ね、くすくすと笑って言った。

「では、私もご一緒させていただきましょうか」


かくして、その日の夜。

早めに政務を切り上げた皇帝が、連邦国王と宰相を伴い、少女と王妃を迎えに皇妃の宮までやってきた。

先に来てネコまみれを満喫していた参謀長の先導で、一行は庭の端の仕切り戸をくぐって塀の向こう――美術館の敷地へと入る。まだ公開されていない美術館の周囲に灯りはなく、参謀長と宰相がそれぞれ手に持ったランプの光を頼りに歩く。

美術館は皇妃の宮からも塀越しに見えるが、夜はいつも真っ黒に染まって近寄り難(がた)いもののように思えていた。

しかし館内にランプが灯された今夜は、たくさんの窓から光が溢れ、これまでのような排他的な雰囲気はない。ランプによるオレンジ色の光は、ステンドグラスを通すことによってより温かく華やかなものになり、むしろ見る者を中へと誘(いざな)うようだった。

少女も思わずそれに見入る。

「わあ……外から見ても綺麗ですね」

「こら、上ばっかり見ていると転ぶぞ」

皇帝はそんな少女を窘(たしな)めつつ、すかさずその片手を取った。

連邦国王もさすがに身重の王妃を気づかってか、彼女の肩を抱いている。それをちらりと見た少女は、ひとまず安堵した。

それにしても、窓から溢れる光だけでもこれほど美しいのだ。中の光景はいったいどれほどのものだろうか、と自ずと期待も高まってくる。

皇帝に手を引かれた少女は、わくわくしながら美術館の入り口に辿り着いた。

そこには、ランプのろうそくの火を見張るため、近衛兵の一人が番をしていた。彼は、いきなり現れた参謀長と宰相、それに続いた面々を見て飛び上がらんばかりに驚いた。

皇帝と皇妃となる少女、連邦国王、それに命を狙われている王妃の今夜の外出は、ほんの一部の者にしか伝えられていなかったのだ。畏まった近衛兵が慌てて扉を開き、一行はいよいよ夜の美術館へと足を踏み入れる。

「――ふわあっ……!!」

とたんに、少女の口から感嘆の声が溢れ出した。

先日の昼間に見た時も素晴らしかった玄関ホール。そのドーム状の天井からは螺旋を描くようにして、無数のランプが吊るされていた。

シンプルなランプに交ざって、華やかなモザイクランプも飾られている。これらが、東の公爵の姉が嫁ぐ商家からの寄贈品なのだろう。

「これは、素晴らしい」

「美しいですね……」

ランプに照らされた玄関ホールを見上げて、連邦国王夫妻も感動した様子。寄り添って感嘆の声を上げる二人は、この時ばかりは仲睦まじい夫婦に見えた。

それを見て嬉しくなった少女は、繋いだままだった皇帝の手をきゅっと握り、そっと彼に身体を寄せる。

「陛下、きれいですね。宝石箱の中にいるみたいです」

「ふむ、宝石箱か。確かにな」

どこからか風が吹き込んでいるらしく、吊るされたランプ達が小さく揺れている。すると、中で燃えるろうそくの火もまたゆらゆらと揺れ、それに合わせてモザイクランプの光が交差した。

さらに、光はステンドグラスの窓に反射して、内壁を様々な色と模様で飾り立てた。

「はぁ……あっ！」

「うん？」

その光景を感嘆のため息とともに眺めていた少女が、突然何かに気づいたような声を上げる。

それを不思議に思って視線を下ろした皇帝の目が、少女の瞳とかち合った。

「陛下の瞳の中にも宝石がたくさんあります。きれい……っ！」

少女はそう言って、皇帝の瞳をうっとりと見上げた。恐らく彼の瞳には、無数のランプの光が映り込んでいるのだろう。

しかしそんな彼女の瞳こそ、宝石と例えるにふさわしかった。背の高い皇帝を見上げる格好になっているため、頭上に吊るされたランプの光がまともに映り込んでいるのである。

彼女の翡翠色の瞳の中で、光が輪舞を繰り広げている。

それに魅了された皇帝は、もっとよく見たい、と互いの鼻先がぶつかるほどに顔を近づけた。

少女の柔らかな頬を両手で包み込み、二人はまるでキスをするかのよう。

「――コホン」

と、そんな彼のすぐ側で、わざとらしい咳払いが聞こえた。

「陛下、妃殿下。仲が良いのは結構ですが、お客様の前ですよ」

呆れたようにそう言ったのは宰相。

だが彼はすぐに微笑みを浮かべ、片眼鏡を指で押し上げながら言った。

「まあ、ついつい情緒的になってしまう気持ちは分かりますがね」

その隣では参謀長も頬を緩め、ホールに溢れる幻想的な光景に見入っている。

連邦国王夫妻も、ランプが生み出す光の袂で柔らかな表情をしていた。

少女は、今夜皆でここに来てよかった、と心から思った。

「――あら、お揃いですわね」

　突然、入り口の扉が開いたと思ったら、新たな人物が二人、玄関ホールへと入ってきた。

　先帝と皇太后である。

　入り口で番をしていた近衛兵は、皇帝から誰も入れるなと言いつかっていたはずだが、さすがにこの二人の行く手を阻むことはできなかったらしい。おどおどしながら中を覗き込む近衛兵に、参謀長は仕方がないという風にため息をついてから、改めて扉を守るように命じる。

　先帝夫妻の乱入により、それまで和やかだった玄関ホールの空気はわずかに緊張をはらんだ。

　とりわけ、二人の姿を目にしたとたん連邦国王妃の顔が強張ったのを、少女は見逃さなかった。

「ご隠居様、皇太后様……」

　だが先帝と皇太后は、連邦国王妃の顔色も少女の戸惑いも気にかけず、まずは先客達同様、玄関ホールを彩るランプに感嘆の声を上げた。

「ほう。帝国も、ようもここまで栄華を極めたものだな」

「夜の闇さえもこの国を翳らせること叶わぬと言わんばかりの、傲慢なほどの灯りですわね」

夫妻の賛美はどこか皮肉げだった。帝国を今のように大きくしたのは彼らなのに、まるで他人事のよう。

先帝と皇太后はすぐに天井を見上げるのをやめた。そして、もうランプになど興味はないとばかりにホールを横切ると、何故か灯りのない回廊の方に足を向ける。

それを訝しんだ宰相が彼らを呼び止める。

「ちょっとお二人とも、どこへ行く気です？」

「いやなに、あまりに暇なので、肝試しでもしようかということになってな」

「肝試し？」

ますます訝しい顔をする宰相に、先帝はにやりと笑って言った。

「もともとここは愛憎渦巻く後宮。かつては、王の寵を巡って血腥い事件もあったというではないか。女どもの怨念無念がたっぷり染み付いた土地なんだ。何か出るんじゃないかと思ってな。お前達も一緒にどうだ？」

「馬鹿馬鹿しい」

先帝の誘いを、息子である皇帝は呆れた顔をして一蹴した。

しかし、それを気にした風もなく、今度は皇太后が連邦国王夫妻に声をかける。

「あなた達はどうかしら？」

叔母である皇太后の誘いを、連邦国王は苦笑しながらやんわりと断る。

一方、王妃は真っ青な顔をして、震える声で「結構でございます」と答えた。

ところが、皇太后はなおも続ける。

「あら、怖いの？」

その言葉に、王妃はますます顔を強張らせて、皇太后から目を逸らすように俯いた。

そうすると、せっかくのランプの灯りも瞳に映らなくなってしまう。

とたんに、王妃の瞳から光そのものが失われたような気がして、少女はえも言われぬ焦燥を覚えた。

少女は慌てて、王妃と皇太后の間に割り込むようにして叫ぶ。

「皇太后様！　お化けなんか見たら、王妃様のお腹のやや様が驚いてしまいます！」

それを聞いた皇太后は、ぱちぱちと両目を瞬かせる。

「あら、怖いの？」

先ほど、連邦国王妃に投げかけたのと同じ台詞。

だが、先ほどは挑発するようであったものが、今は意外そうな響きを帯びている。箱入り娘な連邦国王妃はともかくとして、密偵として闇に潜んでいた少女が肝試しを怖がるのが、皇太后には不思議なのだろう。

少女はこくりと頷くと、大真面目な顔をして口を開いた。

「お化けも幽霊も、見たことはないですけど……怖いです。皇太后様は、怖くないのですか？」

「わたくしも見たことはないですけれど、怖いことなどありませんわ。だって、結局は生きている者が一番強いんですもの」

何でもないことのように言う皇太后に、少女は胸の前で両手をぎゅっと握り締めて続ける。

「私は、恐ろしいです。生きてる人となら、たとえいがみ合っていたとしても、いつか分かり合える可能性もあります。でも、もう生きていない人とは、分かり合うことも、その気持ちを完全に理解することも、きっと私には無理だから……」

かつてこの場所でどんな愛憎劇が繰り広げられていたのか、少女は知らない。

死んでいった人々の無念も、誰かが誰かに向けた憎しみの残骸も、彼女にはどうすることもできない。だから恐ろしい。

自分がどうにかできるとしたら、今と、これからのことだ、と少女は思った。

「別に、幽霊と分かり合う必要はないのですけれどねぇ」

少女の言葉に、皇太后は肩を竦めて苦笑する。そして、傍観していた先帝の腕に自分の腕を絡めると、彼にもたれ掛かって「あーあ」とため息をついた。

「何だか白けてしまいましたわ」

「では、戻って飲み直すとするか」

先帝と皇太后はそう言い交わすと、さっさと美術館から出ていってしまった。

それを見送った皇帝が、やれやれとため息をつきつつ連邦国王夫妻に向かい合う。

「失礼した。不躾な父母で申し訳ない」

「いいえ、陛下。お二人は、相変わらずにぎやかでいらっしゃいますね」

やはり苦笑いを浮かべる連邦国王に、皇帝はうんざりとした顔で「もう少し、大人しくしてほしいものだがな」と返した。そうして彼は、まだ胸の前で両手を握り締めている少女の肩を抱き寄せる。

一方連邦国王も、身体を強張らせて俯いたままの王妃の肩を抱こうとした。

しかし、王妃は無言のまま身を捩り、国王の手を避けてしまう。

それを見た少女は、とてつもなく悲しい気持ちになった。連邦国王夫妻の仲を取り持とうとこの場所に誘ったのに、かえって二人の溝を深めてしまったようで、いたたまれない気持ちになる。

しょんぼりとする少女の頭を、皇帝は優しく撫でた。

第八章　生き急がずどうぞよろしく

帝国皇帝陛下の結婚式、二日前となった。

翌日には、式に参列する周辺各国の要人が大勢やってくる予定になっている。城内は、彼らを迎える準備でどこもかしこも慌ただしい。

そんな中、今度は皇帝と連邦国王宛に、銀の家の当主から書簡が届いた。

それに伴(ともな)い、皇帝執務室に集まったのは、部屋の主である皇帝と連邦国王、宰相、総司令官、参謀長(さんぼうちょう)、そして西の公爵と侍女頭。身重の連邦国王妃は余計な負担をかけないようにとの配慮から除外され、少女も今回は彼女とともに皇妃の宮に残った。

皇帝が、集まった面々を眺めて口を開く。

「先日、連邦国王妃殿下の暗殺を目的として、秘密裏に帝国に侵入しようとしていた輩(やから)が我が軍に拘束された」

それは実は、連邦国王夫妻が帝国にやってくる日の前日、すなわち五日前のことであった。

すぐに捕らえた連中への厳しい取り調べが始まり、その結果、彼らが銀の強硬派と繋がっている証拠が発見されたのだ。それをきっかけに、連邦国内でも王妃を狙っていた一派が根こそぎ拘束された。

銀の家の当主からの書簡は、それが終了したことの報告であった。

「陛下、この度はお力を貸していただきありがとうございました。これで、私も妻も安心して、結婚式に参列させていただけます」

連邦国王は皇帝に向かってそう告げると、この場に集まった他の面々にも感謝の言葉を述べた。

「王妃殿下には、もう貴賓宮に移っていただいても問題ないだろう」

皇帝はそう言いながら、連邦国王夫妻が帝国を訪れてからのこの四日間、少女が連邦国王妃にべったりだったことを思い返す。王妃が自分と同郷かもしれないと親近感を抱いているようであったし、それ以上に皇妃として賓客をもてなさなければという使命感から、懸命に連邦国王妃に尽くしているようでもあった。皇帝の目にはその姿がひどくいじらしく見えていたのだが――

「陛下、よかったですね。ずっと妃殿下を取られてて、面白くなかったんでしょ？」

「……うるさい」

する。
不貞腐れた子供のような顔をする皇帝に、西の公爵と侍女頭が顔を見合わせて苦笑
宰相のからかいに図星を指された皇帝は、眉をひそめつつも否定しなかった。

連邦国王は眩しそうに目を細めて言った。

「陛下と妃殿下は、本当に仲睦まじくていらっしゃいますね。羨ましいです……」

と、そこに、緊急の書簡を持った伝令が駆け込んできた。

その内容に、皇帝執務室に集まっていた一同の顔から一気に血の気が引いた。


一方、その頃。

少女と連邦国王妃が残っている皇妃の宮――その天井裏に、天井板に空けた穴から下の様子を眺める者達がいた。少女の長兄と、先帝の部下であるあの年嵩の密偵である。

「おチビちゃん、甲斐甲斐しく王妃殿下に寄り添ってるなぁ」

「ああいう薄幸そうな人を見ると、うちのチビはすぐ絆されてしまうんですよね。あれほど簡単に心を許していては、密偵として失格なのですが……」

「だが、おチビちゃんはもう密偵じゃない。あの子の懐の深さは皇妃に――これから国母となるにもふさわしいと私は思うよ。あらゆる民を愛す、なんて理想もあの子なら叶

えてしまいそうだ」

「そうですね」

そんな会話を交わした二人の視線の先では、少女と連邦国王妃も何ごとか言葉を交わしている。

どうやら、これから二人で庭に散歩に行くようだ。

「そういえば、銀の強硬派ってのは全員捕まったらしいね」

「ええ、さっき侍女頭を呼びにきた西の公爵が、うちのチビにもこっそり耳打ちしてました。連邦国王妃には、そういう輩に狙われていたこと自体秘密にしていたので、何も伝えていないようですが」

「ここ数日、親父さん達が暗躍してたってのは本当かい？」

「ええまあ……いろいろやってたみたいですね」

銀の強硬派の主要メンバーは早々と拘束されたものの、帝国軍の目をかいくぐって国境を越えた残党もちらほらいた。さすがに警備の厳しい城内には容易に侵入できず、城の周辺やバザールをうろうろするしかなかったのだが、少女の養父をはじめとする密偵集団は、そんな連中を見つけ出しては縛り上げて、こっそり王城の門の前に転がしていた。

おかげで、王城の中に良からぬ連中が侵入することもなく、狙われていた連邦国王妃も心穏やかに過ごすことができた。

「ようやく、おチビちゃんも一安心だなぁ」

「ええ」

長兄と年嵩の密偵の視線の先で、少女は今度は連邦国王妃にベールをかけてやっている。

帝国のような内陸部の日差しは、最北のそれよりもずっと強い。ベールは、その日差しから王妃の肌を守るためのものだろう。

「――ん？」

その時、ソファに座った王妃の前に立ち、ベールの皺を整えていた少女の手が一瞬ぴくりと跳ねた。

その後、少女は王妃の側を離れたが、すぐに戻ってきた。そして王妃の襟を直しつつ、少しばかりおかしな動きをしたのを、天井裏から覗いていた長兄と年嵩の密偵は見逃さなかった。

「チビのやつ、何を……？」

「ふむ、王妃が、何か……」

二人は顔を見合わせると、再び下階に目を凝らす。少女はソファから立ち上がった王妃の手を引き、侍女達に見送られて庭へと出て行こうとしていた。

王妃に対する危険がなくなったからか、侍女を一人も付けず二人っきりで散歩に出るらしい。

その際、一番端に立っていた幼馴染に、少女はすれ違いざま何やら目配せをした。

それに勘付いた長兄が、天井裏でぐっと眉をひそめる。

「あいつ……っ！　また何か、勝手なことをしようとしてるんじゃ……」

少女が連邦国王妃とともに庭に出ると、二匹のネコが足元にまとわりついてきた。比較的若いオスネコ達だ。

「王妃様が歩いていらっしゃる時はだめだよ。転んでしまわれるといけないから」

少女は甘えてくるネコ達の顎をそれぞれ撫でてやりながらも注意を忘れない。

子グマは、連邦国王妃が皇妃の宮に滞在中は軍部の厩舎で寝泊まりしており、黒毛のボスネコも足繁くそちらに通っている。必然的に手薄になる縄張りの見張りは、彼の舎弟となったオスネコ達が担っているらしい。

二匹のオスネコはひとしきり少女に戯れると、仲良く連れ立って庭の見回りに戻っていった。

「お腹の大きい子達はどこにいるのでしょう……」

二匹の背中を見送った王妃が、ぽつりとそう口にする。

「昼間は、あまり人目につかない木陰なんかで過ごしているようです。探してみますか？」

「ええ……」

王妃の答えを聞くと、少女は彼女の手を引いて、きょろきょろと辺りを見回しながら庭の端の方に向かった。

果たして五匹のメスネコは、城の庭と美術館の敷地を隔てる塀の近くで見つけることができた。少し先にはもう軍部の建物が見えるという、皇妃の宮の庭の外れである。

見回りの近衛兵が少女と連邦国王妃に会釈して、近くを通り過ぎていった。

少女と王妃は木陰に固まって寝転がるメスネコ達の前にしゃがみ込み、ぷっくりと膨らんだ腹を撫でた。

彼女達の妊娠が発覚して九日。それぞれ食欲も体重も急激に増え、お腹の膨らみも随分目立つようになってきた。五匹とも経過は順調で、獣医師の見立てでは出産まであと半月ほどだと言う。

対する連邦国王妃も、そろそろ妊娠半年目となった。ゆったりとした衣服の上からでも、その腹が膨らんでいるのが見て取れる。

（……そういえば、お腹を触らせてくださいって王妃様にお願いするの、忘れてる）

それを思い出した少女は、今お願いしてみようか、と隣にしゃがんでいた王妃をちら ちら見ながら逡巡する。しかし、日除けに被せたベールのせいで彼女の表情は分かりにくく、少女は声をかけるのを躊躇した。

とその時、王妃が静かに立ち上がった。彼女の被るベールがさらりと揺れる。

少女はしゃがんだまま、それを見上げる。同時にふわりと吹いた風により、一瞬王妃の衣服が身体の前面に貼り付いて、その輪郭を浮き上がらせた。

華奢な身体には不釣り合いに思える、ぽこりと膨らんだ下腹。それは確かに、彼女が妊婦であることを伝えていた。その膨らみの中に、そして足もとに寝転ぶメスネコ達の腹の中にも、慈しむべき新たな命があるのだと思うと、少女の頬は自然と綻んでいく。

彼女は無意識に、自分の下腹に片手をやった。

そこにはまだ何もないが、いつかはきっと自分も母に、と憧れずにはいられないのが女の子。

少女はやっぱりお腹を触らせてもらえるようお願いしてみようと思い、自分も立ち上がって口を開きかけた。ところが……

「――っ……」

王妃様、と紡ごうとした少女の喉が引きつった。

王妃はじっと塀の向こう、昨夜訪れた美術館の方を見つめていた。

その顔に、表情はない。

ベールの下の双眼は無機質なガラスのようにただ景色を映し出すだけで、何の感情も感じられない。突然王妃が纏った虚無を目の当たりにして、少女は背筋がぞくりとするのを感じた。

「お、王妃様……?」

足もとに寝転んでいたメスネコ達も王妃の雰囲気に何かを感じとったのか、上体を起き上がらせてピンと両耳を立てている。

王妃は美術館に顔を向けたまま、静かに口を開いた。

「美術館には、大戦中に各国から集められた品も収められるのでしたね……」

「あ、はい……先代の東の公爵様が、命を懸けて保護なさったものが、たくさん……」

「美術品は守られたのに、そこに住んでいる人達は守ってもらえなかったのですね。もしかしたら美術品を奪うため、戦争をいいことに持ち主を殺したのではないのかしら」

「そ、そんな……」

「だとしたら、あの美術館は帝国の侵略と略奪の歴史を証明するものになるのですね」

帝国にやってきて今日で三日。必要以上に口をきくことなく、とにかく物静かだった連邦国王妃が、人が変わったように話し始める。

少女は王妃の変貌にたじたじとしつつも、彼女の話に黙って耳を傾ける。

王妃は今度はそんな少女に視線を移し、ベールの下からひたりと見据えて続けた。

「妃殿下は……帝国が何をしてきたかを、全てご承知の上で嫁がれるのですか？」

「え……？」

「どれだけの憎しみと悲しみの上に、今の帝国が出来上がったのか、あなたは知っているの？」

「王妃様……」

王妃の翡翠色の瞳に困惑した自分の顔が映っている。その様子を少女は呆然と見つめた。

「わたくしの祖国は、穏やかな国でした。隣接した金の国とその向こうの銀の国は、常日頃から小競り合いを繰り返していたようですが、我々緑の国は常に不干渉を貫いておりました」

感情を押し殺したような、淡々とした声で王妃は続ける。

「十八年前もそうでした。金と銀の争いは、我々にはあずかり知らぬことだったのです。

それなのに、金の魔女が内陸から悪魔を呼び寄せ、緑の国を食わせてしまった」

「金の、魔女……悪魔とは……」

問うように呟いたものの、少女にはそれらが誰を指すのかが分かった。

金の魔女とは金の国の王女であった皇太后、悪魔とはその皇太后の祖国に助太刀するという名目で内陸から軍を率いてきた先帝のことだ。

二人のことを連邦国王妃がよく思っていないことは、昨夜の美術館での様子から少女も勘付いていた。それに、十八年前の戦争について考えれば、王妃が二人を憎んでいてもなんらおかしくない。

穏やかな印象だった王妃の顔は、先帝夫妻の話を始めたとたん、みるみる険しくなっていった。

「妃殿下も昨夜お聞きになったでしょう。金の魔女は言いました。死んだ者など恐ろしくはない、と。生きている人間こそが一番強いのだと！」

ついに、王妃は声を荒らげた。とたんに、それまで足もとで様子を見ていた五匹のメスネコ達が、ぱっと立ち上がってその場を離れていく。

そんなことも目に入らないように、王妃は少女に向かって捲し立てる。

「あの女は……っ、緑の国を踏みにじったことも、史実をねじ曲げて緑の国を悪者に仕立て上げたことも、何とも思ってはいないのです!!」

　声を引き絞るようにして叫んだ王妃の言葉には、怒りと憎しみが溢れていた。

　それらは、マグマのごとくずっと王妃の中で煮え滾っていたのだろうか。腹の底に押し込められていた恨みつらみが、一気に彼女の口から噴き出したようだった。

「わたくしはまだ幼子でしたが、あの日のことは今でも鮮明に憶えております！　いきなり野蛮な軍勢に城を囲まれ街を焼かれたあの恐怖を、どうして忘れることができましょう……っ!!」

　はあはあと息を荒らげつつ、王妃は被っていたベールを投げ捨て、そして叫ぶ。

　少女はもはや半狂乱にも見える彼女に恐怖を覚えながらも、赤子を宿したその身を案じた。

「お、王妃様、落ち着いてください。あまり興奮なさると、お腹のやや様に障ります！」

　少女は興奮のあまりふらつく王妃を支えようと、両手を差し出した。

　その手を、王妃の白い手が強く握り締める。

　そして、激情を宿していた瞳をふと伏せたと思ったら、ぽつりと言った。

「わたくしには……妹が生まれたばかりでした」

「え？」

「ずっと兄弟が欲しくって……妹が生まれた時は本当に嬉しかった。小さくて柔らかくて、甘い匂いがして……とても可愛らしかったんですよ……？」

「そうでございましたか……」

妹のことを語り出したとたん、王妃の表情が和らいだ。少女はほっと安堵のため息をつきつつ、自分の手を掴んだままの王妃の手をやんわりと握り返す。

きっと仲の良い姉妹なのだろうと思い、にこりと微笑んで言った。

「それでは妹君も、王妃様のお腹のやや様にお会いできるのを楽しみにしていらっしゃることでしょうね」

ところがそのとたん、王妃の表情は再び虚無に支配された。

彼女は息を呑む少女を見据え、静かに告げた。

「妹は、死にました」

「えっ……」

「十八年前のあの日、城が落ちると悟った父は、妹を乳母夫婦に預けて外に脱出させました。わたくしは緑の国の王女として他国の王家に顔を知られておりましたが、妹は生まれたこと自体まだ公表されておりませんでしたから……」

緑の国王は、帝国軍が一般人には寛大だという噂を耳にし、第二王女を乳母夫婦と共に逃せば、たとえ捕らわれたとしてもひどい扱いを受けることはないだろうと思ったのだ。

それからしばらくして、緑の国は国民の命を保障することを条件に完全降伏した。

その後、緑の国王は一時囚（とら）われの身となって死をも覚悟したが、王権が剥奪されるだけで誰も処罰されないと知ると、慌てて乳母夫婦と第二王女の行方を探したと言う。しかし――

「彼らは、すぐに遺体で見つかりました」

少女は言葉を失った。そんな少女を見つめ、王妃は今度は悲しそうな笑みを浮かべた。

「あなたを見ていると……妹のことを思ってしまうのです」

「え……」

「妹の髪も栗色で、瞳は緑色でした。生きていれば、あなたと同じ十八歳。あの子も、こんな素敵な女の子に育っていたのかしらって……」

王妃の手が、今度は慈（いつく）しむように少女の頬を撫（な）でる。

しかし、その瞳には狂気が見え隠れしていて、少女はごくりと唾を呑み込んだ。

「でも、そんなことは、考えても詮無（せんな）きことです。あの子は死に、緑の国は奪われ――そして、わたくしも……」

「お、王妃様……？」

つい先ほどまで優しく頬を撫でていた王妃の手が、いきなり少女の肩を強く掴んだ。

もう片方の手が懐に突っ込まれ、何かを握り締める。それに勘付いた少女は、反射的に身を固くした。

と、その時――

「――ガウウッ!!」

突然唸り声をあげた黒い塊が、少女と王妃の間に割って入った。

「――きゃあっ!!」

「――えっ……!?」

王妃が悲鳴を上げ、少女は両目を見開く。

黒い塊は、調教師に預けていたはずのあの子グマだった。

足もとには、いつの間にか黒毛のボスネコもいる。

少し離れた場所には、真っ青な顔をした調教師が立ち尽くしていた。

調教師の仕事場であり、子グマが預けられていた厩舎は、少女と連邦国王妃がいた場所からは目と鼻の先だったのだ。こんな近くに彼女達がいるとは思わず、調教師は子グマを散歩に連れ出そうとしたようだ。その手には、先の引きちぎられたリードがある。

調教師はすぐに我に返ると、慌てて少女達の方へと駆け寄ってきた。

「こら、やめろ！　離すんだっ!!」

「グウウッ、ウウ……」

「だめっ、だめよっ……!!」

少女は子グマの胴を抱え、調教師は首輪を引っ張って、何とか王妃から引き剥がそうとする。

それなのに、いつもは子グマの叱り役となるボスネコは、ただただ傍観している。

やがて、子グマに噛み付かれた王妃の手から、何かがぽとりと地面に落ちた。

それを合図に、子グマはあっさりと彼女を解放した。

「――王妃様、大丈夫ですか!?」

「え、ええ……」

調教師が子グマを抱えて側から離すと、少女は解放された王妃の手首を検分した。

幸い、か細いその手首が折れている様子はなかった。それどころか、牙を立てた痕はあるというのに、傷が付いていなかった。

おそらく子グマは、王妃を傷付けないよう相当加減して噛んだということなのだろう。

少女はほっと安堵のため息をついた。

その時だった。

「――お前達、離れろ!!」

突然、そんな声が聞こえたと思ったら、少女は強く腕を引かれた。

驚いて後ろを振り向くと、そこには険しい顔をした皇帝の姿。走ってきたのか、若干息が荒い。

その視線の先では、真っ青な顔をした連邦国王が、後ろから王妃の両肩を掴んでいた。

さらに皇帝と少女の脇から現れた参謀長（さんぼうちょう）が、腰に下げていた剣を抜き、その切っ先を王妃へと向ける。ここ数ヶ月で随分と穏やかになった彼の瞳が、今は研ぎすまされた刃（やいば）のように鋭いことに、少女は目を丸くした。

「へ、陛下？　参謀長様？　何ごとでございますか？」

困惑した少女は、自分を後ろから抱き竦（すく）める皇帝の顔を見上げて問う。

皇帝は連邦国王妃を睨みつけたまま、低い声で答えた。

「王妃は……お前を殺すつもりだ」

「ええっ!?」

その言葉にぎょっとした少女は、王妃の顔をまじまじと見つめる。

皇帝は少女を抱く腕に力を込めると、王妃に向かって口を開いた。

「あなたが、帝国を恨む気持ちは理解できる。十八年前に我が国とあなたの祖国の間で起きたことについての恨み言なれば、私は帝国皇帝としてそれに耳を傾けるのもやぶさかではない。――だが、何故その矛先をこの娘に向けたのか？」

怒りを押し殺したような声で問う皇帝。

王妃は、ほの暗い笑みを浮かべてそれに答えた。

「妃殿下が、皇帝陛下にとって、とても大切な方だからです」

それは同時に、王妃が少女を殺そうとしていたことを認める言葉でもあった。

少女は言葉を失い、王妃に剣を向けた参謀長の顔もますます険しくなる。

背後から王妃の両肩を掴んだ連邦国王の顔は、今にも倒れてしまいそうなほどに真っ青だ。

そんな中、王妃は淡々とした声で続けた。

「緑の国は、土地も名誉も理不尽に奪われました。わたくしは帝国にも、同じ苦しみと悲しみを味わわせてやりたかった。祖国の恨みを、最後の緑の王族であるわたくしが晴らさねばならないと思ったのです」

「そして……妃殿下を殺したあとは、自らも腹の子ともども自害しようと？」

口を挟んだ参謀長の言葉に、少女はさらにぎょっとする。

一方、王妃は静かに両目を伏せただけで、参謀長の言葉を否定しなかった。

「そんな……何故でございますか⁉　せっかくのやや様ですのに！　どうして……っ⁉」

王妃が本気で腹の子ごと自害するつもりだったと悟った少女は、自分が殺されようとしていたことを知った時以上にうろたえた。そんな少女を抱き竦めたまま、皇帝が静かに告げる。

「王妃は、帝国だけではなく連邦国をも恨んでいるのだ。お前を殺すことで帝国に復讐し、腹の子を道連れに自害することで連邦国から王妃と跡継ぎを一度に奪う。そして……」

「連邦国の王妃が帝国の皇妃に手を下したとなれば、二国の同盟関係は確実に揺らぐでしょう」

皇帝の言葉を、参謀長が引き継いだ。

つまり連邦国は、帝国という巨大な後ろ盾を失うことになるのである。

呆然と自分を見つめてくる少女から目を逸らし、王妃はぽつりと言った。

「どうして……わたくしが妃殿下を殺そうとしていると分かったのですか……？」

王妃は、銀の家の強硬派が自分を狙っていることを知っていたのだと言う。おかげで警備の目を外に向けることができ、むしろ好都合だった、と。

命を狙われている王妃自身が、まさか帝国皇妃となる少女を殺すつもりでいるなどとは誰も考えなかった。だから、今だって二人っきりで庭に送り出してくれたというのに、どうして……？

王妃はそう問うた。

その疑問に答えたのは、ようやく口を開いた連邦国王だった。

「君は、遺書を書いていたね？　それを、君の母上が発見したんだ……」

「母が……？」

王妃の父親――最後の緑の国王はすでに亡くなっていたが、母親は健在だった。

王妃は十八年前の戦争終結後、母親とともに金の国の王宮に住まわされることになった。

彼女は緑の国王の一人娘であったので、要は連邦国が落ち着くまでの人質とされたのだ。

そんな幼少の頃に過ごしていた部屋を、王妃となってからも物置代わりに使っていたのだが、子供が生まれるのを機に明け渡すことになった。

その部屋の整理を、帝国から帰ったら一緒にしようと王妃は母親と約束していた。

しかし、幼い頃の娘との思い出を懐かしく思った母は、昨夜先に一人で手を付け始めた。

その時、彼女は娘の遺書を見つけてしまったのだ。

　王妃が、自分がいなくなった後、この部屋を整理することになるであろう母に宛てて書いたものだった。遺書には、腹の子供と帝国皇妃を道連れに逝くことへの懺悔、それから親不孝を詫びる言葉が切々と綴られていた。

「驚いた母上は、すぐに銀の家の当主に相談なさった。彼が、君の亡き父上と親交が深く、君や母上をとても気に掛けてくれているとご存知であったから……」

　先ほど、銀の家の当主から届いた緊急の書簡。皇帝達を凍り付かせた二通目のそれには、王妃の遺書の内容が記されていたのだった。

「……なかなか、上手くはいかないものですね」

　王妃は、自嘲の笑みを浮かべてそう呟いた。

　自分の計画が完全に失敗したことを悟ったのだろう。とたんに、王妃の瞳にかろうじて残っていた光がすうっと消えていくように感じ、少女は息を呑む。

　次の瞬間、彼女の身体がとっさに動いた。

「王妃様っ、だめっ……!!」

　少女はそう叫んで駆け寄り、王妃の口に利き手を突っ込んだ。

　王妃の舌と歯の間に、勢いのまま少女の指が三本――人差し指と中指と薬指が割り込む。

「――っ‼」

王妃の歯が、少女の指にがちりと食い込んだ。

絶望し、生きることを諦めた王妃は、自らの舌を噛んで自害を図ろうとしたのだった。

「おい！」

「妃殿下‼」

さすがに驚いて口を開けた王妃から、皇帝が少女を引き離す。

さらに参謀長は、連邦国王に羽交い締めにされた王妃の喉もとに剣を突き付けようとする。

しかし、少女は皇帝の腕の中から必死に手を伸ばし、そんな参謀長の服を掴んで引いた。

「参謀長様、だめです！」

「妃殿下、しかしっ……‼」

参謀長の服を握る少女の右手、その三本の指の第二関節付近には、くっきりと歯形がついている上に血まで滲んでいた。しかし、彼女はきっと顔を上げて叫ぶ。

「大丈夫ですからっ！　こんな子猫に噛まれたようなの、全然痛くありませんからっ‼」

いつぞやの初対面の際、少女に手を噛まれた先帝が笑い飛ばしながら言った台詞。

唖然とする人々を前に、少女は歯形のついた手をぐっと握り締めて続けた。

「それよりも、王妃様！　お話がございます！」

王妃は連邦国王に羽交い締めにされたまま呆然としていて、もう一度舌を噛み切ろうとする様子はなかった。少女はひとまずそれに安堵しながら、彼女の顔をじっと見据えて言う。

「十八年前には、私はまだ赤子でした。人から伝え聞いた話だけで意見を述べるなどおこがましいかもしれませんが、あえて言わせていただきます！」

少女はそう断ってから話し始めた。

緑の国は、十八年前の戦では確かに被害者であった。

しかし、緑の国が加害者であった事実もあるのだ、と。

「緑の国が、加害者……？　そんなはずは……」

少女の話を聞いた王妃は、わけが分からないとばかりに弱々しく首を振る。

少女は傷ついた片手をある方向へと差し伸べた。その先では、子グマを抱き締めた調教師が地面に膝をついている。

調教師は、この王妃こそが、自分が帝国軍を手引きしたことにより崩壊した緑の国の王女であると悟ったのだろう。真っ青な顔をしてぶるぶると震えている。その頬を、腕の中の子グマがしきりに舐め、足もとにはボスネコが寄り添っていた。

少女は王妃が彼を視界に捉えたのを確認すると、再び話し始めた。

「緑の国には、あの方達のような先住民も暮らしておられました。彼らが激しい差別と迫害に耐えながら懸命に生きていたことを、王妃様はご存知ありませんか？」

「先住民……〝白い人〟達のことですか……？」

調教師を見つめつつ発せられた王妃の言葉は、緑の国における先住民への差別意識がどれだけ根深かったかを物語っていた。緑の国の民は、自分達と区別するために彼らを〝白い人〟と呼び、それを見下すことは当たり前のように思っていたのだ。

呼吸をするように、緑の国の人々は先住民を差別した。それは、とても恐ろしいことだと少女は思った。けれど、少女は今そのことを取り上げて、王妃や緑の国の人々を責めようとしているのではない。

「人は傷つき、そしていつの間にか誰かを傷つけている。けれど、みんなそうして生きていくんです」

誰が一番悪いのかなんて、少女には分からない。

分かるのは、傷つき傷つけようとも、人は誰しも必死に生きているということ。

「王妃様は、生きています。生きて、新しい命を育んでいるではありませんか。どうか過去ばかりでなく、未来に目を向けてみてください」

少女は懇願するようにそう訴える。

「憎しみに憎しみを重ねても、何も生まれません。それよりも、命あることを喜び、これからの幸せを作っていきませんか？　緑の国の憎しみや悲しみは消えないかもしれない。でも、それを新たな幸せで包んでいくことはできると思うんです」

少女の言葉を黙って聞いていた王妃が、ついにはらはらと涙を流し始めた。

その瞳には、わずかながらも光が戻ってきているように見えて、少女はほっとする。

少女は懐から自分のハンカチを取り出すと、王妃の涙を拭ってやろうと手を伸ばす。

しかし、皇帝に抱き竦められたままでは手が届かなかったので、仕方なく前に立っていた参謀長にハンカチを託した。

参謀長から少女のハンカチを受け取った王妃は、美しい顔をくしゃりと崩して、ついに嗚咽を上げ始めた。ずっと、腹の底に溜め込んでいたものを、彼女は恨み言ではなく、今度は涙として吐き出していく。

「わたくしはっ……臆病なのです！　民に憎まれるのではないかと……恐ろしいのです！　亡くなった民の怒りを買うのではないかと、恐ろしくてならないのですっ！」

「どうして、緑の国の方々が王妃様を憎むのですか？　どうして、亡くなった方達が王妃様に怒るようなことがありましょうか?」

問う少女に、王妃はしゃくり上げながら答えた。

「わたくしはっ……民の無念を晴らすこともできぬまま、国王に嫁ぎややを授かりました! 仇国の血を引くややを授かったことをっ……わたくしは喜ばしく思ってしまいました……っ!!」

そう言って、王妃は両手で顔を覆ってわっと泣き出した。

「やや様ができたことを喜んで、何が悪いのですか! 誰に憚る必要があるって言うんですか!!」

少女は怒りに震えてそう叫んだ。

驚いた王妃は顔を上げ、一瞬涙も忘れて少女を見た。

そんな王妃を睨みつけるようにして、少女はなおも叫ぶ。

「王妃様が国王様に嫁いでやや様を授かって、そうして幸せになることを、いったい誰が怒るって言うんですか! そんなヤツがいるなら、私がぶっ飛ばしてやります!!」

「こらっ」

ついには握り拳を振り上げて叫ぶ少女を、皇帝が窘める。しかし、彼女の興奮は収まらない。

少女は振り上げていた拳を解くと、その人差し指を王妃に寄り添う連邦国王へと突き付けた。

「いいえ、私じゃない！　国王様！　国王様がぶっ飛ばすべきです！」

「えっ……!?」

いきなり矛先を向けられ、驚く連邦国王。しかし、少女は容赦なく彼を責める。

「どうして、王妃様を泣かせるのですか！　奥方様とお腹のやや様を守れず、国を守れますか！　何が国王ですかっ!!」

「おい、分かった、落ち着け」

「なんですか、陛下！　私、怒ってるんです！」

「私だって怒っている。だが、今は落ち着け」

皇帝はそう諭すと、少女の口を片手でやんわりと塞いだ。

次いで、王妃に向かって淡々とした声で告げる。

「帝国としては、この度のことを見過ごすわけにはいかない」

「……もとより覚悟の上でございます」

王妃は震える声でそう答えた。皇帝はさらに続ける。

「どのような理由があろうと、私は妃を傷付けようとする者を許さない」

「はい……」

涙をとめた王妃は項垂(うなだ)れて、少女のハンカチをぎゅっと握り締めている。弁解する気はない様子であった。

と、ここで、それまで離れた場所で傍観していたボスネコがとことこと近寄ってきた。と思ったら、地面に落ちていた何かをくわえる。それは先ほど、王妃が少女を害すべく懐(ふところ)から取り出したものの、子グマに手首に噛(か)み付かれて落とした物であった。

ボスネコはそれを人間達に向かって掲げてみせる。

「え……？」

取り落とした張本人であるはずの王妃が、それを見て目を丸くした。

皇帝も参謀長(さんぼうちょう)も、そして連邦国王も、ぽかんとしてボスネコの口元を見下ろしている。

少女だけがぱっと顔を輝かせて、彼に手を伸ばした。

「あっ、これ！　私のめん棒です！　陛下に買っていただいた大切なものなんです！」

ボスネコがくわえていたのは、なんとめん棒だったのだ。

少女はささっとボスネコからめん棒を受け取ると、こっそり皇帝の耳に囁(ささや)いた。

「実は、庭に出る前に王妃様にベールをかけさせていただいたのですが、その時に懐に物騒なものが入っているのが見えまして……こっそりすり替えておいたんです」

「お前……」

少女と庭に出る時、王妃は懐に短剣を忍ばせていた。

帝国の城内は、近衛兵(このえへい)など軍部の者しか帯剣を許されていない。たとえ連邦国王妃でも、たとえそれが護身用であったとしても、王城の中へ許可無く武器を持ち込むことはできないのだ。

そこで少女は短剣をめん棒とすり替え、庭に出る直前にすれ違った幼馴染に預けた。

つまり、庭に出た時には、王妃は少女を殺すための武器は携帯していなかったことになる。万が一めん棒で襲われたとしても、打ち身かたんこぶができるくらいだろう。

「妃殿下、ご無事ですか？」

この時、ようやく宰相も現れた。

宰相は、王妃の短剣を預かった少女の幼馴染を伴(ともな)っていた。

彼女は短剣のことを伝えようと、少女と王妃が庭に出てすぐに皇帝執務室に向かったのだ。

途中で皇帝達と出会ったものの、王妃の計画を知って皇妃の宮に急ぐ彼らの耳に、幼馴染の声は届かなかった。唯一彼女の声に立ち止まった宰相が事情を聞き、ここまで一緒にやってきたらしい。

さらに二人の背後には、事態を見届けようとしてか先帝の部下であるあの年嵩の密偵の姿もあった。

「王妃殿下、こちらの短剣はあなたのもので間違いございませんか？」

「……はい、間違いございません」

宰相は王妃に確認すると、短剣を皇帝の前に差し出した。

短剣は宝石に飾られ、どちらかというと装飾品として携帯される部類のものではある。

しかし、宰相が鞘から抜いて見せた刀身は鋭く、充分人を殺傷するのが可能な代物だった。

皇帝は厳しい顔をして、連邦国王夫妻に向かって言った。

「ともかく皇妃の宮からは即刻出ていっていただく。今後の対応については考えさせてもらおう」

「仰せのままに……」

連邦国王夫妻は、皇帝の判断に全面的に従う姿勢を見せた。

少女はそんな皇帝と連邦国王夫妻を交互に眺めると、あの、と口を開く。

「へ、陛下。でも、王妃様が持っていたのはめん棒で、結局私は何ともないのですから……」

だからどうか穏便に、と請おうとした彼女に、皇帝はぴしゃりと告げた。

「お前は黙っていろ」

いつになく厳しいその声音に、少女はびくりと身を竦める。

皇帝は後のことを宰相と参謀長に任せると、少女を連れてその場を離れた。


少女が皇帝に連れてこられたのは、中央の建物の二階にある彼の私室だった。

連邦国王妃を皇妃の宮で預かっている間、少女と皇帝はこの私室の奥にある寝室を使っていた。一方、私室の中央には大きなソファが置いてある。

皇帝に腕を引かれてそのソファまで辿り着いた少女は、いきなり足もとをすくわれた。

「――わっ……！」

足を払われたのだと気づいた時には、少女はもうソファの上に横たわっていた。

手に持っていためん棒が、コトンと音を立てて床に落ちる。

少女はそれを拾うべく慌てて起き上がろうとするも、間髪を容れずのしかかってきた皇帝によって阻まれた。

「陛下……あの……？」

戸惑う少女の呼びかけも無視し、皇帝は彼女の両手を一纏めにして拘束する。それを少女の頭上で押さえつけ、もう片方の手を彼女の顔の横に突いた。

そうして覆い被さった皇帝の顔は怒りに満ちており、少女はぶるりと身を震わせた。

「王妃が短剣を持っていると気づいた時点で、お前は彼女が何か良からぬことを考えていると知ったはずだ。それなのに、何故二人っきりになった」

上から降ってくる厳しい声に、答える少女の声が震える。

「あ、あの……短剣はめん棒にすり替えましたし、武器を持っていらっしゃらないなら、何かあっても問題なく対処できると……」

「他にも、武器を隠し持っている可能性を考えなかったのか！　死を覚悟した人間を侮るな！」

皇帝はそう吼えると、少女の両手を拘束する手に力を込めた。さらには自身の膝で彼女の両膝を押さえ込んだ上で続ける。

「何があっても問題なく対処できると言うのなら、今すぐ私の手を振り解いてみろ！」

「へ、陛下……」

少女は、まったく身動きが取れなかった。如何に訓練された密偵でも、少女の力では男である皇帝に太刀打ちできない。怒りに滾る皇帝の琥珀色の瞳を、少女は震えながら見上げた。

「お前は先ほど、連邦国王に言ったな。妃も守れず、国を守れるか、と。それは私も同じだ」

「あ……」

「私に、妃を守らせろ！」

皇帝はそう叫ぶと、少女の両手を拘束する自身の手の甲へと額を押し付けた。

密偵として育ち、何ごとも自分で考え判断し、対処する。そうして生きてきた少女。

皇帝は、そんな彼女を頼もしく思う。

だがそれよりも、もっと自分を頼ってもらいたいという思いの方が強かったのだ。

「お前を守らせてくれっ……！」

「陛下……」

少女の額に、覆い被さった皇帝の胸が当たる。

その奥でドクドクと激しく脈打つ彼の心臓の音を、少女は間近で聞いた。

「陛下、陛下……申し訳ありま……」

「謝ってほしいのではない！」

びりびりと鼓膜を震わせる皇帝の叫びに、少女の心もまた激しく震えた。

いつの間にか緩んでいた皇帝の手を振り解き、少女は自ら彼に抱きつく。

皇帝の背中に両腕を回し、精一杯の力を込めてしがみつく。

そして、その早鐘を打つような鼓動を聞きながら、何度も何度も謝った。

「ごめんなさい、ごめんなさい、陛下」

「違う、違うのだ。謝らせたいのではない」

「はい、陛下。心配させてしまって、ごめんなさい」

「おチビっ……」

震える声で呼ばれ、少女はもう離さないとばかりに強く抱き締められる。

逞しい身体にのしかかられると、重くて苦しかった。背骨が軋むほどの強い力で締め付けられ、少女はあちこち痛かった。

しかしきっと、この苦痛と同じほど、自分は皇帝を苦しめてしまったのだ。

「陛下、ごめんなさい……」

謝らせたいのではないと言われても、少女の口からはこの言葉しか出てこなかった。

少女は皇帝の身体に必死に回した両手で、彼の背中を撫で続けた。

第九章　涙をふいてどうぞよろしく

連邦国王妃の事件があった翌日――結婚式の前日。

この日の午前中、皇帝の結婚式に参列する各国の要人が、次々と帝国の王城に到着した。それを迎える役目は宰相と西の公爵が担った。皇帝は、結婚式当日に初めて賓客達と顔を合わせる予定である。

そういうわけで、彼はこの日も朝から執務室で通常業務に就いていた。

ただしその傍ら――いや、膝の上には少女の姿があった。昨日の今日ということもあり、皇帝が彼女を側から離したがらなかったのだ。そして、誰もそれに異を唱えなかった。

ついでに皇帝の執務机の上には、この時黒い塊も乗っていた。あの黒毛のボスネコである。

ボスネコは、少女を独り占めしながら黙々と書類を処理していく皇帝を睨みつけつつ、長いしっぽをぴしりぴしりと机に叩き付けていた。

そんな中、皇帝執務室の扉が叩かれた。訪ねてきたのは、皇帝の両親――先帝と皇太后だった。

「女を侍らせて政務とは、いい身分だな皇帝陛下」

先帝は皇帝の顔を見るなり、そんな皮肉を口にする。

しかし皇帝は、ふんと鼻を鳴らして少女の腹に腕を回した。

そんな彼に苦笑しつつ、今度は皇太后が口を開く。

「昨日のことは、宰相閣下から聞きましてよ。あなた、まさか連邦国王妃を処罰する、なんて言い出したりしませんわよね？」

「処罰されても文句の言えないことを、あの王妃はしたと思うがな」

そう吐き捨てるように言う皇帝に、先帝はどっかりとソファに腰を下ろしてため息をついた。

そして胸の前で両腕を組むと、少し困った顔をして口を開いた。

「わしは、十八年前に緑の国に対して行ったことを後悔してはいない」

そう告げた先帝の視線は、皇帝ではなく少女を捉えていた。彼女が緑の国出身であるかもしれないということを知ってのことだろう。

自分の言葉を聞いても乱れる様子のない翡翠色の瞳に、先帝は目を細める。

「あの時は、あれが最善の方法であったと思っているし、そうでなければ、幾千もの兵士の命を預かっての進軍などできなかった」

そう言う先帝の隣に、皇太后も腰を下ろす。先帝は、その肩を抱き寄せつつ続けた。

「ただ、あの王妃が味わった悲しみや苦しみは気の毒だと思う」

「わたくしも金の国の王族の端くれですから、いくらか彼女には罪悪感も覚えますのよ」

どうやら先帝と皇太后は、連邦国王妃を擁護しようとやってきたようだ。

皇帝は不機嫌そうに顔をしかめて二人を睨みつける。

そんな息子に、皇太后は呆れたような顔をして言った。

「大帝国の皇帝たるもの、もっと寛大になった方がよいのではなくって？」

「そっちこそ、散々こき下ろしていたくせに、今さら王妃を庇うつもりなのか？」

「あの王妃の根暗なところが気に入らないのは、変わりないですわよ。でも、あれでも一応わたくしの甥っ子の嫁ですもの。どうせなら、幸せになってほしいじゃありません？」

相変わらず王妃に対する言葉は辛辣だが、皇太后が彼女を許すように請うているのは間違いない。そこで、少女も皇帝に向かい合った。

「陛下」

少女はじっと皇帝を見つめる。

実は少女も昨日の騒動の後、連邦国王夫妻ともう一度話がしたい、と皇帝に訴えてきたのだ。

しかし、彼は難しい顔をして黙り込むばかりで、首を縦には振ってくれなかった。

先帝と皇太后という援軍を得た今こそが最大のチャンスとばかりに、少女は再び訴える。

「陛下、お願いします」

「……」

皇帝が視線を返してきたので、少女はなおも彼を見つめた。瞬きを堪え、じっと、じいっと……

すると、乾いた目を守ろうとして、自然と瞳が潤んでくる。そして、自分の潤んだ目を前にすると、皇帝の態度が軟化するということを少女はすでに知っていた。したたかであれ、と教わって育った女密偵の本領発揮である。

そうして少女の目論み通り、うるうるに潤んだ翡翠色の瞳に、ついに皇帝が白旗を上げた。

「……連邦国王とは、このあと腹を割って話し合うつもりだ」

皇帝は少女の頭を抱え込むようにして自分の胸に引き寄せると、深々とため息をついてそう言った。

その答えを聞いて、きっと彼が正しい判断を下すと確信が持てたのだろう。先帝と皇太后は満足した様子で退室していった。

皇帝は少女を側に留めたまま、宣言通り連邦国王を執務室に呼んだ。

皇帝と少女はソファに移動し、執務机に乗っていたボスネコは少女の膝の上に陣取った。

すぐさま飛んできた連邦国王は、まずそんな彼らに向かい深々と頭を下げた。

「この度のことは、何度お詫び申し上げても足りません。本当に申し訳ありませんでした」

昨日は王妃の側で真っ青になってばかりの連邦国王だったが、一晩経って少しは落ち着いたようだ。彼は、何故王妃があんなにも思い詰め、挙句恐ろしい計画を立ててしまったのか、それを皇帝と少女に説明し始めた。

十八年前、最北の戦争が終結した時、連邦国王は七歳、王妃は五歳だった。

二人は金の国の城で一緒に育ち、先代の連邦国王の決定により婚約した。

「私は……ずっと彼女を好いておりましたので、正直父の決定を喜ばしく思いました」

連邦国王はそう言いながらも、自嘲の笑みを浮かべた。

彼は成長するにつれ、緑の国が負わされた理不尽な歴史を知り、その被害者であった王妃に対して罪悪感を抱くようになった。そのため、想いが募れば募るほど、彼女への接し方もどんどんぎこちなくなっていったのだと言う。

「私は、妻にとっては仇も同然でした。そんな男に嫁がされるなどさぞ悔しかろうと思うと、彼女と向き合うのが恐ろしくなってしまったのです」

それでも、二人は予定通り結婚した。大陸中を巻き込んだ大戦が終結した翌年――今から三年前のことだ。

そのさらに翌年には現連邦国王が即位し、そして間もなく待望の世継ぎが生まれようとしている。一見、順風満帆に見える夫婦。

だが、二人の歯車は嚙み合わなくなって久しかった。

しかも、王妃の懐妊という、本来ならこの上なく喜ばしい出来事こそが、夫婦にさらなる影を落とすことになったのだ。

「妻には、緑の国の残党を名乗る者から脅迫文が届いていたらしいのです」

「えっ、脅迫文……ですか？」

連邦国王の言葉に、少女は眉をひそめて皇帝と顔を見合わせた。

ボスネコの黒いしっぽが、ぴしりと一つ、ソファを打つ。

連邦国王は大きくため息をつきつつ続けた。

「はい……〝仇国に媚びて己一人幸せになるつもりか、売国奴。死した民に呪われろ。生き残った民に憎まれろ〟、と。実際は、それは彼女を妬んだ銀の者の仕業だったようです」

「そんな……」

事実、銀の家の強硬派は、緑の国の王族であった王妃が連邦国の世継ぎを産むことを不満に思っていた。そのため、彼らは緑の国の民を装って王妃を精神的に追いつめようとしたのだ。

そして、王妃はそれを一人で抱え込んだ。

緑の国の民の仕業だと思い込んでいた彼女は、表沙汰になると彼らが罰せられるのではないかと思い、誰にも打ち明けられないでいた。初めての出産への不安と、妊娠に伴うホルモンバランスの乱れがそれに追い打ちをかける。

王妃は情緒不安定になり、ますます思い詰めていったのだった。

「彼女が苦しめられていることに、気づいてやれなかった。脅迫されたことを相談できないほど、私は彼女と距離を作ってしまっていた。それが、悔やまれてなりません」

連邦国王はそう言って俯くと、膝の上で握り締めた拳を震わせた。

少女は慌てて、そんな彼に声をかける。

「でもっ……でも、王妃様も国王様と結婚なさって幸せを感じていらっしゃった。だからこそ、あんなに苦しんでいらっしゃったのですね」

王妃は、子供を身籠ったことを喜ばしく思いながら、それを緑の民が許さないだろうと言って泣いていた。連邦国王に嫁いで子供を授かったことは、本当は彼女にとって幸せなことだったのだろう。

連邦国王夫妻は、二人とも悩みを抱えていた。けれどその悩みは、打ち明け合えば意外に簡単に解決するものだったのかもしれない。彼らは本当は、互いに想い合っていたのだから。

「昨日、あれから妻とじっくり話し合いました。あんなに長く彼女と向き合ったのは、何も知らなかった幼い頃以来です」

連邦国王はそう言って苦笑する。

そして、彼はどこか憑き物が落ちたような晴れやかな顔をして続けた。

「その機会を与えてくださった妃殿下に、何とお礼を申し上げてよいか分かりません」

連邦国王の視線は、少女の右手に向けられていた。そこには、王妃の自害を防いだことで負った傷がある。連邦国王は、再び深々と頭を下げた。

「本当に、ありがとうございました。妃殿下のご厚意に報いるために、我々がこれから何をすべきかたくさん話し合いました」

連邦国王夫妻はまず、連邦国の現状についてそれぞれの意見を交換した。

十八年前の終戦直後は、戦勝国と敗戦国という間柄ゆえに、金、銀、緑、それぞれの国民同士がぎくしゃくすることも多々あった。

しかし、最北の冬はやはり厳しく、生きるために人々は助け合わなければならなかった。金の国を前身とする連邦国王家が、緑と銀の民を金の民同様に扱ったことも幸いし、今ではもう金だ銀だ緑だと言わない国民が増えていた。さらには混血も進み、色素が薄い者が多かった金や銀の土地にも、緑の国の色を持つ子供達が多く生まれるようになった。

今、王妃のお腹にいる次代の連邦国王も、おそらく栗毛と緑の瞳を持って生まれるだろう。

これから生まれてくる赤子は、連邦国にとって新時代の象徴となる。

「金の国の私と、緑の国の妻、そして銀の国の代表である銀の家の当主も加え、金、緑、銀が力を合わせて、連邦国を今後もっと発展させていくつもりです。その上で、もちろん帝国ともよい関係を続けさせていただきたいのです」

連邦国王はそう言うと、今度はじっと皇帝を見つめた。

皇帝も、静かに彼の目を見つめ返す。

少女は膝に乗っていたボスネコを抱き締めつつ、はらはらしながら二人の顔を見比べた。

現在大陸には、多くの属国を従える大帝国を中心に、北端にはそれと深い血縁を持つ連邦国、南端には思慮深い女王が統べる同盟国がある。

かつて混沌としていた大陸は、この三大国家の繋がりのもとに均衡が保たれている状態なのだ。

つまり、帝国と連邦国の友好関係の継続は、大陸の平和を保つためにも不可欠であった。

「国内の民族融和と並行して、帝国との友好関係を深めていくことこそが、大陸全体の未来の平和に——ひいては家族や民、大切な者達の幸せに繋がっていく、と私は信じております」

その決意を示すために、連邦国王は皇帝に向かってある申し出をした。

「妻が懐に忍ばせていた短剣——あれは、元は緑の国の王家が受け継いできた宝剣でした。妖精が赤子を取り替えに来る、という話をご存知ですか？」

「聞いた事はある。たしかブラウニー伝承、とか言ったか」

「緑の国では、王の嫡子を取り替えられてしまわないように、妖精が嫌う剣などの鉄製品を赤子の側に置く風習があったそうです」

「なるほど、あの短剣は王の嫡子のお守りか」

皇帝と連邦国王の話に、少女はボスネコをぎゅうと抱き締めたまま、おそるおそる口を挟む。

「妖精って、そんなに悪いことをするんですか？」

「ただの迷信だ」

怯えた顔をする少女に、皇帝が苦笑する。ボスネコも、彼女の頬をざりざりと舐めた。

それを微笑ましく見つめながら、連邦国王は続ける。

「緑の宝剣に加え、金の王家の秘宝である宝鏡、銀からはかつて王の頭を飾った宝冠を、揃って帝国の美術館に寄贈させていただきたく思います」

「金と緑はともかく……銀には許可をもらったのか？」

「銀の家の当主は大変話の分かる人物です。宝冠についても、国のためになるのならいつ手放してもかまわないと常日頃から言ってくれておりました。きっと反対はいたしません」

連邦国王はきっぱりとそう答え、まっすぐに皇帝を見つめた。

「我ら三国の融和と、帝国に対する心よりの親愛の証（あかし）として、受け取っていただけませんでしょうか？」

繊細（せんさい）そうに見えた連邦国王だが、今は国王らしく力強い声でそう問うた。

しかし、皇帝はすぐには答えを返さない。彼は口を噤（つぐ）んだまま、じっと連邦国王の顔を見つめ返した。

皇帝は、個人的には少女を殺そうと企（たくら）んだ王妃のことを許せないでいた。正直に言うと、連邦国王の顔さえまだ見たくなかったのだ。

ただ、いつまでも保留にできる問題ではないし、そもそも今回のことで連邦国との友好関係を崩すつもりもなかった。後は自分が心の整理をつけるだけなのだが、と皇帝は静かに葛藤する。

その袖を、隣に座っていた少女がつんと引いた。

「陛下、陛下」

「うん？」

「私、まだ王妃様のお腹触らせてもらってません。楽しみにしてたのに、まだお願いできてません。それに、やや様が生まれたら抱っこもさせてもらいたいです」

「ふむ……」

いきなりの話題の転換に、向かいのソファでは連邦国王が戸惑った顔をしている。

しかし、少女には何か考えがあるのだろうと察した皇帝は、「それで？」と先を促（うなが）した。

少女は皇帝の袖をぎゅっと掴み、こてんと可愛らしく首を傾げて続ける。

「それって、帝国と連邦国が仲良しでないと、できませんよね？」

「まあ、そうだな……」

「陛下、私にわがまま言っていいっておっしゃいましたよね？　私のお願い聞いてくださいますよね？」

「うむ、二言（にごん）はない」

「でしたら、帝国と連邦国はこれまで通り友好国ということでいいですよね？」

「お前が望むのなら、仕方ないな」

「はい、仕方ないんです」

皇帝は、大真面目な顔をした少女と頷き合う。

そして、目を丸くしている連邦国王に向き直って言った。

「そういうわけであるからして――我が妃に王妃の腹を触らせることと、生まれた赤子を抱かせることを条件に、昨日の件は水に流そうと思うが、如何（いかが）か？」

「願ってもない寛大なお言葉でございます！　妃殿下に再びお会いできると知れば、妻も喜びますっ！」

皇帝の言葉に、連邦国王はぱっと顔を輝かせた。

「では、帝国と連邦国はこれまで通り、いやこれまで以上に親交を深めていくということで、三つの国宝は我が国の美術館で預からせていただく」

「はい、ぜひ」

「それから……明日の我々の結婚式には、予定通り夫婦で出席してもらえるだろうか」

「――もちろんです、陛下！　ああ、よかったっ……!!」

連邦国王は感極まった様子でそう叫んだ。

そして彼は、貴賓宮の一室で処分を待っている王妃にも早くこの朗報を伝えたい、と慌ただしく席を立とうとした。

しかし、すぐに何かを思い出した様子で懐を探った。

「申し訳ありません、妃殿下。これをお返しするのを忘れるところでした」

「まあ、わざわざすみません」

連邦国王が懐から取り出したのは、少女のお気に入りのハンカチだった。昨日、王妃の涙を拭うために差し出したものだ。

綺麗に洗って乾かし、丁寧に畳んで連邦国王にそれを預けたのは、王妃自身だと言う。

少女はハンカチを受け取ると、大事そうに自分の懐へとしまった。

その様子に目を細めつつ、連邦国王が口を開く。

「妃殿下が昨日かけてくださったお言葉は、妻の胸に強く響いたようです。これからは、過去に囚われて今を蔑ろにすることなく、緑の民を含めた全ての国民が幸せに暮らせるように力を尽くしていきたいと申しております」

「それは、ようございました」

「ご迷惑をおかけして申し訳なかった……それから、ありがとう、としきりに申しておりました。また改めて、本人の口からも聞いてやってください」

「はい」

少女はにこりと微笑んで頷いた。

その笑顔を前にして、連邦国王は何故か少しだけ逡巡するような素振りを見せた。

しかし、すぐに意を決したように続ける。

「妻は、本当は帝国に来てすぐに行動を起こす覚悟を決めていたらしいのです。でも、躊躇してしまって、何日も過ごしてしまったと……」

「え？」

「妃殿下と話す度、あなたが微笑みかけてくださる度に、妻はあなたが自分の妹だったらいいのにと思ったのだそうです」

「あ……」

十八年前の戦争の際、城からこっそり逃がされたものの、亡くなってしまったという王妃の妹の話。とたんに痛ましげな表情をした少女に代わって、皇帝が口を開いた。

「妹君は十八年前、赤子の時に亡くなられたのだったか……」

「はい、連れて逃げた乳母夫婦は遺体で発見されたそうです」

昨日聞いたのと同じ悲しい結末に、少女は沈んだ顔をして俯いた。

ところが、連邦国王の話はまだ終わりではなかった。

「しかし、赤子の遺体はついぞ見つからなかったのだそうです。砲弾で跡形もなく……と言う者もおりましたが、誰かに拾われてどこかで育てられているのでは、と彼女の両親などはずっと信じていたようです」

その言葉に、少女は「えっ?」と顔を上げる。皇帝は言葉を失い、少女を見た。

「そんな奇跡が、あればよいのですが……」

連邦国王は皇帝と少女の様子に気づかぬままそう言い置くと、そそくさと王妃のもとへ帰っていった。

「……」

連邦国王の背中を見送った皇帝と少女は、無言のまま顔を見合わせた。連邦国王妃の妹——緑の国の第二王女の置かれた十八年前の状況が、少女が養父に拾われた経緯とあまりにも似通っていたからだ。

第二王女を連れた乳母夫婦も、少女の両親とおぼしき男女も、砲弾によって死亡した。

そして、少女の髪は王妃と同じ栗色、瞳もまた同じ翡翠色。二人はまるで姉妹のようによく似た面差しで……

「なーおっ」

いつまでも黙っている二人に焦れたように、少女の膝の上でボスネコが一鳴きする。

先に口を開いたのは、皇帝だった。

「……真相を調べさせるか？」

もしや、と思った皇帝は、そう少女に問いかけた。

だが、少女はしばしの逡巡の後、「いいえ」と首を横に振った。

「いいのか？　もしかしたら、王妃はお前の血の繋がった姉上かもしれないのだぞ？

そうなれば、母上もご存命だぞ？」

そう言う皇帝に、少女はボスネコをぎゅっと抱き締め、上目遣いで尋ねた。

「陛下は、その……どこの馬の骨とも分からぬ私では、お嫌ですか？」

「何？」

「陛下のお側にいるには……どこかの王家の血を引いている方が、やっぱりいいですか？」

少女の腕に力がこもり、ボスネコが責めるような目で皇帝を見上げる。

対する皇帝の眉間には、ぎゅっと皺が寄せられた。

「何を馬鹿なことを――！　出自など、今さらどうでもいいに決まっているだろう！

お前がお前であるからこそ、私は愛したのだと告げたはずだぞ!!」

皇帝に怒鳴られて、少女は一瞬ひゃっと肩を竦める。

しかし、すぐににこりと微笑んで言った。

「じゃあ、いいです」

「……本当に、いいのか？」

「陛下が、今のままの私でいいと言ってくださるのなら、私も今のままの私がいいです」

「そうか……」

少女の言葉に、ようやく皇帝も納得したように笑みを浮かべる。

「私、とと様の娘として、陛下に嫁ぎたいです」

「分かった」

皇帝は頷くと、にこにこしている少女を抱き寄せる。

すると、一緒に皇帝に抱かれるのはごめんだとばかりに、ボスネコが少女の腕から抜け出した。そして、開いていた執務室の窓から、するりと外へ出ていってしまった。

一方、それを見下ろす天井裏では……

「うわぁん、チビぃ～～～!!」

先ほどの少女の言葉を聞いた養父が、感動のあまり号泣していた。

「うっ、うっ、おチビちゃん、いい子だなぁ～」

「『とと様の娘として』だなんて、おやっさん、いい娘さんを持ったなぁ～」

同じ年頃の娘を持つオヤジ密偵達が、例に漏れずもらい泣き。天井裏の薄闇の中、ズビ、ズビビッ、ズズーッ！　と、盛大に鼻を啜る音があちこちから聞こえる。

と、そこに、この天井裏では最も新米の密偵――実は帝国諜報部の一員で、いまいち場の空気が読めないと周囲を悩ませてる密偵が、ずりずりと這い寄ってきた。

「でも、おチビちゃん……本当は王女様なのかな？　顔立ちも、確かに王妃様とよく似てるんだよなぁ……」

新米密偵は首を捻りつつそう呟くと、少女の養父ににじり寄った。

「おやっさん、そこんとこ、どうなんですか？　おチビちゃん、本当は緑の国王の娘だったんですか？」

誰かが、バカやめろっ、と焦った声を上げる。しかし、すでに遅かった。

「――ぎゃっ……！」

突然、新米密偵の頭を誰かがガッと掴んだ。当然、少女の養父である。

その節くれ立った大きな手が、考えの足りない若者の頭を容赦なく握り締める。

ミシミシと、頭蓋骨（ずがいこつ）が軋（きし）むような嫌な音がした。

「いでででででっ……！　いてえっす、おやっさん!!　堪忍、堪忍～～っ!!」

新米密偵はたまらず悲鳴を上げた。

涙を浮かべた彼の目を、唯一覆面から出た少女の養父の目――怒りで煮え立った目が睨みつける。そして、地を這うような低い声が響いた。

「――誰がなんと言おうと、あいつは俺の娘だ！　憶（おぼ）えとけっ……!!」

「――っ、痛っ……」

この日の午後の皇妃の宮に、またしても小さな悲鳴が上がった。

その悲鳴の発信源である少女は、とっさに人差し指を口に含んだ。口の中にじわりと鉄の味が広がる。

「ああもう、またですか？　あなた、本当に不器用ですね」

隣から少女の顔を覗き込んでそう言ったのは、宰相だった。

二人は今、ソファに横並びに座り、一つのベールに刺繍を施していた。真っ白いシルクの縁に、明るい緑色の蔦や、赤や黄色の小花をあしらう。それは、少女が明日の結婚式で着けるためのものだった。

帝国では、花嫁自身がベールに刺繍を施す習慣がある。少女も刺繍の得意な宰相に教えてもらい――いや実際は、新郎新婦の親族は手伝ってもいいという特例に甘えて、半分以上彼に縫ってもらった。

「痛いです……」

少女は血が滲む指を見下ろして、自分の不甲斐なさにしょんぼりと肩を落とす。

それを見た宰相は苦笑を浮かべつつ、優しい声で言った。

「世話の焼けるお嬢さんですね。どれ、手を見せてごらんなさい」

「度々すみません、宰相様……」

少女は言われるままに、針で突いた人差し指を宰相の方へと差し出した。

宰相は、男性にしては華奢な手をそれに添わせて、傷口を検分する。

「はいはい、これくらい。舐めておけば大丈夫ですよ」

彼はそう言って、またしてもプクリと血玉の浮き上がった少女の指を口に含もうとした。

と、その時……

「――ちょっと、待てっ!!」

バンッと乱暴に扉を開く音がしたかと思ったら、宰相を阻止する大きな声が上がった。

少女は、少し前に同じようなことがあったな、と思いつつ扉の方に顔を向ける。

果たして、ズカズカと大股でやってきたのは、前回と違って変装はしていない皇帝だった。皇帝は宰相の手からひったくるようにして少女の手を奪うと、傷ついた指をぱくりと口に含んだ。

「うう、痛いです、陛下……！」

「まったく、お前は何度指に穴を空けたら気が済むんだ」

涙目で抗議する少女を、血を舐め取った皇帝が睨む。

するとそこに、くすくすと笑い声が聞こえてきた。

「ご心配なく、陛下。もうベールの刺繍も終わり、妃殿下の指に穴が開くことも、そうそうありませんわ」

そう言ったのは、少女と宰相の向かいのソファでお茶を飲んでいた西の公爵である。

彼女の言う通り、ベールの刺繍は間もなく完成を迎える。それにほっとしてついつい気を抜いてしまい、少女はまたしても指に針を刺す羽目になったのだ。

「あとは……最後の一針を縫って、刺繍糸を結んで切るだけ、でございますね」

皇帝のカップを用意しつつ、侍女頭がそう呟く。

と、ここで一つ問題が発生した。

ベールの刺繍は、最後の締めくくりを花嫁の母親が行う決まりになっている。

ただし、少女には母親がいないので、誰か代わりの者が行うことになるのだが……

「僭越ながら、いつも妃殿下のお側にいるわたくしめが、最後を縫わせていただきます」

と、侍女頭。

「あらあら、お待ちになって。わたくしだって、妃殿下の後見人のつもりですのよ。母親役はわたくしに担わせてくださいな」

と、西の公爵が異議を唱える。

「いえいえいえ！　おチビのことを小さい頃から面倒見てきたのは私ですよ！　それに、親父様にはこの子のことよろしくって言われてるんです！　私がおチビのベールを完成させます！」

少女の幼馴染も、負けじと口を挟んだ。さらに……

「刺繍を教えた私が最後を飾るのが筋でしょう。元来、刺繍は母親に習うものですからね」

なんと宰相までも、少女の母親役に立候補。すかさず、少女の幼馴染が突っ込みをいれる。

「――って、宰相様はそもそも男でしょ！」

「男だから何だって言うんですか。失礼ながら、ここにいる誰よりも刺繍の仕上げを上手くやれる自信がありますよ」

「まあ、閣下。花嫁のベールの最後に必要なのは、刺繍の技術ではなく母親の愛ですわ」

「あら、妃殿下への愛情でしたら、どなたにも負けはいたしません」

と、まあこんな風に、それぞれ一歩も譲らない三人の女性と宰相。

「アクの強そうな母親どもだな」

喧々囂々とする彼らを眺め、皇帝は呆れたような顔をしてそう言った。

「うふふ、お母さんがいっぱいで嬉しいです」

少女はにこにことして答える。

と、そこで――

「――お待ちなさい」

バターン!!　と、先ほどの皇帝の時よりもさらに大きな音を立てて、勢い良く扉が開かれた。

現れたのは、皇太后だった。

「わっ、皇太后様……!?」

皇太后はつかつかと部屋の中に入ってくると、無言のまま少女の手から針と糸を取り上げ、ベールの最後をささっと縫ってしまった。そして、刺繍糸を結び、それを上手く刺繍の柄の中に紛れ込ませると、残った糸をパチンとハサミで切った。

少女のベールが、あっけなく完成する。

唖然とする一同の前で、皇太后はふふんと得意げな笑いを浮かべ、胸を張って言った。

「このおチビさんに母と呼ばれるのは、わたくしただ一人でしてよ」

とたんに、我に返った他の母親候補達が、一斉に吼え立て始めた。

「皇太后様、ずるいです！」

侍女頭が地団駄を踏んだ。

「お従姉様、横暴ですわ！」

西の公爵が眉をひそめて抗議する。

「いきなり出てきて図々しいでしょ！」

少女の幼馴染に至っては、噛み付かんばかりの勢いだ。

「義姉上、身勝手が過ぎますよ！」

最後に、宰相までもが珍しく声を荒らげる。しかし——

「――お黙り」

皇太后はぴしゃりと一言告げ、四人の訴えを一蹴する。

「相変わらず傍若無人なことだな」

皇帝が呆れたようにそう呟くと、皇太后は「あら」と片眉を上げて彼を見た。

「何が傍若無人なものですか。欲しいものは全力で取りに行かなくてどうします」

「まずは話し合おうとは思わないのか」

「そんなまどろっこしいこと、わたくしの性には合いませんわ」

皇太后はつんとした顔でそう答えるも、「でも」と顎に手を当てて続けた。

「その点、だんな様は意外に気長でいらっしゃいますわ。なんでも、欲しいものが総司令官閣下とかぶってしまったとおっしゃって、ずっとそれを賭けて勝負なさってますのよ」

そういえば、帝国に戻った日以来、先帝と総司令官は暇さえあれば盤を挟んで向かい合っていた。久々の再会を果たした旧友同士、遊んでいるのかと思っていたが、何かを賭けての真剣勝負だったらしい。

「まあ、拳で勝負する、なんて言い出すよりはましか……」

皇帝はため息をつきつつ、そう呟いた。

「皇太后様、ありがとうございます」

一方、少女はベールを仕上げてもらえたことに素直に感謝した。

皇太后はそれに満足げに頷くと、子猫をあやすように彼女の顎の下をくすぐる。

それから、懐から何かを取り出し、それを少女の手に載せた。

「あの、これは？」

「連邦国王妃から、あなた宛の文ですわ。先ほど見に行きましたらこんなものを書いていましたので、持って来て差し上げましたの。まったくまどろっこしいこと。直接口で伝えればよろしいのに」

連邦国王妃がそうしなかった理由は、文の中に書かれていた。

文は、少女への謝罪と感謝の言葉で溢れていた。そして、自分が彼女に行おうとしたことの重大性を噛みしめ、明日の結婚式まで顔を見せないとの決意が綴られている。

「王妃様は、お元気そうでしたか？」

「顔色は前よりよくなっていたのではないかしら。まあ、相変わらず薄幸そうな顔してましたけど」

気遣わしげな少女の問いに、皇太后は肩を竦めてそう答える。

そして、完成したばかりのベールを少女の頭に被せると、にっこりと微笑んで言った。

「あらあら、可愛らしい花嫁ですこと。うちの息子にはもったいないですわ」

「もったいなかろうが、これは私の花嫁だ」

そんな皇太后の前から、皇帝は少女を取り返す。

すると、薄いベール越しに少女の微笑みが透けて見え、思わず皇帝の頬も緩む。

「うふふ。陛下、似合いますか？」

「ああ、よく似合う。これを脱がす時が楽しみだ」

ベールを上げてのキスは、明日の本番のお楽しみ。

皇帝は薄いベールの上から、そっと少女の額にキスをした。


連邦国王妃に秘密裏に科せられていた貴賓宮での謹慎処分は、この日の正午付けで解かれていた。

王妃は、帝国皇帝の寛大な処置に深く感謝した。そして、皇妃となる少女の望み――お腹を触らせてほしいという願いを、すぐにでも叶えたいと思ったのだ。何より、少女に会って直接謝りたかったし、お礼もたくさん言いたかった。

王妃は、とにかく少女に会いたいと思っていた。

それなのに、明日の結婚式まで顔を合わせないと決めたのは、自戒のためである。

さらに、様子を見に来た皇太后に少女宛の文を託したのは、王妃の心の変化の表れであった。

先帝と皇太后に対する王妃の恨みは、まだまだ根が深い。

しかし二人がそれを承知の上で、自分を擁護するために今朝一番に皇帝を訪ねてくれたことを、王妃は夫である連邦国王から聞いて知っていた。

先帝と皇太后が十八年前のことについて、緑の国の王族であった王妃に直接謝罪するようなことはないだろう。そして、たとえ謝られたとしても、王妃が二人を許すことは簡単ではない。

だが、皇太后の顔を見て憎しみが溢れ出しそうになった時、王妃は少女の言葉を思い出した。

——憎しみに憎しみを重ねても、何も生まれない。

——緑の国の憎しみや悲しみは消えないかもしれないが、それを新たな幸せで包んでいくことはできる。

少女の言葉を、綺麗事だと一蹴するのは簡単だ。

けれど、王妃の耳の奥に残った声が、なおも切々と訴える。

——王妃様は生きている。生きて、新たな命を育んでいるではありませんか！

生まれてすぐに亡くなったはずの妹と同じ年の、同じ髪と瞳の色をした少女が、叫んだ言葉。

王妃はまるで、本当に妹に叱咤されたかのような感覚をおぼえた。

王妃も腹の子も、少女に生かされたのだ。

王妃はこの日の午後、緑の国の最後の王族としての責務を果たすため、連邦国王とともに帝国軍の厩舎を訪ねた。そこで調教師を務める、緑の国の先住民の老人に会うためである。

迫害した者とされた者。

そして、祖国を裏切った者とそれによって国を失った者。

二人が完全に互いを許し合い、受け入れ合うには、まだまだ時間がかかるだろう。

それでも王妃と調教師は、同じ飼葉の上に腰を下ろして言葉を交わした。

並んで座った二人の真ん中には、間を取り持つように子グマが陣取っていた。

昨日は、少女に向けられた殺気を素早く察知して、王妃の手首に噛み付いた子グマ。

だが、結局は王妃に傷一つ負わせておらず、もちろん咎められることもなかった。

甘えん坊で悪戯っ子だった子グマは、調教師に預けられて著しく成長していた。

第十章　いつまでもどうぞよろしく

この日の帝国の空は、どこまでも青く冴え渡っていた。

空気は澄んで、はるか遠く、大陸の北の果てに立ちはだかる山脈の影さえ薄（うっす）らと見えるほどだ。

城下街はすでに数日前から祭りの様相を呈（てい）していたが、今日は朝早くから、ここ数日で一番の人出となった。

商魂逞（たくま）しいバザールの商人達は、ここぞとばかりに客を呼び込み自慢の品々を売りまくる。

しかしそんな人々も、この日の午後にはいったん店を閉める予定である。

とある人物を乗せた馬車が、午後より街を一周することになっているからだ。

今日、この国が帝国を名乗るようになって以来、二代目の皇帝陛下が皇妃を迎える。

馬車に乗って街に姿を見せるのは、その新しい皇妃であった。

若き皇帝が見初（みそ）めたのは、まだ成人を迎えて間もない愛らしい少女であると聞く。皇帝は彼女にぞっこんで、今後他の妻を娶る気はないと宣言し、後宮まで解体してしまったのだ。

その皇妃と、本日の結婚式に対する街の反応は様々であった。

まさか傾国の姫君ではあるまいか、と帝国の将来を心配して警戒する声が二割。

身持ちがよいと噂の皇帝を骨抜きにするなんて、いったいどれほどの手管をお持ちか、といった下世話な声が二割。

少女が乗った巨大な玉の輿が羨ましくて妬ましいぞ、という女性の声が二割。

そして、残りの四割の声はというと……

「帝国となって初めての大きな祝いごとだ！　とにもかくにも、めでたい！　めでたい！」

とまあ、皇帝の結婚式にかこつけて、飲めや歌えのどんちゃん騒ぎ。

何はともあれ、初めて王城の外に出てくる帝国皇妃には、大陸中が注目している。

彼女の姿を一目見ようと、たくさんの人々がこの城下街に集まってきていた。

一方、花嫁の控え室となった貴賓宮の一室では、不思議なことが起こっていた。

皇妃の宮で支度を済ませた少女が、侍女頭に連れられてその部屋に到着する直前、たまたま侍女達が出払った一瞬の隙に、部屋の中が驚くべき変化を遂げていたのだ。

「――わああっ！　すごい！」

少女が花嫁の控え室に入ると、中は一面花で溢れ返っていた。

帝国やその周辺の地域を原産地とする、チューリップの花である。

チューリップは早くから園芸植物としての育種が進み、赤、白、黄色など一色のものから、二色の濃淡が美しいものまで、様々な色が楽しめるようになっていた。

「きれい……」

少女はほうと感嘆のため息をつきつつ、まるでチューリップ畑のような部屋へと足を踏み入れる。誰の仕業(しわざ)か分からないのに危険ではないか、と心配する侍女は、侍女頭が宥(なだ)めた。

少女も侍女頭も、一瞬の隙にこんなことをしてしまう者達に心当たりがあったのだ。

「妃殿下、これはもしや……」

「はい、侍女頭様。きっと……」

少女は胸の前で両手をぎゅっと握り締め、天井を見上げた。チューリップの贈り主達が、きっと今もそこで自分のことを見てくれている、と確信していたからだ。

「とと様、みなさん、ありがとう……」

天井裏に潜む慕わしい人々からの祝福に、少女は喜びのあまり涙ぐみそうになる。

しかし、せっかく侍女達が施してくれた化粧が崩れてはいけないと、ぐっと堪えた。

代わりに満面の笑みを浮かべ、チューリップを一つ手に取る。

と、その時。部屋の前がにわかに騒がしくなった。

そして、ノックもなしに勢い良く扉が開かれる。

「準備はできたか、小娘！」

「わっ、ご隠居様⁉」

いきなり現れたのは、先帝だった。

皇帝の父親である彼ももちろん結婚式に参列する。そのため、今日はいつものラフなシャツとズボンではなく、カフタンと呼ばれる長衣で正装していた。

先帝はずかずかと部屋の中に入ってくると、少女を見下ろし満足げに頷いた。

「見違えた。これがまさか天井裏の子ネズミだったとは、誰も思うまい」

少女の身を包んでいたのは、帝国がまだ小さな王国であった頃から続く、伝統的な花嫁衣装だった。

まず目を引くのは、ボルドー色のベルベットに、小さな宝石や金糸の刺繍で装飾された豪華なカフタン。その下には、金糸や銀糸を織り込んだシルク地のズボンをはいている。ゆったりと膨らませて足首できゅっと絞ったそれは、シャルワルと呼ばれるものだ。

首もとと髪には、それぞれ翡翠のネックレスと髪飾り。どちらも、かつて密偵に扮して天井裏に出入りしていた皇帝が少女に贈ったもの。

耳を飾るのは、先日皇帝自らバザールで買い求めた涙型の翡翠のピアスだった。

そして頭には、周囲の人の助けを得ながら、少女がこつこつと縫った刺繍入りのベール。

「なぁん」

そんな少女の足もとに、突然黒毛の大きなネコが擦り寄ってきた。皇妃の宮のネコ達を束ねるボスネコだ。

「ボスったら、どうしてここに？」

首を傾げる少女の言葉に、ボスネコに代わって先帝が答えた。

「そいつも、式に参列するつもりらしいぞ。わしと一緒に、お前を伜のもとまでエスコートする気でいる」

すると、今度は侍女頭が訝しげな顔をする。

「おそれながら、ご隠居様。妃殿下のエスコートは、総司令官閣下が担当なさると記憶いたしておりますが？」

「その役目、総司令官との盤勝負に勝ったわしがもらいうけた」

なんと、先帝が総司令官との盤勝負(ばんしょうぶ)で賭けていたのは、少女をエスコートする権利だったというのだ。少女は目を丸くし、侍女頭は呆れたような顔をした。

一方、先帝は突然表情を引き締めると、式が始まる前に話したいことがある、と告げた。侍女頭が人払いをし、自らも気を利かせて退室する。

そうして二人っきりになると、先帝は少女に向かっていきなり尋ねた。

「なあ、小娘よ。おそらく、わしはお前の両親の仇(かたき)であろう。――憎いか？」

先帝の言っている両親とは、少女を抱いて死んでいた男女のことだろう。

少女はじっと先帝の顔を見上げると、質問に答える代わりに問い返した。

「ご隠居様は、過去のことを後悔していらっしゃらないのでしたよね」

「ああ」

先帝は、きっぱりと即答する。少女は、穏やかな表情のまま続けた。

「ご隠居様の過去の行いが正しいのか正しくないのか、その時代を知らない私に判断することはできません」

少女の言葉に、先帝は黙って耳を傾ける。

そんな彼の目元が、間もなく夫となる人とそっくりだと気づき、少女は頬を緩めて言った。

「ただ、私は今、とても幸せです。そして、ご隠居様が信念のもとに築かれた歴史の上に、今の私があります。だから、ご隠居様を憎いとは思いません」

「そうか……」

少女の言葉を聞いた先帝は、ふっとどこか安堵したような笑みを浮かべて頷いた。

笑った彼の顔はやはり皇帝と似ていて、少女の顔にも笑みが広がる。そんな少女の頭を、先帝はベールの上からぽんぽんと撫でた。無骨だが、愛情のこもった父親の手だった。

「お前は、まったく面白い娘だな」

「それ、褒めていただいていると思っていいのでしょうか？」

「ふん、つまらんヤツなら、とっくにわしの奥がいびり出していただろうな」

「えへへ」

照れたように笑う少女を先帝はじっと見下ろした。

そして、今度は遠くを見つめるような目をして口を開く。

「わしはかつて、多くの血を浴び恨みを買った。自分の後ろに荒野が広がることを恐ろしく思わなかったわけではない。だが、進まねばならなかった。そうでなければ瞬く間に足元をすくわれてしまう。――あれはそういう時代だった」

「はい……」

過去に思いを馳せる先帝の顔は、いつもより少し老いて見えた。

大陸中の国々が常に睨み合い、そこかしこで一触即発な状態が続いていた混沌の最中。まさに弱肉強食の時代に、まだ小さな新興国家であったかつての帝国が生き残っていくには、攻めに出るしかなかった。先帝は決して後ろを振り返ることなく、己の信じた道をひたすら突き進んだ。

「だが、わしの時代は終わった――」

そう言って、少女に向き直った先帝の瞳は、今度は希望の光をたたえていた。

「荒らした土地を、今度は耕して種をまいていく。それは破壊する術しか知らないわしには到底無理なことだった。――だが、倅にならできる」

「はい」

それが、先帝があっさりと玉座を息子に譲った理由だった。

自分の手は血で汚れすぎていて、輝かしい大陸の新時代を引っ張っていくにはふさわしくない。

それを成せるのは、戦い以外の方法で問題を解決していける息子である、と先帝は考えたのだ。

「だが、それは考えるよりもずっと大変なことだ。心が折れそうになる時もあろう。そんな時、倅を支えてくれる者が必要だった」

「それが、宰相様や参謀長様なのですね」

すかさず答えた少女の言葉に、先帝は「いいや」と苦笑する。

「確かに、二人は倅の良い相談役になって支えてくれているがな。男というのはなかなか面倒な生き物なのだ、小娘よ」

「と、言いますと？」

「男とは元来意地っぱりなものだ。たとえ気心の知れた連中が相手でも、それが男であれば意地が邪魔をして弱いところを見せられん」

「まあ」

先帝は皇帝に大変な仕事を――自分の後始末を押し付けてしまったという負い目があった。

彼ならできると信じてはいたが、曲がりなりにも親であるので、我が子が苦しむのは辛いのだ。

先帝は、そう少女に打ち明けた。

少女はにこりと微笑む。

「ご隠居様は、陛下をとても愛していらっしゃるのですね？」

「そりゃまあ、たった一人の息子だからな。ただし、面と向かって親らしい言葉をかけたことがないゆえ、本人に伝わっているかどうかは定かではないが……」

先帝が肩を竦めてそう答えれば、少女は笑みを深めて続けた。

「私の父もあまり言葉にはしませんでしたが、私は父が自分をどれだけ愛してくれているか分かってます。だからきっと、陛下もご隠居様のお気持ちを分かっていらっしゃいますよ」

「そうだといいがな」

少女の言葉に小さく苦笑を浮かべつつ、先帝は父親の顔をしたまま言った。

「あれが、属国に乗り込んでいって女を奪ってきたと聞いた時、わしも奥も、これは面白いことになったと思った」

少女はかつて、一度は前の南の公爵に妾入りすることが決まっていた。それを知った皇帝は、自ら馬を駆っていきなり少女の祖国へと乗り込んできたのだ。

皇帝は、少女のボスであった軍司令官を半ば脅し、妾入りの予定を撤回させた。その上、房中術を学ぶために祖国へ帰ってきた少女を、自分の馬に乗せて帝国にとんぼ返りさせたのだった。

「皇妃候補とされたお前が、反対していた者達を次々に味方に変えていく経緯も、実に愉快であった」

最初から少女が皇妃となることに賛成したのは、総司令官ただ一人だった。

今は少女に甘い宰相や参謀長（さんぼうちょう）も、母親のように彼女を慈（いつく）しむ侍女頭や西の公爵も、属国の密偵が皇妃となることを簡単には受け入れられなかった。

しかしそんな彼らも、やがて少女の純粋でひたむきな様子に絆（ほだ）され、半年後には全員が彼女を皇妃と認めることを宣言した。

先帝は、天井裏に潜ませていた部下から、それら全ての報告を聞いていた。

そして最後に、皇帝の親として、自ら少女を見極めようとした。

「お前の前で素（す）を晒（さら）け出すあれを見て、私も奥も安堵した。宰相にも参謀長にもできなかったことも、お前ならば可能だと確信した」

「ご隠居様……」

「あれを皇帝としてではなく、一人の男として愛してくれる者が必要なのだ」

先帝はそこまで告げると、改めて少女をじっと見下ろした。そして、静かな声で続ける。

「――倅（せがれ）を、よろしく頼む」

「はい、ご隠居様。私がどれだけ陛下のお力になれるかは分からないですけれど、一生をかけて精一杯お仕えさせていただきます」

少女が揺るぎない声で以ってそう答えると、先帝は安堵したように目を細めた。

そして、顎髭を撫でながらにやりと笑う。

「こんなにまっすぐに想われて、あれも男冥利に尽きるな。羨ましいことだ」

「ご隠居様だって、皇太后様ととても想い合っていらっしゃるではありませんか。それに……」

「うん？」

「私は、陛下が羨ましいです。こんなに想ってくださるお父上様が近くにいて、結婚式に参列していただけるんですもの……」

そう告げた少女は、先帝に対して初めて寂しげな顔を見せた。

属国の密偵である養父が式に出席できるわけがない。それは少女にも分かっていた。出席できなくても、どこからかこっそり眺めて祝福してくれるだろうということも分かっている。

けれど、少女が今日の花嫁衣装を一番見せたい相手は養父だった。

多くの愛情を注いで大切に育ててくれた養父に、本当は式場まで手を引いてほしかった。

その言葉を必死に呑み込んだ少女の手を、先帝がそっと取った。

そして、かつては大陸中を暴れ回り、鬼神と恐れられた男とは思えぬ穏やかな声で語りかける。

「わしはお前に、父と呼べとは言わん。本当の親父殿に申し訳ないからな」

「ご隠居様……」

「だが、お前のもう一人の父親になれることを、誇りに思う」

「もったいないお言葉でございます……」

少女は、先帝が自分を慰めようとしてくれているのだと分かった。

成人を迎えてなお父親を恋しがる自分を、笑わずにいてくれるのが嬉しかった。

少女は先帝の手に載せられた自分の右手を見つめる。

二日前に連邦国王妃の自害を阻止してできた傷が、小さな瘡蓋（かさぶた）になっている。そして、先帝の右手にも、先日少女が噛（か）み付いた時の痕が極々薄くではあるが残っていた。

歯形のついた互いの手を見て、少女はようやくくすりと笑った。

「ご隠居様。私達の手の傷、お揃いですね」

「おう、お互いなんとも痛々しいな」

その言葉に、少女はこてんと首を傾げてから、内緒話をするような小さな声で尋ねた。

「ご隠居様……私が噛み付いた時、本当は痛かったんですか？」

するど先帝も、同じくこそこそと小さな声で答える。

「うむ、実はとてつもなく痛かった。内心涙目だった」

「私も手を噛まれた時、本当は叫んじゃいたいくらい痛かったです」

そう言うと顔を見合わせ、少女と先帝はぷくくと笑う。

「内緒だぞ」

「私のも内緒にしててくださいね」

意地っ張りな二人が、しー、と唇に人差し指を当てて秘密を共有する。

「なぁん」

そんな少女と先帝を見上げて、黒ネコが一鳴きした。まるで、自分も聞いているぞ、と主張するように。

そんな黒ネコに向かい、少女と先帝は揃ってまた、しー、と言った。


それから少女は、先帝に手を取られて結婚式が行われる大広間へと向かう。

足もとを歩くボスネコの首には、少女のカフタンと同じボルドー色のベルベット生地のリボンが結ばれている。彼にそんな風におめかしをさせたのは、侍女頭だ。

少女が持つブーケは、用意されていた花々に代わって急遽チューリップになった。控え室いっぱいに贈られたチューリップの中から特に綺麗なものを選別し、見事なブーケに仕立ててくれたのも侍女頭だった。

養父や密偵仲間からの祝福を胸に抱いて、少女は式へと臨む。

侍女頭と介添え役としてついてきた少女の幼馴染とは、大広間に通じる扉の前で別れる。

ここから先は、先帝に手を引かれて壇上まで向かうのだ。

扉の前では、宰相が待っていた。

宰相は、花嫁衣装に身を包んだ少女に微笑みかける。

「お綺麗ですよ、おチビさん。……ああ、もうおチビさんなんて言うと、失礼でしょうか」

「いいえ、宰相様。父や兄達のように、宰相様にはいつまでもそう呼んでいただきたいです」

少女の言葉を受け、宰相は片眼鏡の下で優しく目を細めた。そして懐から何かを取り出すと、先帝が引いているのとは逆の手、少女の左の手首にそれを巻き付けた。

目玉が描かれた青いガラスのモチーフ。それをいくつも銀の鎖で繋いだブレスレットだ。

その青いガラスの目玉に、少女は見覚えがあった。数日前、皇帝にお忍びでバザールに連れて行ってもらった際、老舗（しにせ）文具店の梁（はり）に飾られていたものと同じだ。

少女は両目をぱちくりさせて宰相を見上げる。

「宰相様、これは……？」

「この土地に古くから伝わる魔除けです。私が個人的にあなたに贈り物ができるのも、これが最後になります」

少女はこれからこの大広間に続く扉を開き、中央に設けられた壇上へと向かう。そこで皇帝とともに誓いを交わし、二代目の帝国皇妃となるのだ。

以後、夫である皇帝以外の男性から贈り物を受け取れば、それは不義とみなされる。

宰相は青い目玉に守られた少女の左手を取ったまま、片眼鏡ごしに彼女をじっと見つめて言った。

「あなたはこれから皇妃として、多くの者の視線に晒（さら）されることになります。羨望（せんぼう）や嫉妬の眼差しも少なくはないでしょう。そんな悪意を含んだ視線がもたらす災いを、この目玉は〝凶眼（きょうがん）の魔力〟でもって撥（は）ね返すと言われています」

「凶眼の魔力……」

「これは目に見えない悪意からあなたを守るでしょう。そして、目に見える悪意からは、必ず陛下が守ってくれます。もちろん、私も協力を惜しみませんよ」

「宰相様……」

そう言う宰相の片眼鏡用のチェーンにも、実は小さな青い目玉のモチーフが付いていた。

チェーンは、少女がバザールで宰相のために選んだもの。青い目玉の持つ意味は知らなかったが、奇しくも少女は同じお守りを彼に与えていたことになる。

と、そこで、いきなり先帝が宰相の頭をわしゃわしゃと撫で始めた。

「――ちょっと兄上、何するんですか！　やめてください！」

「いや……少しだけ、お前をいじらしく思ったものでな……」

宰相が少女に対して少なからず恋心を抱いていたことも、先帝は知っている。彼は息子の幸せ同様、年の離れたこの実弟の幸せも願ってやまない。

そんな兄の手を迷惑そうに振り払い、宰相は乱れた髪を手櫛で整える。

そしてようやく大広間に続く扉の取っ手に手をかけると、少女に向かって言った。

「それでは、行ってらっしゃい、おチビさん。――幸せに、なりなさい」

「ありがとうございます、宰相様。行って参ります」

扉が開いた瞬間、大広間中の視線が一気に少女に集まった。

その視線が祝福ばかりではないことくらい、少女にも分かっている。

けれど、彼女が怯むことはない。何故なら、ちっとも恐ろしくはないからだ。

少女の右手を引いていくのは、この大帝国を作り上げた先帝の力強い手。

左手には養父や密偵仲間達、そして侍女頭からの祝福を花束にして持ち、その手首には今し方宰相に贈られたばかりの青い目玉のブレスレット――いにしえのお守りが彼女を守ってくれている。

それに、頭に被ったベールもまた、花嫁を数多の視線から守るもの。

ベールの縁に施された刺繍の大半は、不器用な少女を見兼ねた宰相と幼馴染の手によるものだ。締めに至っては、皇太后が母親代わりに仕上げた、この世でたった一枚の特別な逸品。

そして足元では、黒い毛並みの大きなボスネコが、皇帝と同じ琥珀色の瞳で周囲に睨みを利かせている。

少女はたくさんの慈しみと愛情に守られて、今ここにいる。恐れるものなど何もない。

大広間の中央には、白い絹で覆われた壇があり、その上にはさらに色とりどりの花で飾られた祭壇が用意されている。

その祭壇の手前に、皇帝は扉に向かって半身振り返った状態で立っていた。

彼の姿を目にしたとたん、少女の胸はどきりと高鳴った。

結婚式などという華やかな場面では、どうしても花嫁の衣装の方が注目されるのだが、皇帝の婚礼用の衣装もそれは素晴らしいものであった。

白いシルクベルベットの生地に、金糸で刺繍が施された豪奢なカフタンは、長身の皇帝によく似合う。その下には、少女が着けたのと同じようなシルク地の白いシャルワル。さらに、カフタンに合わせた装飾を施した長いスカーフ。それをターバンのように頭に巻いて、残りを身体に沿って垂らしている。

そして腰には、祭礼用のものであろうが、長い刀剣が下げられていた。

その立派な姿に見蕩れ、少女の足は一瞬動かなくなった。

すると、彼女の右手を握った先帝が身を屈め、そっと耳打ちする。

「おいおい、花嫁よ。早く行ってやらないと、花婿が寂しそうだぞ？」

「は、はいっ」

少女は慌てて頷くと、ようやく一歩大広間の中へと足を進める。

とたんに、今度は早く皇帝の側まで行きたくて堪らなくなった。

大股で進む先帝に歩調を合わせれば早足にはなったが、少女はむしろ走り出したい気分だった。

そうして、ろくに周囲の様子も見ぬままに、大広間の中央にある壇まで辿り着く。

本来なら、花嫁を連れてその五段の階段を上るのは、エスコート役の仕事だ。

ところが、先帝に手を引かれた少女が壇の下までやってくると、皇帝が階段を下りて彼女を迎えに来た。そして、先帝がにやりと笑って少女の右手を離したとたん……

「わっ！　へ、陛下っ……!?」

皇帝が、いきなり両手で少女を抱き上げたではないか。

その行動に驚いたのは、少女だけではない。参列席からも戸惑いの声が上がり、大広間中がにわかにざわつく。

「待ち切れなかった」

そう言って、皇帝は参列席の反応など気にも留めず、少女を抱いたまま大股で階段を上った。

そして、祭壇の前で彼女を下ろし、自分と向かい合わせに立たせる。

ここでようやく、少女は周囲に目をやった。

少女が今入ってきた扉は開いたままで、宰相と侍女頭が両脇に立っている。

扉から中央の壇まではまっすぐに道が伸び、それを中心にして両脇には参列席があった。

祭壇から向かって右側が、帝国の参列席である。皇太后が、西の公爵とともにその右側の最前列に座っていた。ボスネコは、そんな淑女達の間に招かれて腰を落ち着ける。

少女の手を皇帝に譲った先帝も皇太后の隣に腰を下ろし、まだにやにやしている。

その締まりのない顔を恨めしげに見ているのが、盤勝負（ばんしょうぶ）に負けて少女のエスコート役を奪われた総司令官だ。彼は、帝国側の参列席を守るように、その脇に立っていた。

続いて二列目には、東、南、北のそれぞれの公爵が座っていた。

東の公爵の側には、一度は少女に敵意を向けた彼の姉の姿もある。今は柔らかな表情をした東の公爵の姉は、少女と目が合うと親しげに微笑んで見せた。

続いて三列目に並んで座っているのは、財務長官とその妻である。同じ列には法務長官の妻の姿もあったが、法務長官自身は今日は別の場所にいる。

さらにその背後には、帝国の貴族達の顔が連なっていた。

一方、通路を挟んで左側の席――こちらは、他国から参列した賓客（ひんきゃく）達の席になる。

その脇には参謀長（さんぼうちょう）が立って、壇上の花嫁の姿を感慨深げに見つめている。

左側の最前列に座っているのは、帝国と同盟関係にある南端の大国の女王夫妻。

そして……

「王妃様……」

連邦国王夫妻も、賓客席側の最前列に並んでいた。仲良く寄り添う二人の表情は明るく、何より王妃は憑き物が落ちたような穏やかな表情をしていた。

「王妃様、お元気そうですね」

「ああ、城の侍医の見立てでは、腹の子もすこぶる順調らしい」

皇帝の答えによかったと呟きながら、少女は連邦国王夫妻の後ろに続く、賓客達にも目をやった。そして、そのずっと後ろの方――様々な属国からの参列者に交じり、少女は見覚えのある人物がいるのを見つけた。密偵時代、彼女のボスだった、元軍司令官だ。

第二王子である彼は、半年前、帝国への反乱を企てて失脚した父親に代わり、国王となっていた。その隣には、妾腹の彼を不遇の時代から献身的に支えた妻の姿もある。

二人の元気そうな顔――元ボスの顔色は優れないが、これはいつものこと――を見て、少女は頬を緩める。

ところが――

「――えっ……!?」

少女は、何か信じられないものを見たかのように、両目を大きく見開いた。

「へ、陛下……、あの、あの……」

「ああ」

少女の祖国の新国王夫妻。その後ろの席に座っていたのは……

「と、とと様……？」

それは、赤子だった少女を拾って大切に育ててくれた養父だったのだ。

しかも彼は覆面も黒ずくめの衣服も着けず、きちんとした礼服を着ている。

少女は周囲に聞こえないように声を抑えつつも、驚きと戸惑いを隠せず皇帝に縋り付いた。

「へ、陛下、陛下……あの、とと様が……」

「ああ、私も日の下で相見えるのはこれが初めてだな」

「ど、どうして……」

「あれは、属国と帝国の新たな連絡役――いわゆる、外交官だ」

「え？」

現皇帝即位以来、帝国に潜入した密偵の纏め役をしてきた少女の養父。彼は持病の腰痛の悪化を理由に、後進に道を譲ることを決意したのだと言う。そこには、以前寝ぼけた少女が「とと様に会いたい」と呟いていたことも、些少ではあるが影響していた。

「今後彼は、仕事で私の執務室に出入りすることもあるだろう」

「陛下……っ！」

「偶然、お前と会うことがあってもおかしくはない」

「陛下！　陛下ぁ……っ!!」

ベールの下で、少女はもうぼろぼろと涙をこぼしている。もちろん、それは喜びの涙だ。

「おいおい、泣いたら化粧が崩れると、侍女達は注意しなかったか？」

「されましたけどぉ……っ、そんなのっ、だってっ、無理なんですものぉ～……っ！」

ベールを捲り上げた皇帝は、彼女の幼子のような盛大な泣き顔に苦笑する。

後から後から流れる涙が、せっかく粉をはたいた頬に筋を作ってしまう。しかし、誰がそれを咎められようか。化粧が崩れようがどうなろうが、その泣き顔は皇帝にとってたまらなく愛おしいものだった。

「こんなにお前に想われている親父殿には、正直妬けるが……」

幼子のような少女の泣き顔の中、紅を引かれた唇だけが大人びている。皇帝は、それをそっと指でなぞった。

少女の腰に腕を回し、彼女の身体をぐっと引き寄せる。

そして、ぴたりと額を合わせ、じっとその濡れた目を見つめて言った。

「――今、この瞬間から、お前は名実ともに私の半身だ」

「はひっ、陛下っ……」

しゃくりあげる少女の口を、皇帝のそれが塞いだ。

花嫁と花婿のいきなりのキス。

参列者達は一瞬ぽかんとし、大広間の中がしんと静まり返る。しかし――

パチパチパチパチパチパチ――!!

突然、拍手の二重奏が起こった。奏者は、帝国の先帝夫妻。

すぐに彼らと並んでいた西の公爵の拍手も加わり、それは後ろに並んだ他の公爵達をはじめとする帝国貴族達へと広がっていく。

さらには、祭壇から向かって左の賓客席（ひんきゃく）からも拍手が起こった。こちらも、最前列の連邦国王夫妻と、南の同盟国の女王夫妻が発端だった。

そうして拍手の波は、いつの間にか大広間いっぱいに広がっていった。

そんな中、少女の祖国の新国王の顔色だけが、いつにも増して優れない。その原因は、彼の背後にあった。

「――うう、くそっ、くそっ……皇帝の野郎！　うちのチビに気安く触りやがってっ！」

そうブツブツ言いながら、前に座る主君の背中を拳でグリグリする少女の養父。完全に八つ当たりである。新国王は周囲に合わせて弱々しく拍手しながら、「頼むから、早く子離れしてくれ……」と消え入りそうな声でぼやいた。

一方、壇上のキスを複雑な顔で眺める者がもう一人いた。

扉の脇に控えて見守っていた、宰相である。

少女を手に入れる皇帝への嫉妬、二人が築く幸せな未来への羨望。それが、少なからず自分の中にあることを宰相は自覚していた。彼が少女に青い目玉のお守りを贈ったのは、そんな自分自身から彼女を守りたいという意図もあった。

宰相は、拍手にかき消されてしまいそうな小さな声で呟く。

「……おめでとうございます」

これもまた、彼の本心からの言葉であった。

実の兄弟のように一緒に育ってきた皇帝。その幸せを、彼は心より祝福したいと思った。

「宰相閣下」

「……何ですか？」

そんな宰相の背中に、侍女頭とともに控えていた少女の幼馴染が声をかける。

その手には、急遽チューリップ達に役目を奪われた花嫁のブーケが携えられていた。

「大丈夫ですか？　慰めて差し上げましょうかぁ？」

からかいを含んだその言葉に、宰相は一つ大きなため息をついた。そのため息を吐き切るまでの間に、彼は自分の気持ちに区切りをつける。

そうして、振り返って言った。

「そうですね。お願いしましょうか」

「……は？」

その言葉に、冗談を言ったつもりの少女の幼馴染が目を丸くし、宰相は唇の端を持ち上げる。

「何を、鳩が豆鉄砲食らったような顔してるんです？　自分で言い出したことでしょう。ほらほら、さっさと慰めてくださいよ」

「あー……えっーと……」

「言っておきますけど、私の心の傷は深いのですよ。生半可なことでは慰められませんからね？」

「ぐ……」

少女の幼馴染が珍しくたじたじとなる。

宰相はそれを面白そうに眺めつつ、彼女が持ったブーケから一つ花を抜き取って、その栗色の髪に飾った。

大広間の拍手の波が落ち着き始めても、壇上の花嫁と花婿のキスはまだ続いていた。

と、そんな二人のすぐ近くで、コホンと一つ大きな咳払いが上がった。

「……おそれながら、陛下。まだ祝詞も宣誓も済んではおりませんが」

難しい顔でそう苦言を呈したのは、法務長官だった。

帝国では、結婚は神の前ではなく法の前に誓う。そのため、本日の式の仕切り役として、祭壇の向こう側に立つのは法務長官であった。

法務長官は瓶底のように分厚い眼鏡を指で押し上げつつ、順序を無視してキスをした皇帝に呆れているようだ。そして、皇帝のキスから解放されてもなお瞳を潤ませている少女に、ハンカチを差し出しながら言った。

「誓いの口付けは、結婚式の要でございますよ。もっと勿体ぶってしていただかないと」

その言葉に、皇帝は不貞腐れたような顔をして返す。

「私がこの時をどれだけ待ち望んでいたと思う？　それとも、順序を変えたくらいで結婚を許さぬと申すほど、帝国の法は狭量だったか？」

「いいえ、陛下。法も、民も、この晴れの日を祝福こそすれ、許さぬなどと申し上げるはずがありません。――もちろん、私もです」

法務長官はそう答えると、改めて皇帝と少女に向き直って続けた。

「おめでとうございます、陛下、妃殿下。夫婦となったお二人にお祝いの言葉を最初におかけすることができて、光栄に思います」

「ありがとうございます、法務長官様」

ハンカチで涙を拭いつつ、少女が頬を染めて礼を言う。

その様子に法務長官は眼鏡の奥で優しく目を細めたが、すぐに頬を引き締めて皇帝に向き直る。

そして、つんと澄ました顔をして告げた。

「ですが、決まりは決まりですので、改めて祝詞の読み上げから始めさせていただきます」

「相変わらず生真面目な男だな」

苦笑する皇帝に、法務長官は今度は珍しくにやりとした笑みを浮かべると……

「その代わり、宣誓が済んだらもう一度誓いのキスをしていただいても結構ですが?」

「――よし、異存はない。始めてくれ」

そんな二人のやりとりに、大広間中がどっと沸く。厳かなはずの皇帝の結婚式は、一気に和やかな雰囲気となった。

こうして、法務長官の進行により結婚式が行われ――最後にもう一度、皇帝は心ゆくまで少女にキスをした。

晴れて夫婦となった皇帝と少女は、予定通り、午後から馬車に乗り込んで王城を出発した。

皇妃となった少女の姿が、ようやく国民の前に披露される。

それを受けた街の人々の反応は様々であった。

傾国の姫君ではあるまいか、と彼女に対して警戒心を抱いていた人々は、馬車から振りまかれる純朴そうな笑顔に毒気を抜かれた。

身体を使って皇帝を虜にしたのでは、と下世話な想像を膨らませていた連中は、少女のあどけなさを残す顔を見て言い知れぬ罪悪感に襲われた。

少女が羨ましくて妬ましいという女性の声は、皇帝が彼女を終始愛おしげに抱き寄せていたためむしろ大きくなった。

そして、その他大多数の人々の反応はというと……

「仲睦まじいご夫婦で、とにもかくにも、めでたい！　めでたい！」

とまあ、午前中に引き続き、飲めや歌えのどんちゃん騒ぎ。

そんな人々が作った花道を、皇帝と少女を乗せた二頭立ての馬車が行く。

それを引いているのは、皇帝の相棒である白い牡馬と、その娘に当たる栗毛の牝馬。

後者は、西の公爵から贈られた少女の愛馬で、この日のために訓練を積んできた。

親子馬は誇らしげに胸を張り、主人達を乗せた車を引いていく。

その二頭の手綱を握って御者台に座るのは、参謀長だ。黒地に金の刺繍入りの立派な軍服を纏った彼にも、女性や少年達の憧れの眼差しが集中する。

しかしその参謀長の隣には、さらに街道の人々の視線を釘付けにする存在が鎮座していた。

「……おい、クマだ」

「クマ……だな」

「いや、ぬいぐるみだろ」

「――待て、動いたぞ。本物だ！」

白いスカーフを巻いた子グマが、ちょこんと御者台に座っている。

以前は少しの間もじっとしていられなくて、父親代わりのボスネコや侍女頭に叱られてばかりだった悪戯子グマ。それが今はこうして、熱狂する街の様子にも興奮することなく大人しく座り、愛嬌を振りまく余裕すらあった。それもこれも、あの緑の国の先住民であった調教師の努力の賜物。

そしてこの子グマが皇帝夫婦の馬車に乗せられたのは、ただのにぎやかしではない。

黒い毛に覆われた子グマの腕には、腕章が着けられていた。

「美術館職員の、腕章……？」

それを見た人々が呟いた通り、子グマの腕章には美術館の職員を意味する言葉が記されていた。

この日、皇帝の結婚式とともに、美術館の外観の完成も大々的に祝われた。

本日は結婚式に参列した周辺各国の賓客に試験的に公開されただけだったが、内装も含めて完成した暁には、身分に関係なく誰でも観覧できるようにしたいと皇帝は考えている。

しかし、芸術は特権階級の娯楽という認識がいまだ根強く、一般国民にとって美術館はやはり敷居が高いのでは、という懸念もあった。

それを少しでも和らげ、国民が美術館に興味と親しみを持つ第一歩として、子グマに白羽の矢が立ったのである。

子グマには仕事が与えられた。その仕事というのは、美術館の周囲と、皇妃の宮の庭とを隔てる塀付近の警備と見回りである。

調教師は老齢を理由にそろそろ退職しようと考えていたが、そのまま子グマの相棒として、美術館への再就職が決定した。

「あのクマ、美術館に行ったらいるのかな？」

「美術館って、城の裏手に作られてるアレだろ？　誰でも観覧できるって噂だけど」

「本当に、お貴族様じゃなくても入れてくれるのかねぇ？」

「開館したら、行ってみようかな……」

皇帝の目論み通り、民衆の子グマへの興味はやがて美術館への興味へと繋がっていった。


皇帝と少女の結婚式の翌日より、参列者達はそれぞれの日程に合わせて帰り支度を始める。

最北の連邦国王夫妻も、式の二日後の午前中には帰途についた。

その直前、皇帝とともに貴賓宮の二人の部屋を訪ねた少女は、ようやく念願叶って連邦国王妃のお腹を触らせてもらった。そして、赤子が生まれた暁には抱かせてもらう約束も改めて確認した。

さらに並行して、王妃の出産後に連邦国に連れていってもらえるよう、少女は皇帝とも約束を取り付けた。

絶対ですよ、約束ですよ、と念を押し、皇帝の小指に自分の小指を絡める少女。

聞き覚えのない〝指切りげんまん〟に、連邦国王妃が「それは何ですか？」と尋ねた。

以前少女がそれを参謀長相手に繰り出した時に居合わせた連邦国王が、記憶を辿って苦笑を浮かべる。

「約束を交わす際の宣誓のようなものでしたか？　確か、なかなか物騒な内容の……」

連邦国王の言葉に頷きながら、皇帝は自分の小指に絡まった少女のそれを眺める。

「この場合……約束を破ると、私が縫い針を千本飲まされるのだったか？」

「はい、その上拳骨で一万回殴ります」

無邪気な顔をしてとんでもないことをのたまう少女に、王妃は目を丸くした。

しかし、すぐにそれを笑みの形に細めたと思ったら、少女と自分の小指も絡ませた。

「わたくしも、改めてお約束します。きっと元気なややを産んで、連邦国で妃殿下をお迎えできることを」

「はい、王妃様。きっと」

少女と王妃はそう言って、にこりと微笑みを交わす。その夫達――皇帝と連邦国王は、よく似た二人の笑顔を穏やかな気持ちで見守った。

続いて同日の午後、少女の祖国の新国王夫妻が、帰国前の挨拶にと皇帝執務室を訪ねてきた。

その際、外交官として新たな任務を得た少女の養父も同行し、父と娘は約一年ぶりにしっかと抱き合った。

「とと様ぁ……会いたかったぁ！」

「うおお！　チビぃ、俺もだっ……‼」

幼子のように養父にしがみつく少女と、号泣しながらそれを抱き締める養父。

皇帝も、同席した宰相や参謀長も、その様子を穏やかに見守った。

しかしそんな感動の再会も、すぐに雲行きが怪しくなる。

「ああ、やっぱりまだ嫁になんかやるんじゃなかった！　——よし、やめよう！　国に連れて帰ろう！」

「——待て！　待て待て待て、ふざけるな！　それはもう私のものだ！」

突然の結婚撤回とも取れる宣言に、皇帝が慌てて異議を唱える。

しかし、少女の養父はそれを鼻で笑って続けた。

「はっ！　たかが二十数年生きただけの若造が何をいっちょまえに！　うちの娘が欲しけりゃ、まずは父親の俺を倒してからにしやがれってんだ！」

「望むところだ！　表に出ろ！」

「——と、とと様⁉　陛下⁉」

いきなり始まった皇帝と養父の言い争いに、間に挟まれた少女はぎょっとした顔をする。

彼女の祖国の新国王は、帝国皇帝に暴言を吐く部下を見て、真っ青な顔で胃を押さえた。少女に関することではいちいち血の気の多い反応をする皇帝に、宰相と参謀長は顔を見合わせ呆れたようなため息をつく。

そして、お馴染み天井裏に潜む密偵達もまた、そんな皇帝執務室をこっそり見下ろしていた。

「ぶはははっ！　いいぞ！　もっとやれ！」

「おやっさん、相変わらずだな～」

密偵達は声を潜めて笑い合う。その中で一人だけ、頭を抱える者がいた。少女の長兄である。

「ああ、もう……親父さん。何やってんだよ……」

密偵を引退した父親に代わって、彼が皇帝執務室の天井裏を担当することになったのだ。

父が外交官に転身したことで、密偵達には新しい帝国皇妃の祖国がはっきり分かってしまったわけだが、暗黙の了解で誰もそのことには触れない。少女の長兄は彼らの義理堅さに感謝を覚えながら、下階で続く不毛な言い争いに重々しいため息をついた。

「孫でもできりゃあ、おやっさんも黙るんだろうがな」

「そうそう、孫の可愛さってのは格別だからなぁ」

比較的年嵩の密偵達がそう言って盛り上がる。各々の手には、任務中でも嗜める、お馴染み麦酒もどきのボトルが握られていた。それは、少女の養父が挨拶代わりに置いていったものだ。

まだ若い少女の長兄も、郷に入っては郷に従えとばかりに麦酒もどきのボトルに口をつけつつ、オヤジ密偵達の話に耳を傾ける。

そうしてボトルを傾ける密偵達は、今度は感慨深げなため息をついた。

「それにしても、おやっさん達が抜けちまって、この天井裏も寂しくなるなぁ……」

「あっちの旦那は、もう昨日の内に最北の連邦国へ発ったんですよね」

「ああ、先帝ご夫妻と一緒になぁ」

先帝と皇太后は、すでにこの前日に連邦国の隠居先へと戻っていった。

先帝の命でこの天井裏に潜入していた年嵩の密偵も、宣言通りそれに同行して帝国を去った。

「確か、連邦国にはいい湯治場があるんでしたっけ？」

「いいなぁ、気持ち良さそうだなぁ」

年嵩の密偵はひどい腰痛を患っていて、余生はその湯治場でのんびり過ごすと言っていた。

腰痛は密偵の職業病でもあるので、天井裏に潜む者達にとっても他人ごとではない。

すると、一人が膝を叩いて、その場にいる面々に向かって提案した。

「――我々も、引退したら連邦国に行きますか？」

それに、他の連中が次々と食い付く。

「おお、いいですな！　いっそ、あっちに温泉付きの保養所でも建てちゃいます？」

「だったら、有志を集めて積み立てしなくちゃあ！」

こうして突然持ち上がった話は、あれよあれよと言う間に城中に潜む密偵達に広まった。

国を越えた密偵達の労働協同組合――〝密偵友の会〟が発足するのに、それほど時間はかからなかった。

賓客達がすっかり帰国すると、帝国の城内はようやく落ち着いた。

しかし、それも束の間だった。特に皇妃の宮は、すぐにまたにぎやかになったのだ。

腹の大きかった五匹のメスネコが、一斉に出産したためである。結婚式から十日あまり経ってのことであった。

メスネコ達はまるで示し合わせたかのように、それぞれ五匹ずつ出産した。総勢二十五匹の赤ちゃんネコ達を相手に、皇妃の宮は連日のおおわらわ。同時に、彼らの里親探しも始まった。

まずは、大のネコ好きながらも、妻とネコとの相性が悪くて今まで飼えなかった財務長官。彼は、拝み倒して妻を説得し、やっと一匹引き取ることを許してもらえて大喜び。

動物はさほど得意ではないらしい法務長官も、溺愛（できあい）する末息子の懇願に折れて一匹引き取ることになった。

続いて、東、西、南のそれぞれの公爵家にも二匹ずつ。ただ、かつて皇妃の宮のネコを殺させた娘を持つ北の公爵家だけは、さすがに声をかけられなかった。

この時点で、貰い手が決まった子ネコは八匹。残るは十七匹となった。

と、そこに、一気に十匹もの引き取り希望の申し出があった。

東の公爵の姉が嫁入りした商家が、倉庫に出るネズミ退治にネコの手を借りたいらしい。

さらに、子ネコが生まれた話を聞きつけた南端の同盟国の女王夫妻と、最北の連邦国王夫妻にも、それぞれ三匹ずつ引き取られることが決まり――最後に残ったのは、白い子ネコ一匹。

「にー、にー」

一番最後に仮死状態で生まれたその白い子ネコは、他の兄弟達より乳の飲みが悪くて小さかった。とりわけそれを心配したのは、実は結構なネコ好きだった参謀長。

いつも凛々しく精悍な彼の顔が、その子の前ではすっかりくだけて別人のようになる。

彼の癒しのために、小さな白い子ネコだけは、皇妃の宮に残されることになった。

そうして、子ネコ達が乳離れとともにそれぞれの里親のもとに引き取られ、皇妃の宮がまた静かになった頃。

「あれ……？」

皇妃となった少女は、再び皇帝に連れられて城下街に出掛けることになった。

前回同様、王城に出入りする商人達に紛れて表門を出た少女は、いつの間にか足元を歩いていた黒い塊に目を瞬かせた。もちろん、あの黒い毛並みのボスネコである。

「ボス？　また一緒に来るの？」

「なーん」

「何だ、お前。いまだに保護者気取りか」

「……なー」

ボスネコは、少女の問いには頷くように高く鳴き、からかいを含んだ皇帝の言葉には低く鳴いて返した。

子ネコ達がもらわれていってしまい、父親である彼も当然ながら寂しさを感じていることだろう。しかし、残った白い子ネコだけではなく、少女と子グマの父親代わりをも自任するボスネコの毎日は忙しいのだ。

今日は、そんな可愛い子供達の長女にあたる少女に付き添うつもりらしい。過保護なボスネコに、皇帝は呆れたような顔をする。

その隣で、少女が何やら懐から紙を取り出して、ガサガサと開き始めた。

「なんだ、それは？」

「皇太后様からのお手紙に入ってました。出産祝いを選ぶ参考にさせていただこうかと」

帝国皇帝の結婚式から間もなく四ヶ月。先日、ついに連邦国王妃が赤子を出産した。生まれたのは元気な男の子で、連邦国は待ちに待った王子の誕生に沸いているらしい。

指切りをして約束した通り、皇帝は近々少女を連邦国へと連れていくつもりでいる。その際、帝国から贈る品々とは別に、少女個人が連邦国王夫妻に贈る祝いの品を見繕うため、今日二人はこうして街に降りてきたのだ。

皇妃となってからも、少女が皇帝に何かをねだることはほとんどない。だからこそ、「王妃様への出産祝いを自分で選びたい」と遠慮がちにお願いされれば、何を差し置いても叶えてやりたいと思うのは、夫としては当然のことだろう。

皇帝は、己（おのれ）の母から送られてきたという、何やら箇条書きにされた文（ふみ）を覗き込む。

それには、こう題名が付いていた。

〝出産祝いにもらって迷惑だった品リスト〟

その筆頭は、皇太后の実父からの贈り物である、あの黄金の揺りかごであった。

続いて様々な品物の名前が、皇太后の独断と偏見によって綴（つづ）られている。

そんなリストの中に、少女はある物を見つけてしまい、困った顔をして皇帝を見上げた。

「青い目玉……ご迷惑でしょうか？　やや様のお守りとして差し上げようかと思ってたんですが」

「あれは、ここいらの土地の者には喜ばれるんだがな……」

少女は、結婚式直前に宰相にもらった青い目玉のブレスレットを肌身離さず着けている。

皇帝はそれを見下ろしつつ苦笑した。

皇帝を出産した時、帝国の貴族が笑顔で差し出してきた青い目玉のお守りを、皇太后が「気持ち悪い！」と一蹴（いっしゅう）したのは、帝国社交界では有名な話らしい。

帝国の民にとって、青い目玉は最強の魔除け。しかし、遠く離れた北の地出身の皇太后はそれを知らず、嫌がらせかと思ったのだと言う。

少女も、初めて青い目玉を見た時はぎょっとしたので、皇太后の気持ちは分からなくもない。

うーん、どうしよう、と唸る少女に、皇帝は苦笑を浮かべたまま片手を差し出した。

「贈り物を何にするかは、ゆっくり考えればいい。今日は夕刻まで散策していいからな」

「はい、へい……だんな様。ありがとうございます」

陛下、と口にしかけて、少女は慌てて言い直す。

前回街に降りた時も、少女は皇帝を〝だんな様〟と呼んだ。正体が周囲にばれないように名前で呼べと言われたが、恐れ多かったのだ。

しかし今は、皇帝は正真正銘少女の〝だんな様〟。その事実が嬉しく、そして少しばかり照れくさい。少女はほんのりと頬を染めつつ、彼の手を取った。

皇帝は前回同様、長い亜麻色のカツラの上にクーフィーヤを被り、長衣をまとった商人風。

少女もまた黒髪のカツラに大判のスカーフを頭巾のようにして被り、シンプルな長袖ワンピースと裾が窄まったズボンを穿いて町娘を装っている。

そんな二人の足はスパイスバザールへと向かい、前回訪れた占い師のいるコーヒー店へと辿り着いた。

あの時占い師は、少女のコーヒーカップの底にはナイフの模様が現れており、敵の策略があるから注意せよ、と告げた。実際その後、連邦国王妃が彼女を害そうと計画していたことが判明した。

一方、皇帝のカップの底には鎖の模様が現れて、結婚や商売などの法的な契約を結ぶと告げられた。確かに、皇帝は無事少女と結婚式を挙げ、夫婦となることができた。

つまり、前回の占い師の言葉は、どちらも当たっていると言えば当たっている。

そのため、占いは信じない主義だと言っていた皇帝も、前より興味を覚えているようだった。

この店のコーヒーは、小さめのカップに粉ごと沸かしたものが注がれる。その粉が一通り沈むのを待ってから、泡と上澄みだけをいただくのだ。

「甘い……」

砂糖をたっぷり溶かし込んだコーヒーにそう呟きつつ、皇帝は二口三口と続けて飲んだ。

少女はふふ、と微笑んで、自分もカップを傾ける。

そうして、皇帝と少女はコーヒーを飲み終わると、泥のようになった粉が沈殿したカップを、ソーサーの上で引っくり返した。このまま、底が冷えるまでしばらく待つ。

「お二人様、奥へどうぞ」

頃合いを見計らって、店員が声をかけてきた。皇帝と少女は引っくり返したカップとソーサーを持って、カフェスペースの奥の小部屋へと移動する。

小部屋の扉を開くと、すぐに小さなテーブルと椅子があって、奥には前回同様ふくよかな老婆がどっしりと腰を下ろしていた。

占い師に勧められ、二人は扉に背を向けた形で並んで座る。

まず、皇帝のカップをひっくり返して覗き込んだ占い師は、笑顔でふむと頷いた。

続いて、少女のカップを引っくり返した彼女は、一瞬ほうと呟いたと思ったら、さらに笑みを深める。そして、今度はふむふむ、と二度大きく頷いた。

占い師は皇帝と少女に向き直り、笑顔のまま尋ねる。

「お前さん達、二人で占いに来るのは二度目だねぇ。うまくいっているんだね？」

「え、えっと……」

「うまくいっているどころか、今はもう夫婦だ」

正直に答えていいものかと迷った少女に対し、皇帝は即答。

　すると、占い師はますます笑みを深めて言った。

「そうかい、だったら余計にめでたいねぇ。まず、旦那さんのカップだがね。底には天使が見える。これは、近いうちに良い知らせがくる、あるいは良いことが起こる、という暗示だよ」

「ほう」

　自分のカップの底を覗き込んだ皇帝には、そこに現れた模様が天使の形なのかどうか判断がつかなかった。しかし、占い師が言うのだからそうなのだろう、と己を納得させる。

「そして、奥さんの方。こっちは円になっているだろう？　円も、何かの成果が現れるという暗示だよ」

「まあ、何でしょう」

　少女のカップの底には、確かに円が見て取れた。何はともあれ、今回は二人揃って良いことが起こりそうな占いの結果に、皇帝と少女は微笑み合う。

　占い師はそれを微笑ましく見守りながら、少女のカップを示して続けた。

「見てごらん。お前さん達に起こる良いこととは何なのか、この円の側にある点が示しているよ」

「えっ？」

「勿体ぶらずに、教えてくれ」

占い師が指し示す通り、少女のカップの底に現れた円の側に、ぽつっと小さな点が見えなくもない。少女はきょとんとして首を傾げ、皇帝は焦れた様子で先を促す。

そんな二人を眺め、占い師の老婆はしわくちゃの顔をさらにくしゃくしゃにした。

そして、皺だらけの両手で少女のカップを包み込んで、優しい声で告げた。

「これは、家族に新しい者が加わるとの暗示——お前さん達の間に赤子が生まれるんだよ」

帝国が皇妃懐妊の知らせに沸くのは、それから一月後のことであった。

書き下ろし番外編

占い通りにどうぞよろしく

押しも押されもせぬ大帝国が、皇妃を迎えて五ヶ月と少しが経った。

皇妃となった初々しい少女に対する皇帝の寵愛は、衰えることを知らない。

この日も皇帝は、忙しい政務の合間を縫って、彼女を城下街へと誘った。

当然のように付いてくる黒い毛並みのボスネコとともに、皇帝と少女が訪れたのは、とあるコーヒー店である。

スパイスバザールの中にあるその店は、占い師の老婆が常駐していて、これがまたよく当たると評判だ。

まずは、カフェスペースで砂糖たっぷりの甘いコーヒーを楽しんでから、飲み終わったカップをソーサーの上に伏せておく。頃合いを見て奥の小部屋に呼ばれ、そこにいる占い師の老婆に沈殿したコーヒーの粉を見せて、今後の運勢を占ってもらう。

「おや、いらっしゃい。相変わらず仲の良い夫婦だねぇ」

皇帝と少女の顔を見るなり、占い師の老婆はそう言って微笑んだ。

長い亜麻色のカツラにクーフィーヤを被り、長衣を纏って商人に扮した皇帝と、黒色のカツラの上に大判のスカーフを巻いて町娘を装った少女がここを訪れるのは、これで三度目だ。

占い師の老婆は二人に席を勧めると、まずは少女のカップの底を覗き込んだ。

「おお……これは、クマだなぁ」

「クマ、ですか？」

「どこをどう見たらクマに見えるんだ？」

少女と皇帝もコップを覗き込んで首を傾げる。

占いの指標となる沈殿したコーヒー粉の形は、素人にはちょっと判断が難しい。

老婆はそんな二人に笑いながら、占いの結果を語り始めた。

「クマはな、頭が取っ手の方向にある場合は、新しく決めた事に慎重になれという忠告だよ。だが、お嬢ちゃんのは取っ手に背を向けているだろう？」

「背を向けている場合は、どういう意味があるんですか？」

興味津々な様子で身を乗り出す少女に、占い師の老婆は穏やかな顔をして続けた。

「これから、重要な行路が待っている、と暗示している。近々、旅行の予定があるんじゃないかい？」

占い師の老婆の言葉に、皇帝と少女は顔を見合わせた。

占い師の老婆が言った通り、少女はその数日後より七日間、旅の予定が入っていた。

それには、一月と少し前、最北の連邦国に王子が誕生したことが関係している。

というのも少女は、赤子が生まれたら抱かせてもらう、と連邦国王妃と約束をしていたのだ。

その際皇帝も、少女を連邦国に連れて行くことを確約しており、連邦国王子誕生の知らせを受けた直後から、帝国皇帝夫妻がかの国を訪問する計画が立てられ始めた。

ところが出発予定日の直前になって、突然皇帝がそれを渋り出した。

それが何故なのかというと……

「連邦国まで、長時間馬車に揺られることになる。それに北の山向こうは、帝国やおチビの祖国とは比べ物にならないほど寒い。――身重のお前を連れていくのは心配だ」

皇帝は難しい顔をしてそう言った。

帝国皇妃となった少女の懐妊が判明したのは、つい先日のことであった。

侍医の診察によれば、妊娠三ヶ月目。現在のところつわりはほとんどなく、少女も腹の子もすこぶる順調とのことである。

とはいえ、初めての妊娠。皇帝が慎重になるのも無理はない。

連邦国に赴くのはせめて安定期に入ってからにしよう、と皇帝は提案したが、いつもは従順な少女がこの時は頑として首を縦に振らなかった。

「安定期を待っていると、北の国が冬になって山を越えられなくなります。雪解けを待っていたら、今度は私が臨月に入ってしまってきっと身動きが取れませんもの」

「だがな……」

なおも渋る皇帝に、少女は懸命に訴える。

「馬車に長く乗るのくらい大丈夫です。だって、参謀長様が御される馬車は乗り心地がいいですもの」

「恐れ入ります」

少女の賛辞に参謀長が鋭い目元を和らげる。

「ちょっとくらい寒いのだって、平気です。宰相様とねえ様が、温かいコートとブーツを選んでくださいました」

「よくお似合いですよ、おチビさん」

「おチビ、もっこもこね」

最近つるむことの多い宰相と少女の幼馴染が、自分達が用意した防寒具を身に着けて皇帝にアピールする少女を援護する。

もちろん、彼らも身重の少女を心配していないわけではないが、彼女が言い出したら聞かない性格であることを知っているため、半ば諦めているのだ。

そんな中、皇帝だけは眉間に皺を寄せて、なおも抵抗しようとしたが……

「陛下、王妃様の出産のお祝いに連れってくださるって、約束してくださいましたよね？指切りげんまん、してくださいましたよね？」

「うっ……」

こうやって、と再現するように小指を絡められてしまえば、皇帝ももはや降参する他なかった。

そんなこんなで、予定通り最北の連邦国に向けて発つことになった日。

少女は皇帝と二人、参謀長が御者を務める馬車に乗り込んだ。

別の馬車には、連邦国と血縁関係にある西の公爵と、少女の世話係として侍女頭も乗っている。

少女は馬車の窓から顔を出し、見送りに立った宰相や総司令官達に「行ってきます」と手を振る。

そんな少女に、ふと一人の壮年の男が近づいた。

「おい、チビ。お前、連邦国に行って雪で遊ぼうなんて思っちゃいねぇよな？」

「あれれ？　いけませんか、とと様」

「あったり前だ！　腹にやや子がいるのに雪の中で遊べるわけがねーだろうが！」

「ええ～、雪だるま作るの、楽しみにしてたのに……」

男は、密偵から外交官に転身した、少女の養父であった。その肩には、お馴染みのボスネコが乗っている。

一年の大半を雪に覆われている連邦国。王妃を見舞うついでに雪遊び初体験を企んでいた少女だが、養父にその計画をすげなく却下され、不満げに唇を尖らせる。大好きな父親の前では、彼女はまだ幼い子供のようだ。

養父は膨れっ面をする少女に呆れた顔をしつつ、彼女の隣に座る皇帝に向かって言った。

「おい、皇帝！　このお転婆の手綱をしっかり握っとけよ！」

「お転婆に育てた張本人がよく言うな……」

呆れた顔を返す皇帝の言葉に被せるように、参謀長が出立を告げて馬に鞭を入れた。

だから、馬の嘶きにかき消され、養父がぽつりと呟いた言葉は肩に乗ったボスネコの耳にしか届かなかった。

「ちゃんと、連れて帰ってきてくれよ……」


帝国から連邦国までは、馬車で二日余りの旅である。

一日目は道のりの途中にある属国の王宮に宿泊し、翌日の夜は少女の祖国にて、国王――かつての諜報部のボスの歓迎を受けた。

そうして、一行が連邦国に到着したのは、帝国を出立した翌々日の夕刻だった。

皇帝と少女は用意された客間で一息ついてから、連邦国王夫妻に晩餐会に招待された。

王妃は産後の回復も順調のようで、以前帝国を訪れた時とは見違えるほどに顔色が良い。何より、夫である連邦国王と打ち解けたことで、表情がとても明るくなっていた。

晩餐会には、連邦国の別荘地で隠居生活を送っている皇帝の両親――帝国の先帝夫妻も出席していたため、皇帝がちょうどいい機会だから、と少女の懐妊を発表する。

先帝夫妻は大喜びし、そこから晩餐会は飲めや歌えのどんちゃん騒ぎに発展した。

その後、少女はようやく待ちに待った瞬間を迎える。

連邦国王夫妻の第一子――生後一ヶ月半を迎えた小さな王子との対面である。

「ふわあ……かわいい……」

連邦国王と参謀長は、まだ帝国の先帝夫妻の酒盛りに付き合わされているため、少女は皇帝と連邦国王妃、それから西の公爵と侍女頭と一緒に、王子の部屋を訪れていた。

視力がついてきた王子は、動くものを目で追ったりじっと見つめたりし始める頃で、時折笑顔のようなものまで浮かべる。

王妃と同じ栗色の髪と緑色の瞳をした王子の愛くるしさに、約束通り抱っこをさせてもらった少女は顔を蕩けさせた。

「陛下、赤ちゃんってこんなに温かくて柔らかいんですね……」

「ああ、可愛らしいな」

「それに、何だか甘い……いい匂いがします……」

「それは、乳の匂いじゃないか？」

小さな王子を優しく両腕に包み、うっとりと頬を寄せる少女の姿を、皇帝も穏やかな表情で見守っていた。

「まあまあ、妃殿下に抱いていただけるなんて光栄なこと。王子も喜んでおりますわ」

そう言って微笑んだのは、王妃の母親――十八年前に連邦国に吸収された緑の国の元王妃である。

その、連邦国王妃にそっくりの栗色の髪と緑色の瞳――すなわち、自身とよく似た彼女の母親の姿に、少女は一瞬ドキリとした。

もしかしたら、連邦国王妃は生き別れの姉で、その母親は自分の母親でもあるかもしれない、と考えたことがあったからだ。

少女は母親を知らない。戦場で養父に拾われ、男手一つで育てられた。

養父からいっぱいの愛情を受けて育った彼女は、母親を恋しく思うことなどこれまであまりなかった。

それなのに……

「娘や王子が今こうしていられるのは、陛下と妃殿下の恩情のおかげでございます。ご恩は、一生忘れません」

「お母様……」

連邦国王妃のために、母親はもう何度も皇帝と少女に感謝の言葉を述べていた。

母親に大切にされている連邦国王妃を見てしまうと、少女は彼女がとても羨ましくなった。

自分が得られなかった母の愛を連邦国王妃が独り占めしているように錯覚してしまって、嫉妬心さえ頭をもたげ始める。

そんな時、腕の中の王子がもぞもぞと動いた。

「あっ……」

王子の誕生を祝いにきたはずなのに、王子の母親の幸せに嫉妬してしまった。

そんな自分に気付いて、少女は愕然となる。

醜い心を抱いた自分が、このまま穢れのない赤子に触れていてはいけない。

そう感じた少女は、慌てて王子を揺りかごに戻そうとする。

するとその時……

「——えっ？　わわっ、陛下……!?」

小さな王子ごと、皇帝が少女を両腕で包み込んだ。

少女は皇帝の胸元で緑色の瞳を瞬かせ、赤子も同じ色の瞳でじっと彼を見上げる。

そんな二人を、皇帝はくすりと笑って見下ろし、それぞれに頬を寄せた。

「確かに、温かくて柔らかくて、いい匂いがするな」

「お乳の、匂い……？」

「王子は確実にな。お前は……ああ、お前もやっぱり乳の匂いがする」

「わ、私？　私は、赤ちゃんじゃないですよ？」

乳の匂いは、抱っこをした王子から移ったのだろうか。

皇帝にすんすんと匂いを嗅がれ、少女は恥ずかしそうに身を竦める。

「あらあら、陛下と妃殿下は本当に仲睦まじくていらっしゃるんですのね」

「御子の誕生が、楽しみでございますね」

少女の複雑な心の内など何も知らぬ連邦国王妃とその母が、微笑ましげにそう言った。

皇帝は王子と少女を両腕で包み込んだまま、そんな二人ににこりと笑みを返す。

「ええ、楽しみで仕方がありません。しかし、私も子を持つのは初めてのこと。立派な親になれるように、これから妃と共に成長していければと思っています」

皇帝は、年嵩の連邦国王妃の母を立ててか、丁寧な物言いをする。

その言葉を聞いて、少女ははっとした。

彼と夫婦になったこと――そして、自分のお腹にいるのは、夫婦で望んだ子供なのだということを改めて実感した。

それと同時に、彼女は安堵もした。

少女は子を身籠ったことを嬉しく思いつつも、心のどこかで、母を知らない自分がちゃんと母親になれるのかと不安だったのだろう。だから余計に、母親に支えられて出産に臨めた連邦国王妃が羨ましかったのだ。

けれど、実の母の愛に負けぬほどに、自分を思い遣ってくれる人が幾人もいることを、皇帝は少女に気付かせてくれた。

もちろんその筆頭は、彼自身だ。

連邦国王妃とその母親に対する少女の複雑な思いを見透かしたらしい皇帝は、ただただ全てを受け入れるように優しく彼女を抱き締めてくれている。

「陛下……」

少女は皇帝の身体越しに、後ろに控えた西の公爵と侍女頭と目が合った。彼女達も、慈愛に満ちた表情を浮かべて見守ってくれている。

他にも、道中、身重の少女を気にかけて、いつにも増して慎重に馬の手綱（たづな）を操った参謀長（さんぼうちょう）。

気を付けて行ってこい、決して無理はするな、と何度も念を押しつつ見送ってくれた、宰相や幼馴染、総司令官。

自分に向けられるたくさんの優しさと愛情を自覚すれば、少女の心に巣食っていた不安も嫉妬も瞬く間に消え去った。

後に残ったのは、純粋な親恋しさだけ。

そしてこの時、少女が恋しく思った相手は、すぐそばにいる実母かもしれない連邦国王妃の母親ではなく……

「何だか、とと様に会いたくなっちゃいました」

たっぷりの愛情をかけてここまで育ててくれた、今は帝国で待つ養父であった。

「うひひ、おやっさんにいい土産話ができましたなぁ」

「おチビちゃんが連邦国に着いた初日にさっそく、〝とと様に会いたい〟なんて呟いていたって知ったら、おやっさん号泣でしょうな」

連邦国王子の子供部屋の天井裏にて、そうヒソヒソと囁き合うのは、お馴染み全身黒尽くめの密偵オヤジ達である。

帝国皇帝陛下の動向を見張ることが彼らの責務。それを口実に今回、帝国皇帝執務室天井裏の代表として数名が、連邦国まで皇帝の馬車を追い掛けてきていた。

「おやっさんってば、父親はどうやっても母親には勝てねぇんだって言って、実の母親かもしれない人とおチビちゃんが会うの、結構気にしてましたもんね」

「おチビちゃんが、〝とと様よりお母様の方がいい！〟なんて言って、帰ってこなくなったらどうしようって、悩んでたしな」

彼らが口々に言った通り、養父は少女が連邦国から戻るのを気を揉みながら待っていた。

だから、出立した日から数えて七日目の夜。

「とと様、ただいまっ！」

予定通り帝国に戻ってきた少女に、いの一番に抱き着かれた時。

彼は思わず目を潤ませて呟いた。

「──おかえり、俺の娘」

コーヒー占いの通り、連邦国の訪問は少女にとっては重要な意味を持つ旅となった。

少女は皇帝とともに、親として、これから生まれてくる我が子を愛していくこと──

そして、その子の幸せを守るためにも、皇妃として皇帝を全力で支えていく決意も新たにした。

ちなみに、先日のコーヒー占いの際、皇帝の方のカップに出た模様はクローバーだった。

それを見た占い師の老婆は、感心したような顔を皇帝を向けて言った。

「お前さんは、随分とまあ、愛情深い御仁のようだねぇ」

クローバーが意味するのは、愛。

溢れるほどの皇帝の愛は、生涯、余すことなく皇妃となった少女へと注がれていく。

RC
Regina COMICS
原作 ふじま美耶 MIYA FUJIMA
漫画 村上ゆいち YUICHI MURAKAMI
アルファポリスWebサイトにて
好評連載中！
異世界で『黒の癒し手』って呼ばれています ①
好評発売中！
待望のコミカライズ！
ある日突然、異世界トリップしてしまった神崎美鈴（かんざきみすず）、22歳。着いた先は、王子や騎士、魔獣までいるファンタジー世界。ステイタス画面は見えるし、魔法も使えるしで、なんだかRPGっぽい!?　オタクとして培（つちか）ったゲームの知識を駆使して、魔法世界にちゃっかり順応したら、いつの間にか「黒の癒し手」って呼ばれる
異世界をゲームの知識で生き抜きます！

ファンタジー小説「レジーナブックス」の人気作を漫画化！

Regina COMICS
レジーナコミックス

転生少女 前世の知識で異世界改革！

えっ？ 平凡ですよ?? ①

漫画：不二原理夏　原作：月雪はな

B6判　定価：680円+税

ISBN978-4-434-20717-4

地球のお料理、召し上がれ。

異世界でカフェを開店しました。①

漫画：野口芽衣　原作：甘沢林檎

B6判　定価：680円+税

ISBN978-4-434-20842-3

本書は、2014年9月当社より単行本として刊行されたものに、書き下ろしを加えて文庫化したものです。

レジーナ文庫

天井裏(てんじょううら)からどうぞよろしく2

くるひなた

2015年11月20日初版発行

文庫編集ー橋本奈美子・羽藤瞳
編集長ー塙綾子
発行者ー梶本雄介
発行所ー株式会社アルファポリス
〒150-6005 東京都渋谷区恵比寿4-20-3 恵比寿ガーデンプレイスタワー5階
TEL 03-6277-1601（営業） 03-6277-1602（編集）
URL http://www.alphapolis.co.jp/
発売元ー株式会社星雲社
〒112-0012東京都文京区大塚3-21-10
TEL 03-3947-1021
装丁・本文イラストー仁藤あかね
装丁デザインーMiKEtto
（レーベルフォーマットデザインーansyyqdesign）
印刷ー大日本印刷株式会社

価格はカバーに表示されてあります。
落丁乱丁の場合はアルファポリスまでご連絡ください。
送料は小社負担でお取り替えします。

ISBN978-4-434-21200-0 C0193

本書は、2014年9月当社より単行本として刊行されたものに、書き下ろしを加えて文庫化したものです。

レジーナ文庫

天井裏(てんじょううら)からどうぞよろしく2

くるひなた

2015年11月20日初版発行

文庫編集－橋本奈美子・羽藤瞳
編集長－塙綾子
発行者－梶本雄介
発行所－株式会社アルファポリス
〒150-6005 東京都渋谷区恵比寿4-20-3 恵比寿ガーデンプレイスタワー5階
TEL 03-6277-1601（営業） 03-6277-1602（編集）
URL http://www.alphapolis.co.jp/
発売元－株式会社星雲社
〒112-0012東京都文京区大塚3-21-10
TEL 03-3947-1021
装丁・本文イラスト－仁藤あかね
装丁デザイン－MiKEtto
（レーベルフォーマットデザイン－ansyyqdesign）
印刷－大日本印刷株式会社

価格はカバーに表示されてあります。
落丁乱丁の場合はアルファポリスまでご連絡ください。
送料は小社負担でお取り替えします。

ISBN978-4-434-21200-0 C0193